Funkelndes Sylt

Hannah Lambert ermittelt 9

Thomas Herzberg

Verlag:
Zeilenfluss
Implerstraße 24
81371 München
Deutschland

ISBN 978-3-96714-355-3

Umschlaggestaltung: Chris Gilcher – http://buchcoverdesign.de
Satz: Zeilenfluss

Die Geschichte ist frei erfunden. Alle Ähnlichkeiten mit lebenden oder verstorbenen Personen und/oder realen Handlungen sind rein zufällig.

Sämtliche Äußerungen, insbesondere in Teilen der wörtlichen Rede, dienen lediglich der glaubhaften und realistischen Darstellung des Geschehens. Ich verurteile jegliche Art von politischem oder sonstigem Extremismus, der Gewalt verherrlicht, zu selbiger auffordert oder auch nur dazu ermuntert!

FUNKELNDES

SYLT

HANNAH LAMBERT ERMITTELT 9

Friesenkrimi

Thomas Herzberg

ZEILENFLUSS

Zum Buch:

Mörder machen keinen Urlaub!

Sylt, Anfang Juli: Bei einem Raubüberfall auf ein Juweliergeschäft in Kampen kommen dessen Inhaber auf brutale Weise ums Leben. Ein ausgemachter Schock, denn dort, wo sich die Schönsten und Reichsten der Insel treffen, ist der Sensenmann unerwünscht. Bei der Suche nach den Tätern verzeichnen Hannah und ihre Kollegen schnell erste Erfolge. Doch je tiefer sie graben, desto schneller löst sich alles sicher Geglaubte wieder in Luft auf …

»Funkelndes Sylt« ist Band 9 aus der Reihe
»Hannah Lambert ermittelt«.
Zuvor erschienen:

- Band 1: »Ausgerechnet Sylt«
- Band 2: »Eiskaltes Sylt«
- Band 3: »Mörderisches Sylt«
- Band 4: »Stürmisches Sylt«
- Band 5: »Schneeweißes Sylt«
- Band 6: »Gieriges Sylt«
- Band 7: »Turbulentes Sylt«
- Band 8: »Düsteres Sylt«

Wir danken dem Hartung-Verlag/Neumünster für die Zurverfügungstellung des Motivs (Design: Stephanie Wilm).

VORWORT

»Rüm hart, klaar kiming« (weites Herz – klarer Horizont): Ein Zitat, das den inselfriesischen Kapitänen zugeordnet wird. Damit beschreiben sie – neben der Mentalität der Menschen, die dort zu Hause sind – auch eine in Deutschland einzigartige Landschaft. Sylt ist vermutlich der bekannteste Teil davon. Aber wer glaubt, auf der beliebten Ferieninsel nur Schickimicki vorzufinden, irrt gewaltig. Denn wer genauer hinsieht und einen kleinen Fußmarsch nicht scheut, stößt hier auf einmalige Orte, die man nie wieder vergisst. Es heißt nicht umsonst: **»Wer sich in Sylt verliebt, den lässt die Leidenschaft nie wieder los.«** Vom Millionär und Gentleman-Playboy Gunter Sachs stammt folgendes Zitat zum anderen Gesicht der Insel: **»Ich fühle mich in Kampen auf Sylt ein bisschen wie ein Affe im Zoo … aber mit lieben Besuchern.«**

Klar, wer den Sound neuester Sportwagen, Champagner und teure Boutiquen zum Glücklichsein braucht, wird auf Sylt ebenfalls fündig. Jeder wie er mag … und ich glaube, das beschreibt die Mentalität der Menschen hier am besten.

Sylt in Zahlen:

Länge von Nord nach Süd: 38 Kilometer

Breite von West nach Ost: 12,6 Kilometer (an der schmalsten Stelle sind es weniger als 500 Meter)

Und weil eben keine Straße nach Sylt führt, erfolgt die Anreise nur per Autozug, Fähre oder Flugzeug. Wer sich auf den Weg macht, dem wünsche ich viel Spaß auf der Insel. Vielleicht laufen wir uns ja zufällig bei Gosch über den Weg und essen zusammen ein Fischbrötchen. Aber Vorsicht: Nicht nur ich, sondern auch die Möwen dort sind verdammt hungrig ;)

1

Kampen/Sylt, Donnerstagabend

»Hier ist noch ein bisschen Platz im Tresor, Rudi!«, rief Agnes Knoop. Sie stand vor einem wahren Monstrum aus Stahl im Hinterzimmer ihres Juwelierladens. »Hörst du, Rudi? Es ist noch Platz für …«

Ihr Mann steckte den Kopf durch die halboffene Tür und schenkte seiner Frau ein Lächeln. Dabei strahlten seine Augen auch nach über vierzig Jahren Ehe wie am ersten Tag. »Ich höre dich, mein Schatz, und wenn du dich ein wenig geduldest, bin ich vorne gleich mit der neuen Uhrenkollektion fertig. Dann kannst du gerne deinen *besten Freund* damit füttern und für heute abschließen.« Gemeint war der überdimensionale Tresor, der ebenfalls ein Lächeln abbekam, allerdings eins der schrägen Sorte. Es folgte ein inbrünstiges Stöhnen. »Ich weiß gar nicht, wie die das Teil hier je wieder rausschaffen wollen, wenn wir uns demnächst zur Ruhe setzen.«

»›Zur Ruhe setzen‹«, flüsterte Agnes Knoop. »Glaubst du, du hältst es wirklich allein mit mir und deinem Garten aus? Ich meine – wir haben keine Enkelkinder und große Urlaubsreisen sind ja auch nicht so unser Ding. Erinnerst du dich noch an unsere erste und einzige Kreuzfahrt?«

Rudolf Knoops Gesicht verfinsterte sich. »Du hast recht! All das hier aufgeben? Wofür?«, sprach er und drehte sich filmreif im Kreis.

Was seine Frau mit einem unsicheren Blick quittierte. Und auch ihre Stimme klang nach wachsenden Zweifeln. »Falls du tatsächlich weitermachen willst ... ich bleibe an deiner Seite – selbst wenn ich morgens mit einem Rollstuhl durch die Tür fahren muss. Immerhin reden wir von unserem Lebenswerk.«

»Jetzt pass mal auf, mein Schatz!« Rudolf Knoop packte seine Agnes an den Schultern und schüttelte sie sanft. »In drei Monaten ist endgültig Schluss. Auf diesen Moment haben wir unser Leben lang hingearbeitet. Vielleicht gebe ich den Karotten und Kohlköpfen Namen ... drei Monate, dann lassen wir das Arbeitsleben ein für alle Mal hinter uns.«

Agnes Knoop zog die Tür zum Verkaufsraum weiter auf und linste an ihrem Mann vorbei. »Ich glaube nicht, dass heute noch jemand kommt. Wir könnten einfach abschließen und ...« Sie lächelte schelmisch und wies kurz über die Schulter. »Erinnerst du dich, wie wir früher nach Feierabend manchmal übereinander hergefallen sind? Da waren die Wände noch grün und der Tresor stammte aus dem vorletzten Jahrhundert.«

»Du redest von der Zeit, als die Kinder klein waren und wir zu Hause keine ruhige Minute hatten. Falls ich mich recht entsinne, sind wir eigentlich immer und überall ...« Ein leiser Gong, der vom Sensor an der Ladentür ausgelöst wurde, erklang und sorgte für eine Unterbrechung dieser schwärmerischen Reise in die Vergangenheit.

»Kümmerst du dich bitte«, bat Agnes Knoop ihren Mann. Als der sich in Bewegung setzte, lehnte sie die Tür hinter ihm an und widmete sich ihrem vermeintlich *besten Freund*. In dessen stählernen Fächern befand sich neben Schmuck und Uhren auch ein Schatz, den sie über Jahrzehnte hinweg angesammelt hatten und der ihnen im Alter ein komfortables Auskommen sichern sollte: *Krügerrand* Goldmünzen im Gegenwert einiger Millionen. Nach dem dritten Einbruch in das Juweliergeschäft der Knoops bestand deren Versicherung auf die Anschaffung eines neuen, aufbruchsicheren Tresors und ebenso auf Videoüberwachung in sämtlichen Räumen. Ansonsten hätte man den Vertrag vermutlich gekündigt.

Durch die Tür, die lediglich einen Spalt weit offen stand, hörte sie ihren Mann reden. Mit tiefer, sonorer Stimme, in die sie sich vor über vierzig Jahren sofort verliebt hatte. Die Hochzeit folgte gleich im Jahr darauf und mit *Rückenwind*, wie man so schön sagte. Ihr Sohn Holger war nämlich bereits auf dem Weg und dessen Mutter stand mit einer Kugel, die Verwandte und Freunde unmöglich übersehen konnten, stolz vor dem Altar. Zwei weitere Kinder und der Aufbau eines profitablen Juweliergeschäfts im munter wachsenden Kampen auf Sylt hatten zweifellos ihren Tribut gefordert. Aber nun – nach jahrzehntelanger Arbeit und all den Entbehrungen – würde bald Schluss damit sein.

Agnes Knoop, die gerade den Inhalt eines Tresorfaches in ein anderes verfrachtete, erstarrte mitten in der Bewegung, denn plötzlich war es im Hinterzimmer stockfinster. Das einzige Fenster war nicht nur doppelt vergittert, sondern auch seit zwanzig Jahren verdunkelt, um neugierige Blicke auszusperren. Im ersten Moment glaubte Agnes an einen Scherz ihres Mannes, doch dessen Stimme hörte sie – nun wesentlich lauter als zuvor – aus dem Verkaufsraum. Sie kannte ihren Rudi gut genug, wusste deshalb sofort, dass das kein gutes Zeichen war. Mitunter reichte dafür ein Kunde, der einen edlen Chronografen um tausende Euro runterhandeln wollte und zunehmend ungehalten wurde. An anderen, meist regnerischen Tagen außerhalb der Saison, wenn sich kaum jemand in das Juweliergeschäft verirrte, taten es auch Rückenschmerzen und fortschreitende Arthrose, um Rudolf Knoop schlechte Laune zu bereiten.

Nach ein paar wüsten Flüchen und einem dumpfen Schlag, der klang, als hätte ihr Mann mit der Faust auf eine der stabilen Vitrinen geschlagen, machte Agnes leise ein paar Schritte in Richtung Tür. Stimmen vernahm sie keine mehr, dafür schmerzerfülltes Keuchen, was für ein mulmiges Gefühl in ihren Eingeweiden sorgte.

»Alles in Ordnung, Rudi?«, fragte sie übertrieben laut. Eine Antwort blieb aus. »Rudi? Ist bei dir alles …?« Sie verstummte und verfluchte sich innerlich selbst, denn sie hatte, um zu lauschen, viel zu dicht an der Tür gestanden. Ein fataler und darüber hinaus schmerzhafter Fehler, denn als sie die Tür auf sich zurasen sah, blieb ihr keine Zeit mehr zum Ausweichen.

Mitten auf ihrer Stirn breitete sich eine regelrechte Explosion aus. Vergleichbar mit einem Ereignis, das Jahrzehnte zurücklag. Damals wollte ihr Rudi einen Apfelbaum um einen Ast erleichtern und sie war dumm genug gewesen, direkt darunter zu stehen. Die Folgen waren mehrere Tage Krankenhausaufenthalt sowie eine Beule, die sich erst Wochen später restlos verflüchtigte.

Sie taumelte zurück und musste mit ansehen, wie die Tür im nächsten Anlauf komplett aufflog. Darin erschien ein Mann, ein wahrer Riese. Und während sich dieser Hüne ihr mit seltsam bedächtigen Schritten näherte, sah sich Agnes Knoop einem ausdruckslosen, unrasierten

Gesicht gegenüber. Jetzt veränderte sich etwas, denn die Augen nahmen einen Ausdruck an, der sie erschrocken zusammenzucken ließ. In diesen Augen erkannte sie etwas, das sie so noch nie zuvor erblickt hatte: blanke Mordlust!

2

Polizeipräsidium Niebüll, etwa zeitgleich

»Ich bring ihn um!«, fluchte Ole, der mit hochrotem Kopf ins Büro der Mordkommission gestürmt kam. »Wenn mich keiner von euch zurückhält, bring ich ihn um!«

»Wen?«, fragte Hannah, die in eine Akte vertieft war und für ihre Rückfrage nicht mal aufsah.

»Tu doch nicht so!«, ging es von Oles Seite unverändert aufgebracht weiter. »Das muss man sich mal vorstellen: Ich will mir eben im Lager 'ne neue Tintenpatrone für meinen Drucker holen und plötzlich steht Rohwedder hinter mir. Zuerst, ohne ein Wort zu sagen. Ich hab nur sein komisches Atmen gehört ... wie in 'nem Horrorfilm.«

Jetzt sah Hannah auf. »Und deshalb willst du ihn gleich umbringen? Kommt dir das selbst nicht auch ein bisschen kleinlich vor?«

»Er führt neuerdings Liste und meinte, ich hätte mir erst vergangene Woche 'ne neue Patrone geholt.«

»Stimmt ja auch«, steuerte Ralf bei und zog den Kopf ein, als er das Gesicht seines Kollegen sah.

»Weil ich sämtliche Berichte zu unserem Mordfall in Husum hier ausdrucken musste. Schließlich hat es Rohwedder geschafft, dass wir schon ewig keinen Zugriff mehr auf das neue Laserteil vorne haben.«

Hannah mischte sich ein. »Hast du ihn mal gefragt, wieso nicht?«

Ole war immer noch auf hundertachtzig. »Mit dem Blödmann werde ich bestimmt nicht über seinen Job diskutieren! Und mal davon abgesehen: Er hat mir, als Kripobeamten, überhaupt nichts zu sagen! Am besten ruf ich in Kiel an und beschwere mich über unseren neuen Revierleiter. Dann kann er noch von Glück reden, wenn er hinterher zwischen Joldelund und Süderlügum Streife fahren darf.«

Unterdessen war Hannah wieder in die Akte auf ihrem Schreibtisch versunken. Doch dann hob sie den Kopf und grinste. »Wenn du Rohwedder tatsächlich umbringst und im Knast landest, schnapp ich mir deinen Stuhl. Auf dem sitze ich nämlich viel bequemer als auf meinem.«

Ein Stück weiter ließ Ralf seinen Blick über Oles Schreibtisch schweifen. Vermutlich auf der Suche nach etwas Werthaltigem, das er annektieren würde, wenn sein Kollege hinter Gittern säße.

»Verkneif dir jedes Wort!«, fauchte Ole und hob drohend die Fäuste. Er sah Hannah und Ralf abwechselnd an, das Ergebnis war nach seinem Empfinden haarsträubend. »Ihr seid echt tolle Kollegen! Statt mir zu helfen, verteilt ihr mein Hab und Gut, noch bevor Rohwedder …«

»Ich kann es langsam nicht mehr hören!«, platzte Hannah dazwischen. Die Akte klappte sie zu und verpasste ihr einen lautstarken Klaps. »Ich kann Rohwedder auch nicht leiden, aber der Typ ist mir sowas von egal. Und wenn er jede Tintenpatrone auf einer von seinen Listen vermerken will, dann tu ihm einfach den

Gefallen. Der Kleingeist wartet doch nur darauf, dass du dich angreifbar machst.«

»›Kleingeist‹ ist gut«, erwiderte Ole und lächelte erstmals seit Ewigkeiten. Danach drehte er sich im Kreis und schaute fragend. »Was ist hier eigentlich los? Wieso riecht es nicht nach Feierabend?«

»Hier müffelt es nach deinem Stinkekäse von heute Mittag«, beschwerte sich Ralf.

»Den hat mir die Mutter deiner Chefin als Pausenbrot mitgegeben. Du solltest also lieber gut überlegen, was du sagst.«

»Ob der von meiner Mutter ist oder nicht, ändert nichts am Gestank«, gab Hannah grinsend zu bedenken. »Außerdem wirst du immer komischer, seit du bei ihr wohnst.«

Auch Ralf war noch nicht fertig: »Wenn das nächste Mal was übrigbleibt, schmeiß die Käsereste lieber in Rohwedders Papierkorb!«

Ole war derweil mit seinem eigenen beschäftigt. »Da klebt alles zusammen«, knurrte er nach ein paar erfolglosen Versuchen. »Am besten bring ich das Ding nach draußen, bevor ich die Segel streiche.« Er war im Begriff, seinen Worten Taten folgen zu lassen, doch dann verharrte er kurzerhand und sah zu Ralf hinüber. »Ist für dich nicht heute schon Wochenende?«

»Ingrid arbeitet länger und kommt erst in 'ner Stunde in Niebüll an. Ihr Auto lässt sie auf der Insel und wir fahren mit meinem ins verlängerte Wochenende.«

»Wo gehts denn hin?«, fragte Hannah, die bereits stand und plötzlich Feierabendstimmung versprühte.

»Bad Lauterberg im Harz. Sollten Sie sich auch mal ansehen, Chefin. Ingrid hat dort 'ne hübsche kleine Ferienwohnung. Wenn Sie wollen, frage ich mal, wann die wieder frei ist und ob …«

Ole unterbrach ihn lachend: »Du und deine Ingrid – ihr liegt doch ohnehin nur den ganzen Tag im Bett. Dafür müsst ihr nicht nach Bad Gurkenheim fahren.«

»Bad Lauterberg«, korrigierte Ralf angesäuert. »Und was Ingrid und ich den ganzen Tag so treiben, geht dich rein gar nichts an!«

Hannah beschränkte sich darauf, zu schweigen und musterte ihre zwei Streithähne amüsiert. Dafür lehnte sie sich zurück und verschränkte die Hände vor der Brust.

Ole holte schon zum nächsten Schlag aus: »So, so ... euer Privatleben geht mich also nichts an«, zitierte er sinngemäß und tat so, als müsse er darüber nachdenken. »Wer hatte denn vor 'n paar Wochen Riesenkrach mit seiner Ingrid und hat mich auf Knien angefleht, mit ihr zu reden? Um ihr klarzumachen, wie sehr ihr Ralfi sie liebt und was er alles für sie tun würde.«

»Ist ja gut!« Ralf stand auf, ging zu Ole und streckte ihm seine Rechte entgegen. Die beiden umarmten sich kurz, wie man es unter Freunden tut. »Hast du mir sonst noch was zu sagen oder darf ich mit deinem Segen ins lange Wochenende starten?«

»Ich mach mich auch gleich vom Acker und wünsch dir viel Spaß! Sag deiner Ingrid, dass sie sich die neunte Staffel von *Suits* sparen kann. Da ist die Luft raus«, murmelte Ole grinsend.

»Und ich bin dann ebenfalls weg«, steuerte Hannah bei. »Frank und ich haben uns gegenseitig Serienverbot erteilt und proben heute unseren ersten Redeabend.«

»Was soll das denn sein?«, fragte Ole hörbar skeptisch.

»Wir hocken einfach nur zusammen, essen, trinken was und reden über Gott und die Welt.«

»Heißt das, ihr seid mit *House of Cards* durch?«

Diese Nachfrage sorgte in Hannahs Fall für ein deutlich erkennbares schlechtes Gewissen. Obwohl ihr Verlobter nicht in der Nähe war, senkte sie die Stimme. »Die beiden letzten Staffeln hab ich mir hier im Büro reingezogen. Ich musste doch wissen, wie es zu Ende geht.«

»Und Frank?«

Jetzt grinste Hannah. »Als er neulich bis spät in die Nacht im Büro war, hab ich am nächsten Morgen seine Sekretärin angerufen. Die hat auf seinem Computer nachgesehen …«

»Und?«

»Der falsche Hund war mit der letzten Staffel sogar vor mir fertig.«

Ole, der herzhaft lachte, musste innehalten, weil sein Telefon klingelte. Er langte zum Hörer und meldete sich keuchend: »Friedrichsen!«

»Martin hier. Hannah hat schon auf die zentrale Durchwahl umgeleitet.«

Ole tauschte einen kurzen Blick mit seiner Chefin und erhielt dabei den Freischein für eine kleine Notlüge. »Hannah ist lange weg. Irgendwann müssen wir ja auch mal Feierabend machen.«

Dieser Kommentar hinterließ bei Martin Clausen offenbar keinen großen Eindruck. »Die Einsatzleitstelle hat eben 'ne Streife nach Kampen geschickt. Angeblich gabs bei Knoop ein Blutbad.«

»Juwelier Knoop?«

»Kennst du noch einen anderen in Kampen?«

Ole holte hörbar Luft. »Wie sicher ist die Geschichte?«

»Ein Rettungswagen war zufällig auf der Ecke und ist bereits vor Ort. Ich hab gerade mit dem Notarzt telefoniert … im Laden ist alles verwüstet und es sieht so aus, als hätten es Rudi und Agnes nicht überlebt.«

»Kennst du die beiden schon länger?«, fragte Ole, dem inzwischen jeglicher Frohsinn vergangen war.

»Ich kenne jeden Insulaner schon länger! Würdest du bitte Hannah aus dem Feierabend holen? Früher oder später wird sie doch sowieso angeklingelt.«

Ole warf erneut einen Blick in Richtung seiner Chefin. »Lass das mal meine Sorge sein, Martin! Wir machen uns direkt auf den Weg und stehen auf dem nächsten Autozug.«

»Was ist los?«, fragte Hannah sofort, nachdem Ole aufgelegt hatte.

»Sagen dir die Namen Agnes und Rudi Knoop was?«

»Die betreiben auf Sylt eins der ältesten Juweliergeschäfte. Meine Eltern haben dort ihre Eheringe gekauft, da war ich noch ein kleines Kind. Warum fragst du?«

»Laut Martin liegen die Knoops blutüberströmt in ihrem Laden. Die Streifenkollegen sind unterwegs, schätze, in Kürze hören wir mehr.«

Nach ausgedehntem Schweigen reagierte Ralf als Erster. »Ich ruf sofort Ingrid an und sag ihr, sie kann zu Hause bleiben.«

Hannah mühte sich um ein Lächeln. »Sie wollen Bad Gurkenheim und die hübsche kleine Ferienwohnung einfach so sausen lassen? Das kommt gar nicht infrage, Herr Jansen!«

»Bad Lauterberg«, korrigierte Ralf abermals. »Sagen Sie nicht immer, dass Arbeit vorgeht und alle privaten Aktivitäten warten müssen, wenn wir einen neuen Fall haben?«

Hannah nickte, was sie aber nicht von einer Widerrede abhielt: »Erstens geht es bei Ihnen ja nur um ein verlängertes Wochenende und zweitens kriegen Ole und ich das schon allein hin. Sie packen Ihre Sachen und machen sich auf den Weg nach Bad …«

»… Lauterberg! Danke, Chefin!«

»Und wir sind mal wieder reif für die Insel«, stöhnte Ole. »Beweg dich, Hannah! Der nächste Autozug nach Westerland fährt in nicht mal zehn Minuten ab. Mit Glück erwischen wir den noch.«

3

Das Glück war den Ermittlern hold. Als eins der letzten Autos hatten sie es auf den Zug geschafft und Klanxbüll bereits passiert. Jeden Moment würden sie den Hindenburgdamm erreichen. Die Augustsonne hing tief über der Nordsee und tauchte das Wattenmeer in goldene Farben.

»Über den Sommer dieses Jahr kann sich niemand beschweren«, murmelte Ole vor sich hin. »Die Insel platzt jedes Wochenende aus allen Nähten. Ich frag mich, wie das weitergehen soll. Irgendwann wird alles wegen Überfüllung geschlossen.«

Hannah, deren Hände auf dem Lenkrad lagen, als müsse sie auch auf dem Zug lenken, sah zur Seite. »Hast du gelesen, dass sie weitere Ferienwohnungen verbieten wollen? Um mehr Platz für Einheimische zu schaffen.«

»Wird ohnehin nicht funktionieren. Hast du mitgekriegt, welche Strafen jemandem drohen, der sich nicht dran hält? Nahezu lächerlich! So 'nem Immobilienhai ist das doch völlig egal, der verbucht die Strafe unter *Trinkgeld.* Wenn du mich fragst, ist der Zug abgefahren und auf Sylt wird sich nie wirklich was ändern.«

»Ralf hat sich verändert«, sagte Hannah nach längerer

Pause. Mittlerweile schaute sie durch die Frontscheibe auf das Heck eines Golfs mit Bochumer Kennzeichen. Auf dessen Rückbank tummelten sich mindestens drei Kinder, die immer verrücktere Grimassen schnitten. »Ich freue mich für ihn und Ingrid, aber …«

»Was?«, hakte Ole nach, weil seine Chefin plötzlich schwieg. »Du selbst hast ihn doch mehr oder weniger nach Bad Gurkenheim beordert und meintest, wir kämen auch allein klar.«

Hannah verkniff sich beim Namen der kreierten Fantasie-Ortschaft nur mit Mühe ein Grinsen. »Das ist ja für sich gesehen auch völlig okay. Trotzdem ist der liebe Herr Jansen leider nur noch selten richtig bei der Sache. Letzte Woche hat er mehrfach Dinge vergessen oder Aufgaben einfach nicht erledigt.«

»Passiert mir doch auch häufiger«, relativierte Ole.

»Bei dir war das aber auch noch nie anders! In Ralfs Fall …«

»Herzlichen Dank, Hannah! Dir kann es ohnehin keiner recht machen. Was hauptsächlich daran liegt, dass du heute dies und morgen was ganz anderes willst. Wie soll man da …?«

»Lass uns über den neuen Fall reden! Martin ist bestimmt längst da und ich befürchte, es wird 'ne lange Nacht werden.«

»Wie gut kennst du dieses Juwelier-Ehepaar eigentlich?«

Hannah runzelte die Stirn. »Hab ich euch doch vorhin erzählt: Meine Eltern haben vor zig Jahren ihre Eheringe bei den Knoops gekauft. Heutzutage schießen solche Läden wie Pilze aus dem Boden und sind morgen wieder verschwunden. Knoop ist in meinen Augen 'ne wahre Institution und ich denke, immer noch ziemlich erfolgreich.«

»Wie siehts denn bei dir und Frank aus?«

»Bei ihm läuft es blendend. Er ist zwar nur Sylter Bürgermeister, scheint sich in der Rolle aber pudelwohl zu fühlen. Ich glaube nicht, dass es ihn in absehbarer Zeit nach Kiel oder Berlin in die große Politik zieht. Ist auch besser so, sonst hör ich ihn demnächst im Fernsehen stottern.«

»Ich wollte wissen, wie es bei euch beziehungstechnisch aussieht!«

»Kein Kommentar!«, erwiderte Hannah mit schiefem Grinsen.

»Aber ihr seid noch verlobt, oder?«

Hannah schaute zur Seite. »Natürlich! Hast du etwa Angst, dass es bei uns irgendwann wie in *House of Cards* abgeht?«

»Mit Mord und Totschlag? Bei euch endet es wohl eher wie …«

»Danke!«, unterbrach Hannah rüde. Schließlich hatte sie, was die Fortsetzung betraf, schon einige Vorstellungen. »Zurück zu unserem Fall: Ich müsste meine Mutter fragen, aber soweit ich weiß, sind die Knoops unheimlich aktiv, wenn es sich um soziale Projekte auf Sylt dreht. Falls sie wirklich tot sind, gehen der Insel zwei wichtige Unterstützer verloren.«

Oles Handy klingelte. »Das ist Martin«, sagte er, bevor er das Gespräch mit einem Wisch annahm.

»Mach laut!«, knurrte Hannah neben ihm.

»Wir sind auf dem Zug und bald in Westerland«, fing Ole an, nachdem der Lautsprecher aktiviert war. »Bist du schon vor Ort?«

Martin Clausen – seines Zeichens Sylter Ein-Mann-Kripo – klang zutiefst erschüttert: »Ja … und hier hat einer kurzen Prozess gemacht. Agnes und Rudi liegen in großen Blutlachen am Boden. Sieht nach ’nem Raubüberfall aus. Der Tresor ist leergeräumt und von den Vitrinen ist auch kaum was übrig.«

Hannah lehnte sich zur Seite, packte Ole am Handgelenk und zog es samt Smartphone zu sich heran. »Hast du die Spurensicherung schon informiert?«

»Klar, dauert jedoch etwas, weil die meisten Kollegen im Urlaub sind. Der kümmerliche Rest beschäftigt sich gerade mit 'ner Wohnung in Neumünster. Da gabs 'ne Schießerei und ebenfalls zwei Tote. Aber wenn die Kollegen fertig sind, machen sie sich direkt auf den Weg hierher.«

»Ist der Tatort gesichert?«

»Vor der Tür wimmelt es nur so von Schaulustigen«, stöhnte Clausen. »Kein Wunder – bei dem Wetter. Wir haben die Ladentür abgesperrt und die Fenster von innen verhängt. Das muss man sich mal vorstellen: Die haben sich da draußen fast geprügelt, um Fotos zu machen und ...«

»Ist gut, Martin«, unterbrach Hannah für ihre Verhältnisse sanft. »Hältst du noch ein bisschen durch oder sollen wir einen Bundeswehr-Tornado anfordern, der für Ordnung sorgt?«

Clausen lachte und beendete das Gespräch kurzum.

»Ich glaube, du kannst mein Handgelenk jetzt loslassen«, beschwerte sich Ole, weil Hannah keinerlei Anstalten machte.

Zumindest hatte sie ein Fazit parat. »Damit wäre es wohl amtlich: Sylt verliert zwei seiner wertvollsten Mitbürger.«

»Willst du Frank informieren?«

»Warum sollte ich?«

Ole ließ sich mit seiner Reaktion Zeit. »Früher habt ihr euch doch auch über alles ausgetauscht, was die Insel betrifft. Falls ich mal mit ihm reden soll, musst du es nur sagen.«

»Worüber reden?«, hakte Hannah in grenzwertigem Ton nach.

»Glaubst du, ich bin blind? Ihr telefoniert schon seit Wochen nicht mehr miteinander, Nachrichten werden auch keine mehr ausgetauscht und du blätterst unentwegt in irgendwelchen alten Akten. Willst du mir immer noch erzählen, dass bei euch alles blendend läuft?« Hannah wollte bereits antworten – sicher kein umfassendes Geständnis in Sachen Beziehung ablegen – doch Ole kam ihr mit weiteren Worten zuvor: »Und bevor du mir jetzt 'ne Breitseite verpasst: Vergiss nicht, wir sind Freunde!«

»Ja, es ist nicht mehr alles wie in den ersten Tagen und Wochen«, stöhnte Hannah, nachdem sie sich erkennbar heruntergefahren hatte. »Aber wo ist das denn so? Ich denke, bei anderen Paaren ist nach fast zwei Jahren Beziehung auch ein bisschen die Luft raus. Oder siehst du das etwa anders?«

»Ich hab noch nie so lange durchgehalten«, räumte Ole nach kurzem Zaudern ein. »Vielleicht, weil ich vor genau solchen Alltagsproblemen Angst habe.«

Während der Autozug in Westerland immer langsamer wurde und inzwischen beinahe stand, sah Hannah Ole direkt an. Ihre Augen wirkten traurig. »Willkommen im Club! Und falls dir irgendwann 'ne Lösung übern Weg läuft, sag gerne Bescheid.«

4

»Da draußen ist ja wirklich die Hölle los. Wir mussten oben an der Straße parken, weil ansonsten kein Durchkommen war«, beklagte sich Hannah, bevor sie Martin Clausen überhaupt begrüßte.

»Wir haben nur eine Streife und die Kollegen sind völlig überfordert«, erklärte der, während Hände geschüttelt wurden. »Vielleicht fordern wir lieber Verstärkung an, um einigermaßen Ordnung zu schaffen.«

»Was hast du bis jetzt herausgefunden?«, fragte Hannah und überging damit zunächst den Vorschlag.

»Für mich siehts so aus, als wären der oder die Täter einfach durch die Vordertür in den Laden spaziert. Hinten, wo Agnes mit eingeschlagenem Schädel liegt, ist die Tür abgesperrt und wahrscheinlich vor Jahren zum letzten Mal geöffnet worden. Davor stapeln sich Kartons, Prospekte … man glaubt es gar nicht.«

Ole drehte sich im Kreis und zog somit die Aufmerksamkeit seiner Chefin auf sich.

»Na, wie ist dein erster Eindruck?«

»Überall Kameras. Sollte doch mit dem Teufel zugehen, wenn die nicht irgendwas aufgenommen haben.«

Hannah nickte zufrieden. Sie machte ein paar Schritte zur Seite und schob sich zwischen zwei gläsernen Vitrinen hindurch, in denen bloß noch kümmerliche Überreste von Schmuck zu finden waren. Den überwiegenden Teil hatte sich jemand in größter Eile gewaltsam angeeignet. Hinter einer der Vitrinen lag Rudolf Knoop. Genauer gesagt: dessen Leiche.

»Fest steht, dass Rudi sich ordentlich gewehrt hat«, kommentierte Martin Clausen aus einiger Entfernung. »Da sind haufenweise blutige Handabdrücke und rechts von dir …« Clausen wartete, bis sich Hannah zu der erwähnten Stelle hinunterbückte. »… ist er wohl mit dem Kopf aufgeschlagen und k.o. gegangen. Da sind Blut und Haare – solche Spuren hat er bestimmt nicht freiwillig hinterlassen.«

»Du meinst, einer hat ihn mit dem Kopf auf die Vitrine gedonnert?«, nuschelte Hannah.

Clausen nickte, auch wenn niemand davon Kenntnis nahm. »Wer weiß, wie die Sache abgelaufen wäre, wenn er sich nicht gewehrt hätte? Wahrscheinlich hätten Agnes und Rudi überlebt und Tränen hätte es nur bei der Versicherung gegeben, weil …«

»Ist schon klar«, unterbrach Hannah sanft. Jetzt folgte eine Beschwerde: »Warum ist es hier drinnen eigentlich so dunkel? Ich kann ja kaum was erkennen!«

»Die Fenster hab ich nach meinem Eintreffen gleich als Erstes verhangen. Einer der Streifenkollegen hat mir dabei geholfen.«

»Gibt es für solche Fälle neuerdings nicht sowas wie elektrisches Licht?«

»Hier gibt es offenbar keinen Strom!«, erwiderte Clausen, erstmals leicht genervt. »Und bevor du weiter meckerst: Ich bin kein Elektriker, Hannah! Wir haben jeden Schalter probiert, aber … du siehst ja selbst, was Sache ist.«

Ole ergriff das Wort: »Ich geh raus und sag den Kollegen, sie sollen Verstärkung anfordern. Bei der Gelegenheit schau ich mich mal um, ob sich jemand am Verteiler zu schaffen gemacht hat.«

»Wie schaut's sonst bei dir aus?«, fragte Clausen, als man unter vier Augen war. »Wir haben uns lange nicht gesehen. Dachte schon, du wärst sauer auf mich.«

Hannah, die immer noch mit dem Rand der Vitrine beschäftigt war und inzwischen ihre Taschenlampe zu Hilfe nahm, hob den Kopf. »Weshalb sollte ich sauer auf dich sein? Wir hatten neulich den Fall in Husum, danach einen blutrünstigen Familienvater in Schafflund. Da bleibt kaum Zeit, um nebenbei …«

»Von der Sache in Schafflund hab ich gehört. Was ist denn aus den vier überlebenden Kindern geworden?«

Hannah, deren Aufmerksamkeit längst wieder einer der Vitrinen galt, hielt inne und läutete die Erklärung mit einem geräuschvollen Stöhnen ein: »Ich hab letzte Woche mit der Verantwortlichen beim Jugendamt telefoniert. Die älteste Tochter ist in der Psychiatrie gelandet, ihr Bruder im Heim und die zwei jüngsten sind wohl bei 'ner Pflegefamilie untergekommen. Legst du Wert auf weitere Details?« Clausen winkte ab, doch das nahm Hannah nicht mal wahr oder ignorierte es schlichtweg. »Ich habe selten einen Fall erlebt, bei dem die Beweislage so eindeutig war. Alles spricht gegen den Familienvater, aber der hüllt sich unverändert in Schweigen. Wenn das so weitergeht, müssen seine restlichen Kinder vor Gericht antreten und in allen Einzelheiten schildern, wie ihre Mutter und vier ihrer Geschwister nacheinander abgeschlachtet wurden. Da wird einem richtig warm ums Herz, findest du nicht?«

»In erster Linie möchte ich niemals deinen Job machen«, konstatierte Clausen nach kurzem Überdenken. Jetzt deutete er auf den Bereich vor Hannahs Füßen und anschließend in Richtung Hinterzimmer. »Kanntest du die Knoops?«

Hannah überlegte, ob sie ein weiteres Mal über ihre Eltern und deren Eheringe referieren sollte, entschied sich jedoch fürs Gegenteil. »Nicht besonders gut. Alter Sylter Geldadel, richtig?«

»Der immer auf dem Teppich geblieben ist! Agnes hat viel Jugendarbeit geleistet und etliche Projekte mit Geld unterstützt. Rudi hat nicht gerne drüber gesprochen, aber viele auf der Insel haben ihm 'ne Menge zu verdanken. Übrigens … die beiden wollten sich im Herbst zur Ruhe setzen.«

»Gibt es einen Nachfolger?«

»Soweit ich weiß, nicht. Dafür kenne ich die beiden auch zu wenig.«

»Kinder?«

»Zwei Söhne und eine Tochter, wenn ich mich nicht irre.«

Hannah bewegte sich vorsichtig nach hinten und schlängelte sich nun zwischen anderen Vitrinen hindurch, denen sie für einen Moment ihre Aufmerksamkeit widmete. »Die haben alles mitgenommen, was sie auf die Schnelle schnappen konnten. Hast du dich im Hinterzimmer genauer umgesehen?«

»Dort steht ein riesiger Tresor. Wir müssen auf das Ergebnis der SpuSi warten, weil der komplett ausgeräumt wurde. Außerdem sieht es da noch chaotischer aus als hier.«

Ein Klopfen an der Ladentür unterbrach das Gespräch. Mehrfach war das Gesicht einer Frau zu erkennen, die sich ein paar Meter entfernt lautstark gegen einen der Uniformierten zur Wehr setzte.

»Die Schaulustigen werden auch immer dreister«, fluchte Hannah und drehte sich um.

»Das ist Vera … Vera Böhme. Sie arbeitet schon seit Ewigkeiten für die Knoops«, informierte Clausen eilig.

»Dann sollten wir sie lieber reinlassen.«

Das wurde überflüssig, denn Ole kehrte von seinem Außeneinsatz zurück. Von drinnen war zu hören, wie er mit Vera Böhme diskutierte und die kurz darauf vor sich her in den Laden schob. Er holte sofort zu einer Erklärung aus: »Keine Angst, das ist Frau …«

»Wissen wir längst!«, schnitt ihm Hannah das Wort ab und wandte sich an Vera Böhme. »Mein Kollege sagt, Sie arbeiten für die Knoops.«

»Ja, seit über zwanzig Jahren«, kam es mit zitternden Lippen zurück. »Sagen Sie mir bitte, was passiert ist?«

»Es tut mir schrecklich leid, aber die Knoops sind tot. Offenbar hat hier ein Raubüberfall stattgefunden, bei dem …« Hannah verstummte mitten im Satz. Notgedrungen, denn sie musste mit ansehen, wie Vera Böhme zuerst mit den Augen rollte, dann zu taumeln anfing und zweifellos auf dem grauen Nadelfilz gelandet wäre, wenn Ole nicht das Schlimmste verhindert hätte.

Er bettete den Körper der ohnmächtigen Frau behutsam auf den Boden und sah panisch zu seiner Chefin auf. »Sollen wir einen Arzt rufen?«

»Erst mal probieren wir es mit feuchten Tüchern und gutem Zureden. Ein Arzt macht die Knoops auch nicht wieder lebendig ...«

5

»Wo ist eigentlich Ralf?«, fragte Martin Clausen, der neben der ohnmächtigen Vera Böhme kniete und ihr Gesicht mit einem feuchten Handtuch tupfte.

Hannah konnte sich ein kurzes Lachen nicht verkneifen. »Wieso? Glaubst du, der kann das besser als du?«

»Er fährt übers Wochenende mit seiner Ingrid in den Harz. Wahrscheinlich sind sie gerade unterwegs«, lieferte Ole den aktuellen Stand.

»Scheint was Ernstes zwischen den beiden zu sein, oder? Ich hätte mir nie vorstellen können, dass einer wie Ralf …« Clausen hielt inne, denn Vera Böhme meldete sich hustend zurück. Nach ein paar Atemzügen und mit ein wenig Hilfe setzte sich die Frau auf und lehnte jetzt an einer der Glasvitrinen.

»Vielleicht reden wir lieber woanders mit ihr«, schlug Ole flüsternd vor, wofür er sich an Hannahs Seite gesellte.

»Willst du Martin hier allein lassen? Bis die SpuSi eintrifft und ein Staatsanwalt den Abtransport der Leichen genehmigt, ist es mindestens Mitternacht – vermutlich später.«

Ole wandte sich deutlich lauter an Vera Böhme:

»Gehts wieder einigermaßen? Wollen Sie ein Glas Wasser oder soll ich mal schauen, ob ich irgendwo einen Schokoriegel herbekomme?«

Kopfschütteln. Die Frau sah die Polizisten rundherum nacheinander an. »Sind die Knoops wirklich tot?«

»Den Anblick werden wir Ihnen auf jeden Fall ersparen«, schritt Hannah ein und deutete auf eine kleine Sitzgruppe rechts vom Eingang. Dort hatten in der Vergangenheit sicherlich Verkaufsgespräche stattgefunden. »Schaffen Sie es da rüber? Mein Kollege hilft Ihnen gerne.«

»Es geht schon«, keuchte Vera Böhme und rappelte sich hoch. Als sie saß, mühte sie sich um ein Lächeln in Oles Richtung. »Ein Glas Wasser wäre doch ganz nett.«

Während sich Ole nach hinten begab, sah sich die Frau zum ersten Mal richtig um. »Wieso ist es hier eigentlich so dunkel?«

»Der Strom ist ausgefallen«, antwortete Hannah wahrheitsgemäß. »Oder wissen Sie mehr als wir? Gibt es einen Hauptschalter, der abends deaktiviert wird oder …?«

»Die haben hinter dem Haus die Hauptleitung gekappt«, wusste Ole zu berichten, der mit dem gewünschten Glas Wasser zurückkehrte. »Ziemlich professionell gemacht.«

Hannah warf erst Ole und dann auch Martin Clausen einen unmissverständlichen Blick zu. Da man sich länger kannte, war klar, was der bedeutete.

»Wir sehen mal, ob wir draußen endlich für Ordnung sorgen können«, stellte Ole in Aussicht. »Dauert wohl noch, bis die SpuSi eintrifft und sich was tut.«

»›SpuSi‹« wiederholte Vera Böhme fragend, nachdem die Männer den Laden beinahe fluchtartig verlassen hatten.

»Unsere Kollegen von der Spurensicherung«, erklärte

Hannah, wobei sie die Einmalhandschuhe von ihren Fingern streifte. Auch wenn ihr nicht nach einem Lächeln zumute war, versuchte sie, eine halbwegs überzeugende Variante davon aufzusetzen. »Ich muss so schnell und so viel wie möglich über die Knoops erfahren – am besten mit Ihrer Hilfe. Fühlen Sie sich dazu imstande? Oder sollen wir noch ein bisschen warten?«

»Was möchten Sie denn wissen?«, schniefte Vera Böhme.

»Wie lange haben Sie für das Ehepaar Knoop gearbeitet?«

»Im Dezember wären es vierundzwanzig Jahre geworden. Aber das sollte ja ohnehin nicht mehr passieren ...«

»Weil sich die Knoops zur Ruhe setzen wollten, richtig?«

Nicken.

Worüber sich Hannah ärgerte, denn ihre geschlossenen Fragen ließen solche Antworten überhaupt erst zu. Entsprechend vage fuhr sie fort: »Was können Sie mir ansonsten über die beiden erzählen? Über Ihr Verhältnis zueinander, die Kinder der Knoops ... alles eben.«

»Die zwei waren wie Eltern für mich«, fing es mit Tränen in den Augen an. »Herr Knoop war sogar der Patenonkel von meinem Sohn und ... das war im Prinzip wie Familie.«

»Wobei ja nicht in allen Familien Eintracht herrscht«, gab Hannah zu bedenken, denn Vera Böhme machte bereits eine längere Pause.

Jetzt war auch ein Anflug von Wut in ihrer Stimme zu hören. »Bei uns war es aber so! Vor Kurzem haben die Knoops Axel ein Auto geschenkt. Glauben Sie, das hätten sie getan, wenn ...?«

»Axel ist Ihr Sohn?«, unterbrach Hannah ganz bewusst. Bei derartigen Gesprächen mussten die

Emotionen hochkochen, um möglichst gleich im ersten Anlauf die Wahrheit aus jemandem herauszukitzeln.

Vera Böhme nickte, doch Hannah fiel auf, dass sie sich damit ein bisschen zu viel Zeit ließ. »Wie gesagt: Das Verhältnis zwischen den Knoops und uns war immer bestens. Wesentlich besser als zu deren eigenen Kindern.«

»Mein Kollege Clausen – ich glaube, Sie kennen sich – hat von zwei Söhnen und einer Tochter gesprochen. Ist das korrekt?«

»Holger ist der älteste, Jan ein paar Jahre jünger und Denise ist wohl so 'ne Art Nesthäkchen.«

»Wie alt?«, fragte Hannah und signalisierte Schreibbereitschaft.

»Sie ist gerade erst dreißig geworden. Die Söhne sind schon über vierzig.«

Hannah notierte die Informationen seelenruhig in ihrem Notizbuch und schaute dann auf. »Was können Sie mir über die Beziehung zwischen Eltern und Kindern sagen? Gab es da vielleicht irgendwelche besonderen Vorkommnisse?«…

»Wollen Sie die lange oder kurze Variante hören?«

»Mir reicht vorerst die kurze, und wenn ich mehr wissen will, melde ich mich schon.«

»Hannah ist ja finsterer denn je drauf«, knurrte Martin Clausen, der neben Ole im Eingang zum Juweliergeschäft stand. Minuten zuvor waren zwei weitere Streifenwagenbesatzungen eingetroffen, die Menschentraube löste sich langsam auf. Sicher auch, weil Kampen und Sylt insgesamt abends noch andere Attraktionen zu bieten hatte.

»Ich glaube, sie hat Stress mit ihrem Frank«, mutmaßte Ole.

»Was bedeuten würde, der Herr Bürgermeister ist nicht ganz so perfekt, wie alle denken. Was macht denn dein Liebesleben?«

Ole schürzte die Lippen und schwieg.

»Komm schon! Wir sehen uns zwar nicht mehr so häufig wie früher, aber mir kannst du doch alles erzählen. Deine amourösen Abenteuer sind bei mir sicher aufgehoben.«

Nach dieser Ermunterung drehte sich Ole grinsend zur Seite. »Erinnerst du dich an Vicky?«

»Die Rothaarige, wegen der du mich neulich allein an der Promenade hast sitzen lassen, du Verräter?«

»Sie hat am Wochenende bei mir gepennt – an dem davor auch.«

»Was wohl kaum mit Schlaf zu tun hatte«, platzte es lachend aus Clausen heraus. Dann verfinsterte sich seine Miene. »Wie machst du das bloß? Wieso kann bei dir fast keine Nein sagen?«

»Das darfst du mich nicht fragen. Aber mal was anderes: Weißt du zufällig, ob der liebe Frank auch in anderen Gefilden fischt?«

»Du meinst, ob er Hannah betrügt?«

»Wäre doch möglich.«

Clausen ließ sich die Sache eine Weile durch den Kopf gehen. »Früher war unser Herr Bürgermeister ein richtiger Schürzenjäger, aber ich dachte, Hannah hätte ihm längst die Krallen gezogen.«

»Wenn überhaupt, dann nur mit Waffengewalt.«

»Du sagst es – Hannah eben!«

6

Die saß Vera Böhme ein paar Meter entfernt gegenüber und wartete geduldig, bis die Frau einen Schluck Wasser intus und offenbar genug Energie gesammelt hatte, um fortzufahren: »Die Knoops haben ihre Kinder schon vor Jahren enterbt. Über das aktuelle Testament weiß ich nicht viel, nur, wer angeblich nicht drinsteht.«

»Was ist mit Ihnen?«

Eine Rückfrage, die für schüchternes Augenklimpern sorgte. »Die beiden meinten mal, sie würden nie vergessen, was ich alles für sie getan habe.«

Hannah tat nach außen hin erstaunt. »Was haben Sie denn für die Knoops getan? Abgesehen von Ihrer Arbeit?«

»In den letzten Jahren hab ich hier fast alles am Laufen gehalten«, kam es mit einem Hauch Empörung zurück. »Herr Knoop hatte viel mit seinem Rücken zu kämpfen und dann bekam er vorletztes Jahr diesen Schlaganfall, der ihn monatelang komplett aus dem Rennen geworfen hat. Frau Knoop war zuletzt wieder ganz gut auf dem Damm, hat aber ihre Krebserkrankung nie völlig überwunden.«

Hannah hielt mit dem Schreiben inne. »Welche Art von Krebs?«

»Darf ich Ihnen solche Einzelheiten überhaupt verraten?«

»Ich finde es im Laufe der Ermittlungen ohnehin heraus.«

Vera Böhme zögerte trotzdem, doch dann ging erkennbar ein Ruck durch ihren Körper. »Brustkrebs! Da stand es 'ne Weile wirklich auf der Kippe und Frau Knoop war manchen Tag kaum ansprechbar. Neben dem Laden musste ihr Mann sich also um alles kümmern: Haushalt, Einkäufe …«

»Wieso sind die Kinder nicht eingesprungen?«

»Denise war wohl ein paar Mal bei den Knoops zu Hause. Ich hab mitbekommen, dass es ständig Streit gab.«

»Immer ums Erbe?«

»Das dürfen Sie mich nicht fragen.«

»Gibt es noch weitere Angestellte?«

Energisches Kopfschütteln, und auch eine Erklärung ließ nicht lange auf sich warten: »Die Knoops sind ganz liebe Leute … waren! Aber sie haben sich schwer damit getan, jemandem zu vertrauen.« Die Frau unterbrach sich selbst mit einem leisen Lachen. »Ich habe erst nach zehn Jahren einen eigenen Schlüssel für die Ladentür bekommen. Abends den Tresor befüllen und abschließen darf ich bis heute nicht.«

»Wie lief denn das Geschäft so?« Hannah warf einen Blick in die Runde. »Seien Sie mir nicht böse, aber hier sieht es schon ein bisschen *oldschool* aus.«

»Genau deshalb kommen die Leute so gerne her«, erklang es mit einem neuen Anflug von Empörung. »Wir haben Millionäre aus Hamburg, die jedes Jahr vorbeischauen und ein Vermögen ausgeben.«

Hannah nickte, während sie sich weitere Notizen

machte. »Wie war Ihr Verhältnis zu den Kindern der Knoops?«, fragte sie, ohne dabei aufzusehen.

»Für Denise war ich lange Zeit nur *Tante Vera*.«

»Und aktuell?«, bohrte Hannah, weil es nicht weiterging.

»Seitdem die Knoops die raffgierige Bande enterbt haben, reden die alle kein Wort mehr mit mir. Vielleicht denken die, dass ich …« Den Rest verschluckte die selbsternannte *Tante Vera*.

»Na ja, dass Sie anstelle der Kinder etwas erben, wäre ja naheliegend«, verlängerte Hannah mit ernster Miene. »Hatten Sie heute eigentlich frei oder …?«

»Ich habe ausnahmsweise schon mittags Schluss gemacht.«

»Darf ich erfahren, warum?«

»Ich hatte was vor.«

Hannah, deren Instinkte lautstark Alarm schlugen, setzte ihr schönstes künstliches Lächeln auf. »Muss ich Ihnen etwa alles aus der Nase ziehen?«

»Ich hatte einen Termin auf dem Festland.« Erneut herrschte Schweigen, und Hannah wollte gerade nachsetzen, da fuhr Vera Böhme fort: »Mit Axels Bewährungshelfer.«

»›Bewährungshelfer‹«, wiederholte Hannah gedehnt, als würde sie das Wort zum ersten Mal hören. »Verraten Sie mir, was Ihr Sohn verbrochen hat oder soll ich auf dem Amtsweg nachfragen?«

Im Gesicht gegenüber machte sich Panik breit. »Mein Junge ist seit ein paar Monaten wieder auf freiem Fuß. Er hat einfach nur Pech gehabt. Bei seiner ersten Lehrstelle hieß es, er hätte geklaut und deshalb haben sie ihn rausgeworfen. Bei der zweiten …«

Hannah funkte aufgebracht dazwischen: »Ich wollte wissen, weshalb Ihr Sohn im Gefängnis gesessen hat!« Sie beugte sich nach vorne; ein Wunder, dass ihr Blick das Wasser im Glas nicht gefrieren ließ. »Ich finde es sowieso heraus, also reden Sie gefälligst, Frau Böhme!«

Deren Stimme war kaum mehr als ein Hauch. »Bewaffneter Raubüberfall und …«

»Und was?«

»Totschlag«, folgte es noch leiser.

In Hannahs Eingeweiden breitete sich ein mulmiges Gefühl aus. Mit ihren nächsten Worten begann sie krächzend, nach einem Räuspern war sie aber klar zu verstehen: »Nehmen Sie es mir bitte nicht übel, Frau Böhme: Wieso passt das alles zu den Ereignissen, die heute hier stattgefunden haben?«

Schulterzucken.

»Dann eben anders: Wo finden wir Ihren Sohn? Ich würde mich gerne mit ihm unterhalten. Vielleicht sorgt das ja dafür, dass er als Verdächtiger ausscheidet. Also … könnten Sie bitte versuchen, Ihren Axel zu erreichen? Wenn möglich, jetzt gleich!«

»Das probiere ich doch schon seit Tagen.«

Hannah stutzte: »Demnach ist er verschwunden?«

»Viel schlimmer.«

»Was soll das heißen?«

Vera Böhme war nicht imstande zu sprechen. Sie langte mit zitternden Fingern nach ihrem Wasserglas, mittlerweile flossen Tränen.

»Lassen Sie sich ruhig Zeit, Frau Böhme. Es wird ohnehin eine lange Nacht …«

7

»Ich könnte mir auch was Schöneres vorstellen, als hier die ganze Zeit blöd rumzustehen«, maulte Ole. Inzwischen dämmerte es, rundherum erwachten die Straßenlaternen, nur die Leuchtreklame des Juweliers blieb dunkel.

Clausen nickte zwar, hatte aber etwas hinzuzufügen: »Manchmal möchte ich schon mit dir tauschen. In eurem Laden herrscht doch bloß Stress, wenn jemand ums Leben kommt. Ich darf mich jeden Tag um Einbrüche, Überfälle und Körperverletzungsdelikte kümmern.«

»Würdest du dich mal umhören, ob an der Sache was dran ist?«

»An welcher Sache?«, fragte Clausen mit hochgezogenen Brauen.

»Na, ob unser Herr Bürgermeister nebenbei in anderen Gewässern fischt. Du weißt schon …«

»Und wenn das wirklich der Fall ist? Glaubst du, ich bin lebensmüde, geh zu Hannah und erzähl ihr was davon?«

»Das übernehm ich dann«, bot Ole freimütig an.

»Weil du immer noch ein Auge auf sie geworfen hast

oder warum sonst willst du ihr das Glück madig machen?«

»›Glück‹? Falls er Hannah tatsächlich betrügt, dann …«

»Achtung!«, unterbrach Clausen und packte Ole grob am Arm. »Deine Chefin ist im Anmarsch und du hältst jetzt lieber die Klappe.«

»Schluss mit den Weibergeschichten!«, begann Hannah ohne Umschweife. Sie sah Clausen aufmunternd an. »Kannst du das Ganze hier zu Ende bringen? Ole und ich müssen uns anderweitig sofort an die Arbeit machen.«

»Was ist denn los?«, wollte Letzterer wissen.

Hannah zeigte zur Eingangstür des Juweliers. »Frau Böhme hat sich ein wenig geziert, aber jetzt schreibt sie uns schnell ein paar Sachen auf. Passwörter für die PCs, den Zugangscode für die Videoüberwachung und ...«

»Wenn der oder die Täter den Strom abgeschaltet haben, hat die nichts aufgenommen«, gab Clausen zu bedenken. »Außer, es gibt 'ne Notstromversorgung …«

»… die seit Monaten deaktiviert ist«, vollendete Hannah verbittert. »Solche Akkus müssen regelmäßig geladen werden und Herr Knoop hatte wohl seinen Laptop an der Steckdose, die eigentlich dafür vorgesehen war. Haben wir alles gecheckt, Martin. Bist du so nett und rufst als Erstes beim Notdienst an. Wir brauchen hier schnellstmöglich wieder Strom.«

»Kein Thema. Was habt ihr vor?«

»Wir fahren mit Frau Böhme zu ihr nach Hause.«

Ole brauste auf: »Darf ich endlich mal erfahren, was das zu bedeuten hat, Hannah?«

»Ja … gleich, im Auto.«

Da Hannah schon zurück zum Juweliergeschäft stiefelte, blieb Ole genug Zeit für ein paar eindringliche

Worte an Clausen: »Was ist denn jetzt? Streckst du deine Fühler aus? Schließlich kennst du fast jeden auf Sylt.«

»Ich zapf mal unauffällig den Buschfunk an. Aber wenn dabei tatsächlich was ans Licht kommt, sorgst du gefälligst dafür, dass mein Name außen vor bleibt! Ist das klar?«

»Sonnenklar und … danke, Martin.«

Eine Viertelstunde später befand man sich zu dritt auf dem Weg nach List, Sylts nördlichster Gemeinde. Von Kampen aus ein Katzensprung, deshalb legte Hannah gleich los, als sie den Ortsausgang passierten. »Sie haben doch sicherlich nichts dagegen, wenn ich meinen Kollegen kurz aufs Laufende bringe, Frau Böhme?«

Die saß angeschnallt auf der Rückbank und beschränkte sich zunächst auf ein Kopfschütteln, das Hannah im Spiegel nur erahnen konnte. Dann folgte im Flüsterton: »Natürlich nicht … bitte.«

»Frau Böhme hat einen Sohn namens Axel. Der wird diesen Monat dreißig und wohnt wieder im *Hotel Mama*, nachdem er aus dem Gefängnis entlassen wurde und auf Bewährung draußen ist.«

»›Aus dem Gefängnis entlassen‹?«, staunte Ole.

»Bewaffneter Raubüberfall und Totschlag«, nahm Hannah die Antwort auf die logische Frage vorweg. »Mehr konnte mir Frau Böhme nicht sagen.«

Offenbar doch, denn die beugte sich – so weit es der Gurt zuließ – nach vorne. »Axel ist kein schlechter Junge. Er hat sich mit den falschen Leuten rumgetrieben und ist nichts weiter als ein Mitläufer, der nicht Nein sagen kann.«

»Lassen wir das mal dahingestellt«, konterte Hannah.

»Jedenfalls hatte Frau Böhme heute einen Termin mit dem Bewährungshelfer ihres Sohnes. Nur, dass der nicht erschienen ist …«

»Der Bewährungshelfer?«

»Axel, der Sohn!« Hannah warf einen missbilligenden Blick zur Seite. »Der ist übrigens schon seit Tagen nicht erreichbar, hatte aber per Mail für den heutigen Termin zugesagt. Und es geht noch weiter: Gestern hat es Frau Böhme nicht mehr ausgehalten und sich in Axels Zimmer umgesehen ...«

Ole schwieg. Von hinten erklang ein Räuspern, aber von dort war sicher nicht mit Worten zu rechnen.

Also fuhr Hannah fort: »Dabei ist sie auf einen ganzen Haufen verfänglicher Unterlagen gestoßen. Im Grunde genommen alles, was man so braucht, um einen Raubüberfall vorzubereiten.«

Ole drehte sich um, sah selbst im Dunkeln empört aus. »Und wieso sind Sie mit diesen Informationen nicht gleich zur Polizei gegangen?«

»Weil ich erst mal das Gespräch heute abwarten wollte«, rechtfertigte sich Vera Böhme schluchzend. »Ich konnte doch nicht ahnen, dass Axel den Termin schwänzt und …«

Ole platzte dazwischen: »Und Sie haben keine Ahnung, wo Ihr Sohn steckt?«

Kopfschütteln.

Was Hannah erneut im Spiegel wahrnahm. »Uns bleibt nichts anderes übrig, als Ihren Sohn zur Fahndung auszuschreiben.«

»Europaweit?«, fragte Ole, der bereits auf seinem Smartphone wischte.

Hannah nickte und wandte sich wieder an Frau Böhme, die auf der Rückbank immer kleiner wurde. »Und Sie wissen wirklich nicht, wo wir Axel finden? Ich frage das, um Ihnen und Ihrem Sohn Ärger zu ersparen. Falls die Fahndung schnell zu einem Erfolg führt und er sich der Festnahme widersetzt, könnte es leicht unangenehm werden.«

»›Unangenehm‹?«

Nach ausgedehntem Schweigen lieferte Hannah das vermeintliche Ende der Geschichte: »Wir müssen davon ausgehen, dass Ihr Sohn gewaltbereit und bewaffnet ist. Meine Kollegen sind auch bloß Menschen und schießen garantiert zurück.«

Lange Zeit waren lediglich Fahrgeräusche zu hören. Inzwischen hatte das Trio die ersten Ausläufer der Ortschaft List erreicht. Dort herrschte an einem Abend in der Woche um kurz vor elf kaum mehr Betrieb. Weil von rechts eine Katze über die Straße huschte, musste Hannah stark abbremsen. Dieser Ruck schien auch ein Mundwerk auf der Rückbank zu lösen.

»Ich weiß nicht, wo er steckt«, flüsterte Vera Böhme. Es folgte ein Kommentar, der so nur von einer zutiefst besorgten Mutter stammen konnte: »Bitte unternehmen Sie alles, damit niemand meinem Sohn ...« Den Rest ließ sie unausgesprochen.

»Dafür werden wir allerdings Ihre Hilfe brauchen!«, hob Hannah hervor.

»Ja, natürlich! Ich tue alles, was ich kann. Versprochen!«

8

Vor dem mehrstöckigen Wohnhaus in List blieb Ole zunächst im Auto, um die europaweite Fahndung nach Axel Böhme zu veranlassen. Hannah folgte dessen Mutter zur Haustür und dann durch ein Treppenhaus bis in den zweiten Stock. Als sich die Wohnungstür öffnete, schlug ihr abgestandene Luft entgegen.

Vera Böhme verfrachtete Handtasche und Jacke an einen der Garderobenhaken und bog in ihre Küche ab. »Möchten Sie was trinken, Frau …?«

»Lambert!« Hannah stand noch im Flur und sah sich um. »Wenn Sie einen Kaffee hätten, wäre das sehr nett. Um die Zeit kämpfe ich meistens mit dem ersten Durchhänger.«

»Axels Zimmer ist gegenüber vom Bad«, rief Frau Böhme, die schon an ihrer Kaffeemaschine hantierte. »Den Flur entlang und am Ende rechts.«

Hannah setzte sich in Bewegung. Linker Hand fand sie die offene Tür zum Wohnzimmer und warf einen kurzen Blick hinein. Es sah sauber und aufgeräumt aus. Nur die billigen Möbel und ein – für heutige Verhältnisse

– winziger Flachbildschirm sprachen dafür, dass hier jemand mit jedem Cent rechnen musste. Bei den Mieten auf Sylt auch kein Wunder.

Aus der Küche kam sogleich die nächste Erklärung. »Machen Sie gerne ein Fenster auf. Bei den Preisen lüfte ich bloß noch morgens und abends schnell durch.«

Da Hannah viel mehr Interesse am Reich von Axel Böhme als an frischer Luft hatte, folgte sie der Wegbeschreibung, stoppte allerdings vor ihrem eigentlichen Ziel. »Was ist denn mit der Tür passiert?«, rief sie um die Ecke in Richtung Küche. Und sie rechnete bereits mit einer Antwort in ähnlicher Lautstärke, doch dann tauchte Vera Böhme neben ihr auf.

Die Frau zeigte mit trauriger Miene auf ein ramponiertes Türschloss samt Füllung, die vermutlich komplett getauscht werden mussten. »Als ich es gestern nicht mehr ausgehalten habe, bin ich zu meinem Nachbarn und hab ihn um Hilfe gebeten.«

»Also hatte Ihr Sohn sein Reich abgeschlossen?«

»Immer! Saubere Wäsche musste ich ihm vor die Tür legen und …« Ein freudloses Lachen erklang. »… sein benutztes Geschirr hat er im Flur abgestellt, damit ich es wegräume.«

»Kinder!«, ließ Hannah sich zu einem Kommentar hinreißen. Sie deutete auf die angelehnte, ebenfalls beschädigte Zimmertür. »Darf ich?«

»Natürlich! Ich schau mal nach dem Kaffee und ob ich …« Es klingelte.

»Das wird mein Kollege sein. Sind Sie so nett und lassen ihn rein?«

Vera Böhme nickte, zögerte aber noch. Das hatte zweifellos mit dem zu tun, was hinter der Tür auf Hannah wartete. »Egal, was Sie da drinnen finden … seien Sie bitte ehrlich zu mir. Und wenn ich irgendwie helfen kann, dann …«

»Danke!« Hannah konnte es selbst kaum glauben: Ihre Füße machten wie von allein einen Schritt nach vorne und auch ihre Arme verselbstständigten sich, umschlangen nämlich völlig unerwartet Vera Böhme. Genauso plötzlich ließ Hannah wieder los, denn es klingelte erneut. »Wird wohl langsam Zeit.« Ein Lächeln traf die ramponierte Tür. »Bevor sich mein Kollege auch gewaltsam Zutritt verschafft.«

»Und … was haben wir hier?«, fragte Ole, als er wenig später neben Hannah im Zimmer eines knapp dreißigjährigen Sohnemanns stand.

»In erster Linie Mief, Klamotten und bergeweise Computermagazine. Unser Axel scheint so ein Freak zu sein. Außerdem …« Hannah steuerte auf einen unaufgeräumten Schreibtisch zu und nahm ein paar Unterlagen zur Hand, die sie offenbar schon kannte und deshalb an Ole weiterreichte.

Dessen erstes Fazit erfolgte prompt: »Das ist ein Grundriss vom Juweliergeschäft der Knoops. Schaltpläne … da hat sich jemand gründlich vorbereitet, würde ich sagen.«

»Was macht die Fahndung?«

»Noch keine Ergebnisse.«

»Du Spaßvogel! Ich wollte wissen, ob du alles in die Wege geleitet hast und …«

»Ja, hab ich!« Ole stöhnte genervt. »Wenn du mir nicht mal das zutraust, wieso machst du nicht gleich alles allein? Ralf und ich tragen dir deine Tasche hinterher und jubeln frenetisch im Chor, wenn du einen Fall gelöst hast.«

Hannahs Smartphone meldete sich mit einem leisen Klingelton, was eine spontane Reaktion unterband – vermutlich besser so. Während sie auf dem Display wischte, bekam Ole Stielaugen.

»Von Frank?«, fragte er beiläufig.

»Er ist auch eben erst nach Hause gekommen und möchte wissen, wo ich bleibe.«

»Vielleicht antwortest du ihm mal kurz«, empfahl Ole, weil Hannah ihr Smartphone schon wieder wegstecken wollte.

Jetzt besann sie sich eines Besseren und tippte einen extrem knappen Antworttext. Als das Telefon in ihrer Hosentasche steckte, gab es gleich den nächsten Ton von sich. Aber das schien Hannah nicht weiter zu interessieren, denn sie deutete in die Runde. »Den muffigen Stall hier sollen sich unsere SpuSi-Kollegen ausführlich vornehmen, wenn sie bei Knoops fertig sind.«

Ole nickte, doch offenbar beschäftigten ihn ganz andere Dinge. »Soll ich mal mit Frank reden? Falls ich euch irgendwie helfen kann, bin ich bereit …«

»Du hilfst mir, indem du deine Arbeit machst!«, fauchte Hannah dazwischen. »Noch ein privates Wort und du trägst mir wirklich nur noch die Tasche hinterher. Ist das angekommen, Herr Friedrichsen?«

Ole lächelte souverän und wechselte das Thema. »Wollen wir uns noch weiter umsehen, bevor die SpuSi ans Werk geht?«

»Und kontaminieren womöglich alles mit unseren eigenen Spuren?« Trotz dieser heftigen Reaktion überlegte Hannah einen Moment lang. »Ich denke, das hier reicht locker, um Axel Böhme zum Hauptverdächtigen zu erklären. Hinzu kommt seine Vergangenheit. Ganz davon abgesehen, dass er gerade erst aus dem Knast entlassen wurde – wäre ja nicht der erste Knacki, der sofort rückfällig wird.«

»Hat da etwa jemand Vorurteile und glaubt nicht mehr an das Gute im Menschen?«, erkundigte sich Ole grinsend.

»Nö, da weiß aber jemand, wie es in der Praxis läuft! Unser Strafvollzugssystem produziert schließlich keine geläuterten Weltverbesserer am Fließband. Wie soll das auch funktionieren?«

»Wird ja niemand auf die *schiefe Bahn* gezwungen«, murmelte Ole, während er beiläufig im Stapel der Unterlagen blätterte. Eine Seite erweckte seine besondere Aufmerksamkeit. »Das hier könnte interessant sein …«

»Was denn?«, fragte Hannah, die sich auf Zehenspitzen stellen musste, um etwas sehen zu können.

»Der liebe Axel hat sich 'ne Bodycam mit allem Schnickschnack bestellt. Sieh dir mal die Rechnung an!«

»Wollte der damit etwa den Raubüberfall filmen und seine ominösen Heldentaten ins Internet stellen? In der heutigen Zeit kann ich mir so gut wie alles vorstellen.«

Ole zuckte mit den Schultern. »Geliefert wurde das Teil schon vor ein paar Monaten. Vielleicht finden wir dazu was auf seinem Computer.«

Hannah drehte sich um und musterte einen Tower, der sich aktuell im Ruhemodus befand. Dafür sprach eine rote LED an dessen Frontseite, die in regelmäßigen Abständen blinkte. »Den sollen sich lieber unsere Kollegen von der Technik vorknöpfen. Stell dir mal vor, wir starten das Ding und …«

Oles Handy sorgte für eine Unterbrechung. »Das ist Martin«, informierte er seine Chefin nach einem Blick aufs Display.

»Geh ran, ist bestimmt wichtig.«

»Was gibts, Martin?«

»Hört Hannah mit?«

Ole dachte, Clausen wolle bereits Informationen zu seinem Sonderauftrag loswerden, deshalb versuchte er es mit einer plumpen Frage: »Soll sie denn?«

»Na klar! Glaubst du, ich will alles doppelt erzählen?«

»Was ist denn los, Martin?«, wollte Hannah wissen, als ein Keuchen aus dem Lautsprecher drang.

»Wir haben hier wieder Strom. Zuerst hab ich mich um Festtagsbeleuchtung gekümmert, damit unsere SpuSi nichts zu meckern hat, und anschließend hab ich mir die Videoüberwachung vorgeknöpft …«

»Sag nicht, die hat doch was aufgenommen!«

»Eine ganz kurze Sequenz. Ich hab die Uhrzeit gecheckt … passt zum Zeitpunkt des Überfalls.«

»Und was ist zu sehen?«, fragte Ole, der genervt klang.

»Ein einzelner Typ, ein echter Riese … locker zwei Meter. Der kommt rein, macht ein paar Schritte und erst dann war plötzlich der Strom weg.«

»Ist das Gesicht von dem Typen zu erkennen?«, bohrte nun Hannah.

»Glasklar und in Farbe! Soll ich das mal mit dem Handy abfotografieren und euch rüberschicken?«

»Bitte!«

Ole starrte noch immer auf sein Smartphone, obwohl das Gespräch längst beendet war. »Wenn der Hauptdarsteller in dem Video Axel Böhme heißt, können wir im Prinzip nach Hause fahren und uns ins Bett legen. Den Rest erledigt die Kavallerie und wir müssen nur noch …«

»Der Kaffee wäre fertig«, flüsterte die Mutter des vermeintlichen Hauptdarstellers. »Möchten Sie den hier oder lieber in der Küche trinken?«

»In der Küche«, antwortete Hannah und packte Vera Böhme sanft am Arm. »Ist Ihr Sohn sehr groß geraten?«

»An die zwei Meter. Wieso fragen Sie?«

Hannah schüttelte den Kopf, trotzdem musste eine Erklärung her: »Wir warten noch auf ein Foto und ich fürchte, danach haben wir eine Menge zu besprechen …«

9

»Ist das Ihr Sohn?«, fragte Hannah wenig später und schob Oles Handy quer über den Küchentisch. Auf dem Display war ein vergrößertes Gesicht zu sehen, das eine Mutter ohne jeden Zweifel erkennen würde.

Frau Böhme nahm sich für ihre Antwort reichlich Zeit. Immer wieder starrte sie auf das Foto, letztendlich blieb es dann bei einem Kopfschütteln.

»Es scheint aber so, als würden Sie den Mann kennen«, übersetzte Ole ein Mienenspiel.

»Das ist ein Bekannter von Axel«, erklang es nach längerem Zögern. »Der war in den letzten Wochen ein paar Mal bei uns. Angeblich haben sie sich im Gefängnis kennen gelernt und …«

»Und was?«, bohrte Hannah, denn es ging nicht weiter.

»Die beiden wollten so einen Internet-Service aufmachen … für Probleme mit dem Computer. Ich verstehe nichts davon, weiß also nicht, worum genau es sich drehte.«

Hannah ordnete ihre Gedanken und fuhr energisch fort: »Bestimmt nicht um Computerhilfe! Für mich sieht es so aus, als hätten da zwei Männer einen Raubüberfall geplant.«

»Bei dem das Ehepaar Knoop auf brutalste Weise ums Leben gekommen ist«, fügte Ole todernst hinzu. »Falls Sie noch mehr wissen, sollten Sie keinesfalls schweigen, Frau Böhme!«

Die fühlte sich angegriffen, zumindest sprach ihr Gesicht dafür. »Ich hab wirklich geglaubt, die planen ihre gemeinsame berufliche Zukunft. Die haben mir Magazine gezeigt und meinten, wer was von der Sache versteht, kann mit Computern richtig viel Geld verdienen.«

»Und mit gestohlenem Schmuck geht das wahrscheinlich noch schneller«, knurrte Ole. Für weitere Bemerkungen fand er keine Zeit, denn Hannah übernahm.

»Was ist mit Axels Vater?«

»Mein Mann ist kurz nach der Geburt unseres Sohnes gestorben … Arbeitsunfall.«

»Hat Axel Geschwister?«

»Nein!«

»Freunde, andere Verwandte … jemanden, bei dem er nach so einer entsetzlichen Tat unterkommen könnte?«

Zunächst schüttelte Vera Böhme den Kopf, doch dann folgte auch eine Erklärung: »Nach dem Tod meines Mannes hatte ich keine Lust, mich auf eine neue Beziehung einzulassen. Axel und ich waren eigentlich immer allein und dann ist der Junge … wissen Sie … ich habe alles versucht, aber irgendwann hatte ich keine Kontrolle mehr über ihn. Begonnen hat es mit Ladendiebstählen und kleineren krummen Geschäften. Es wurde von Mal zu Mal schlimmer und …«

»Man hat es auch nicht leicht als alleinerziehende Mutter«, flüsterte Hannah, weil plötzlich Schweigen herrschte. »Da sind Sie nicht die Erste, die an solchen Herausforderungen scheitert ... ist nur allzu menschlich.«

Ole aktivierte das Display an seinem Smartphone und deutete auf das Foto, das wieder darauf zu sehen war. »Können Sie uns zufällig einen Namen sagen?«

»Hier hat er sich Volker genannt, aber ich weiß nicht, ob das stimmt.«

»Und dieser vermeintliche Volker ist ähnlich groß wie Ihr Sohn?«

Vera Böhme huschte ein kurzes Lächeln um die Mundwinkel, das sich schnell in Luft auflöste. »Fast einen Kopf größer. Wenn er da war, musste er in jeder Tür den Kopf einziehen. Ein richtiger Lulatsch.«

Hannah mischte sich ein. »Sie sagten, er hätte zusammen mit Axel gesessen. Ist das sicher?«

»Angeblich haben sie sich sogar eine Zelle geteilt. Ich kann Ihnen nur das sagen, was mir mein Sohn erzählt hat.«

Hannah nickte zufrieden und machte Anstalten, sich zu erheben. »Wir rufen gleich morgen früh in Neumünster an, spätestens danach wissen wir Bescheid.«

»Und wie geht es jetzt weiter?«, fragte Vera Böhme. Ihre Angst vor der Antwort war deutlich hörbar.

»Ihr Sohn ist zur Fahndung ausgeschrieben und das werden wir schleunigst auch auf diesen mutmaßlichen Volker ausweiten. Wenn einer von den beiden irgendwo auftaucht, könnte alles sehr schnell gehen.«

»Aber Ihre Kollegen schießen doch hoffentlich nicht, ohne vorher …?«

»Ich weiß es nicht, Frau Böhme! Eines steht jedoch fest: Bevor einer sein eigenes Leben riskiert …« Hannah verstummte mitten im Satz. »Wir fahren jetzt zurück nach Kampen und kümmern uns um das Grauen, das Ihr Sohn und sein Freund angerichtet haben. Hoffen wir, dass es keine weiteren Toten gibt.«

. . .

»Die arme Frau ist völlig am Ende«, resümierte Ole, als er neben Hannah im Auto saß. »Stell dir mal vor, du würdest in ihrer Haut stecken: Ziehst ganz allein einen Sohn groß, der gerät auf die schiefe Bahn und die Geschichte endet in 'ner ausgewachsenen Katastrophe. Da fällt doch jeder vom Glauben ab.«

»Irgendwas stimmt mit der Tante nicht«, flüsterte Hannah. »Mal ist sie total erschüttert und am Boden zerstört und im nächsten Moment hab ich das Gefühl, sie weiß ganz genau, was die Stunde geschlagen hat.«

»Sie steht vor einem Scherbenhaufen!«, protestierte Ole. »Ich weiß nicht, wie ich mich in einer ähnlichen Situation verhalten würde.«

Hannah nickte, was auch immer das zu bedeuten hatte. Sie war ohnehin längst mit einem ganz anderen Thema beschäftigt »Meinst du, wir erreichen um die Zeit jemanden in der Haftanstalt Neumünster?«

»Kurz vor Mitternacht? Da hocken um die Zeit irgendwo zwei oder drei Schließer rum und schnarchen um die Wette. Wenn wir die aufwecken, kriegen wir bestenfalls 'ne pampige Antwort.«

»Dann kümmern wir uns aber gleich morgen früh um diesen Volker«, beschloss Hannah. »Notfalls fährt einer von uns nach Neumünster und recherchiert das vor Ort.«

»›Einer von uns‹ klingt nach mir«, grunzte Ole frustriert. Doch plötzlich klang er um einiges zuversichtlicher. »Wer weiß ... vielleicht führt unsere Fahndung ja schon vorher zum Erfolg und mir bleibt der Weg erspart.«

Hannah drehte sich zur Seite, lächelte müde. »Das hier ist kein Wunschkonzert, Herr Friedrichsen! Ich rechne erst nach dem Wochenende mit Resultaten – wenn überhaupt.«

»Zumindest ist der Fall so gut wie gelöst«, konstatierte Ole unverändert zufrieden. »Wobei bestimmt nicht geplant war, dass unser Riese namens Volker 'ner Kamera vor die Linse läuft. Und das ohne Maske!«

»Ohne Maske ergibt für mich auch keinen Sinn. Wenn du mich fragst, war von Anfang an geplant, dass niemand den Wahnsinn überlebt. Und wie kann es angehen, dass wir überhaupt Aufnahmen haben?«

Schätze, unser Axel war zu langsam und hatte keine Gelegenheit mehr, seinen Komplizen rechtzeitig zu warnen, dass der Strom noch nicht abgestellt ist.«

»Wäre logisch und momentan spricht alles dafür.« Hannah räusperte sich. »Aber wie du weißt, bin ich kein Freund von vorschnellen Schlüssen ...«

»Komm! Derart eindeutig war es selten, mir würde nicht mal 'ne andere Variante einfallen.«

»Ist ja gut, wahrscheinlich hast du recht.«

Ole fuhr gähnend fort: »Martin hat mir vorhin geschrieben. Er meinte, die Kollegen von der SpuSi wären in Kampen eingetrudelt und er hätte dort alles im Griff.«

»Klingt, als wolltest du ihn alleinlassen und morgen behaupten, wir hätten uns die ganze Nacht bei Vera Böhme um die Ohren geschlagen?«

»Natürlich nicht, aber man darf doch wohl drüber nachdenken, oder?«

»Klar … und ich darf doch antworten, oder?«

10

»Man muss solche Geschenke auch mal annehmen können«, kam Martin Clausen eine halbe Stunde später zu einem Ergebnis. Hannah und Ole hatten ihn vor dem Eingang zum Juweliergeschäft mit ihren bisherigen Erkenntnissen vertraut gemacht und dabei kein Detail ausgelassen. »Wenn ihr mich fragt, ist der Fall gelöst und die Täter müssen nur noch gefasst werden.«

Hannah nickte, Ole fiel mit ein. Keiner der beiden hatte eine ernsthafte Widerrede parat.

»Es gibt übrigens gute Nachrichten«, fuhr Clausen fort. »Ralf hat die Reise in den Harz abgeblasen und hockt in eurem Niebüller Büro.«

»Wieso ruft er denn dich an?«, empörte sich Ole.

Hannah setzte noch einen obendrauf: »Und was will er mitten in der Nacht im Büro? Hat seine Ingrid ihm die Freundschaft gekündigt?«

Clausen hob abwehrend die Hände. »Ich dachte, ihr freut euch. Ist es schlimm, dass ich ihm auch die Bilder von der Videoüberwachung geschickt habe?«

Hannah schüttelte den Kopf, fischte ihr Smartphone

aus der Tasche und verharrte kurz, als das Display erwachte.

Ole riskierte einen flüchtigen Blick und konnte erkennen, dass offenbar zahlreiche Textnachrichten bei seiner Chefin für eine gerunzelte Stirn sorgten. Allerdings verzog sich Hannah zum Telefonieren um die Ecke, was Ole die Gelegenheit gab, sich mit Clausen auszutauschen. »Ich glaube, zwischen Frank und ihr kriselt es gerade richtig. Würd mich nicht wundern, wenn die Verlobung bald aufgelöst wird.«

»Hast du eigentlich auch noch andere Sorgen?«, knurrte Clausen. »Manchmal hab ich das Gefühl, du wartest bloß drauf, um selbst zum Stich zu kommen. Kümmer dich lieber um deine Vicky, bis es wieder vorbei ist! Wird ja nicht lange dauern.«

Ole verschluckte jeden Kommentar und zeigte zur Ladentür. »Hat die SpuSi schon irgendwas Besonderes gefunden?«

»In der kurzen Zeit? Die haben doch eben erst angefangen!«

Ole klopfte seinem Kollegen auf die Schulter und grinste. »Du solltest nach Hause fahren und ein paar Stunden schlafen. Wenn du müde bist, hast du immer unheimlich schlechte Laune.«

»Das liegt nicht an der Müdigkeit, sondern an dir! Weil du immer mehr …«

Hannah bog um die Ecke. »Wir lassen hier alles stehen und liegen und brechen auf!«

»Was ist denn plötzlich los?«, fragte Ole.

»Ich hab mit Ralf geredet.« Martin Clausen bekam einen Blick ab, der zwischen Skepsis und Bewunderung pendelte. »Du hast ihm doch das Bild von der Videoüberwachung geschickt.«

»War das verkehrt?«

»Ganz im Gegenteil! Ralf hat das System beim LKA in Kiel damit gefüttert und das hat sofort einen Volltreffer ausgespuckt.«

Ole mischte sich ein: »Dann wissen wir also, wer der Riese ist und wo …«

»… er wohnt«, vollendete Hannah genüsslich. »Volker Asmussen, haust in Großenwiehe auf dem Bauernhof seiner Eltern. Ralf fordert gerade ein mobiles Einsatzkommando an. Die Kollegen warten allerdings mit dem Zugriff, bis wir vor Ort sind.«

»Ich will deine schöne Geschichte ja nicht kaputtmachen, aber der erste Zug fährt erst in ein paar Stunden«, gab Clausen zu bedenken. »Wollt ihr zum Festland rüberschwimmen?«

»Ralf kümmert sich gerade um einen Hubschrauber, der uns am Flugplatz abholt und irgendwo in der Nähe von Großenwiehe absetzt. Eventuelle Details überlass ich ihm.«

»War vielleicht doch ganz gut, dass er geblieben und nicht in den Harz gefahren ist«, kommentierte Clausen zufrieden. Jetzt gähnte er. »Dann halte ich hier mal weiter die Stellung und mach nachher im Auto ein bisschen die Augen zu.«

»Und du meintest vorhin, Ralf würde langsam nachlassen«, feixte Ole, als Hannah und er mit Vollgas in Richtung Flughafen aufbrachen. »Ich würde sagen: Kollege Jansen ist in absoluter Höchstform!«

»Das läuft aber auch alles wie am Schnürchen«, erwiderte Hannah zufrieden. »Mit Glück erwischen wir Volker Asmussen und Axel Böhme in flagranti und ab morgen ist nur noch Berichteschreiben angesagt. Fast zu schön, um wahr zu sein.«

Ole nickte eifrig. »Ich stell mir vor, wie die gerade ihre fette Beute aufteilen, nebenbei ordentlich abfeiern und wir platzen da rein, um die Party vorzeitig zu beenden. Fall gelöst, die Schuldigen landen hinter Gittern – warum kann es nicht immer so einfach sein?«

»Weil man uns dann nicht bräuchte. Außerdem … wir müssen ja auch mal Glück haben.«

»Was die Knoops auch nicht wieder lebendig macht«, lieferte Ole eine altbekannte Weisheit. Doch plötzlich hatte er andere Sorgen. »Da vorne gehts links rein zum Flughafen. Langsam solltest du vom Gas gehen, sonst fliegen wir vorbei.«

Hannah entsprach dieser Bitte erst in letzter Sekunde und musste eine Vollbremsung hinlegen, um überhaupt in die Richtung abbiegen zu können. Auf dem Gelände lag alles im Dunkeln, denn nachts durften Flugzeuge auf Sylt weder starten noch landen.

»Tote Hose«, beschrieb Ole das Szenario durchaus treffend. »Wollen wir den Nachtwächter aus dem Schlaf klingeln oder …?«

Hannah riss das Lenkrad nach rechts und blieb nach einer weiteren Vollbremsung in einer Parklücke stehen. »Der Vogel soll hier auf dem Parkplatz landen, keinen großen Aufriss machen und uns aufs Festland bringen. Wozu brauchen wir da einen schlechtgelaunten Nachtwächter?«

Hannahs Smartphone meldete sich über die Freisprecheinrichtung. Auf dem Display in der Mittelkonsole blinkte *Ralf*.

»Ich wette, jetzt bekommst du deine Antwort«, lästerte Ole.

Hannah nahm das Gespräch kommentarlos an. »Wie siehts aus, Herr Jansen?«

»Ich weiß gar nicht, wo ich anfangen soll«, kam es aus den Lautsprechern.

»Hübsch der Reihe nach. Haben Sie eine Streife nach Großenwiehe geschickt?«

»Die Kollegen stehen in sicherer Entfernung und beobachten das Haus von Volker Asmussen.«

»Ich dachte, der wohnt bei seinen Eltern«, mischte sich Ole ein.

»Die haben ihm wohl ein eigenes kleines Häuschen gebaut – ist bei Bauern so üblich. Sogar mit einer eigenen Nummer.«

»Und weiter!«, drängte Hannah.

»Im ganzen Haus brennt Licht, nur zu sehen ist bisher niemand.«

Hannah warf einen vielsagenden Blick zur Seite, den Ole erwiderte. Die Vorstellung, dass im nicht allzu weit entfernten Großenwiehe gerade zwei Männer saßen, die ihre üppige Beute feierten, schien sich zu bewahrheiten. »Was macht unser Hubschrauber?«

»Ist in der Luft und dürfte nicht mehr lange brauchen. Ich muss den Piloten noch informieren, wo er landen soll.«

»Auf dem Flughafen in Westerland, hab ich Ihnen doch vorhin schon gesagt.«

»Genau genommen: auf dem Parkplatz davor!«, korrigierte Ole. »Wenn das Teil auf der falschen Seite landet, wecken wir den Nachtwächter doch noch auf und der schlägt womöglich Alarm.«

»Was konnten Sie ansonsten herausfinden, Herr Jansen?«, fragte Hannah.

»Ich habe in Neumünster jemanden erreicht. Asmussen und Böhme haben tatsächlich zusammen gesessen und wurden etwa zeitgleich entlassen. Die teilen sich auch einen Bewährungshelfer, aber den konnte ich um die Zeit nicht erreichen.«

Weil Hannah zufrieden grunzte, riskierte Ole eine Nachfrage, allerdings in privater Sache: »Was hat denn Ingrid dazu gesagt, dass euer Wochenendtrip ins Wasser fällt?«

»Die war eigentlich ganz froh, weil sie Magen-Darm hat und wir wahrscheinlich an jeder zweiten Raststätte hätten halten müssen. Zudem meinte sie, aufgeschoben ist nicht aufgehoben und wir können genauso gut nächste Wo…«

»Der Hubschrauber ist im Anflug«, unterbrach Hannah rabiat. In der Tat war in einiger Entfernung schon das Wuppern von Rotorblättern zu hören. »Sie kümmern sich bitte weiter um unsere beiden Knackis und recherchieren alles, was sich auf die Schnelle herausfinden lässt. Wenn ich denen später in einem Verhörraum gegenübersitze, brauche ich Fakten, Fakten und nichts als …«

»… Fakten! Ist klar, Chefin.«

11

»Das ist ein *Eurocopter* der Bundespolizei!«, brüllte Ole wenig später gegen den Lärm der Turbinen an. »Nett, dass die Kollegen aushelfen!«

Kaum hatte das dröhnende Monstrum auf dem Parkplatz aufgesetzt, da öffnete sich die seitliche Schiebetür. Eine Frau in dunkelblauem Overall und mit weißem Helm – offenbar die Copilotin – winkte bereits.

Also tasteten sich Hannah und Ole in gebücktem Schleichgang nach vorne und fielen im Inneren des Hubschraubers erleichtert auf zwei unbequeme Sitzplätze. Die Seitentür hatte sich gerade wieder geschlossen und die Copilotin saß auf ihrem angestammten Platz, da heulten die Turbinen auf und das Monstrum erhob sich in die Luft.

Ole reichte Hannah einen der Helme, die für Fluggäste vorgesehen waren. Nachdem er selbst einen aufhatte, klappte er im Gegensatz zu seiner Chefin auch das Mikrofon herunter. »Hat doch alles perfekt geklappt«, lobte er den bisherigen Ablauf und hörte dabei seine eigene Stimme in den kleinen Lautsprechern schnarren. »Oder bist du etwa anderer Meinung?«

Hannah hob einen Daumen und deutete dann nach vorne zum rechten Sitz, der bei einem Hubschrauber dem Piloten gehört.

Ole konnte sich ein Grinsen nicht verkneifen »Ups … Frau am Steuer. Hoffentlich geht das gut!«

»Wir können hier alles mithören«, schnarrte es in seinem Helm. Aber die Frau schien es locker zu nehmen, denn sie schickte ein Lachen hinterher und auch ein Kommentar ließ nicht lange auf sich warten: »Wenn Sie wollen, dürfen Sie gerne selbst ans Steuer. Wie wär's?«

»Kein Bedarf!«, rief Ole und lächelte verlegen in Hannahs Richtung.

Die schien sich köstlich zu amüsieren. Irgendwann schloss sie die Augen und fiel zurück gegen die Lehne.

»Das wird noch 'ne lange Nacht«, murmelte Ole.

Hannah öffnete nicht mal die Augen, aber wenigstens nickte sie.

Von vorne hatte jemand etwas hinzuzufügen: »In anderthalb Stunden geht die Sonne auf. Wisst ihr eigentlich schon, wo wir euch absetzen sollen?«

»Irgendwo in der Nähe von Großenwiehe.« Ole, der sich vorgebeugt hatte, um den Blick der Copilotin zu suchen, drehte sich wieder zu seiner Chefin um.

Doch Hannah hatte ihren Helm abgenommen, was bedeutete, dass der Lärm sie nicht störte – im Gegensatz zum Bordfunk.

Also wandte sich Ole wieder nach vorne. »Könnt ihr mal die Einsatzleitstelle anfunken? Die sollten wissen, wo uns das MEK einsammelt.«

»Geht klar! Etwa zehn Minuten, dann müssten wir vor Ort sein.«

Jetzt fiel auch Ole gegen die Rückenlehne, doch anders als Hannah wollte er die sensationelle Aussicht genießen. Nordfriesland von oben. Eine tiefschwarze

Ebene, die nur hier und dort von den Positionsleuchten der Windkraftanlagen erhellt wurde. Ein Stück rechts unter sich sah Ole zwei Scheinwerferpaare, die immer wieder beinahe zu einem verschmolzen. Zweifellos ein Wettrennen, das hoffentlich nur mit einem Sieger und nicht mit Verletzten oder gar Toten endete. Ansonsten lagen die Leute mitten in der Nacht anscheinend dort, wo sie hingehörten: im Bett. Erst in ein paar Stunden würde das Leben von Neuem erwachen. Für zwei Männer in Großenwiehe, die für ein grauenvolles Verbrechen verantwortlich waren, vermutlich in Handschellen …

Seinen Wagen hatte er hinter dem Haus geparkt, damit man ihn von der Straße aus nicht sehen konnte. Nach dem dritten Klopfen öffnete ihm einer der Idioten endlich die Tür. Es folgte eine kurze Reise – über schmutzige Fliesen und begleitet von Gestank, der kaum auszuhalten war –, die in einem chaotischen Wohnzimmer endete. Für Details wie überquellende Aschenbecher und Müll, der sich überall stapelte, interessierte er sich nicht. Seine Aufmerksamkeit gehörte vielmehr einem Haufen Schmuck, der mitten auf dem Wohnzimmertisch lag. Dazu Dutzende wertvoller Chronografen, die allein schon ein Vermögen wert waren.

»Ist das alles?«, fragte er dennoch.

»Reicht das etwa nicht?«, motzte ein unrasierter Wicht, der es sich auf dem Sofa gemütlich gemacht hatte, als wäre hier eine Party im Gange.

Dessen Kompagnon – wahrhaftig ein Riese – kam auch nicht viel freundlicher daher. »Wir warten hier schon seit Stunden auf dich!« Ein seltsames Grinsen und ein

Fingerzeig zum Tisch folgten. »Falls du 'ne Uhr brauchst, bedien dich ruhig.«

Er hatte nicht vor, solche Anfeindungen zu kommentieren. Vielmehr ging es ihm um etwas ganz anderes, das er inmitten von Schmuck und Uhren bisher nicht entdeckt hatte. »Wo ist denn das Gold aus dem Tresor?«

Der Wicht setzte schon an, doch hier ging es wohl nach Größe, denn der Riese übernahm die Antwort: »Da war kein Gold, Kollege. Das hätten wir auch locker allein zu Kohle machen können ... dich brauchen wir nur für den Schmuck und die Uhren. Kapiert?«

Er nickte. Auf dem Weg hierher hatte er sich viele Gedanken gemacht und war zufrieden mit sich selbst, denn genau diesen Verlauf hatte er vorhergesehen. Wenn es eins gab, mit dem man so gut wie immer rechnen durfte, dann war das die Gier der Menschen. Manch einen spornte sie zu Heldentaten an, in den meisten Fällen handelte es sich allerdings um das exakte Gegenteil. Hier und jetzt hatte er es mit zwei Männern zu tun, die sich nicht an ihr Wort hielten.

Und was macht man mit solchen Zeitgenossen?, fragte er sich selbst, während er dem Wicht ins unrasierte Gesicht blickte. *Man erteilt ihnen eine Lektion!*

Bevor die Idioten eventuell Verdacht schöpften, begann er mit dem ersten Teil dieser Lektion. Kurz gesagt: Die beiden sahen sich plötzlich der Mündung einer *SIG Sauer* gegenüber. Die Pistole lag ganz ruhig in seiner Hand, worüber er sich fast selbst wunderte.

»Was soll denn die Scheiße?«, pöbelte der Wicht. Das Grinsen war ihm zwar vergangen, aber die Bedrohung schien er als solche nicht wahrzunehmen.

Zeit, ein Exempel zu statuieren. Sein Finger krümmte sich um den Abzug, als hätte er nie etwas anderes getan.

Noch drei weitere Male, danach war der Wicht Vergangenheit.

Der Riese, der bisher hinter dem Wohnzimmertisch gestanden hatte, wirkte unentschlossen. Vermutlich hätte er sich sofort nach vorne gestürzt, um einem anderen die Pistole aus der Hand zu schlagen und für Tatsachen zu sorgen, doch dafür war die Distanz viel zu groß.

Am liebsten hätte er gleich wieder abgedrückt, um die Geschichte möglichst schnell zu beenden, sich den Schmuck zu schnappen und auf Nimmerwiedersehen zu verschwinden. Er überlegte kurz und entschied, dass es besser wäre, vorher die Antwort auf eine wichtige Frage zu erzwingen: »Wo habt ihr das Gold gelassen?«

Der Riese schien nicht blöd zu sein und meinte offenbar, einen unerwarteten Joker in Händen zu halten. Er hatte ein ähnliches Grinsen wie sein Kompagnon im Repertoire und zuckte aktuell nur mit den Schultern.

»Wo ist das Gold?«, erneuerte er seine Frage mit eindringlicher Stimme.

Was auch keine erfreulicheren Konsequenzen zeigte.

Dann war es, als hätte der rechte Zeigefinger eigenmächtig die Entscheidung getroffen, denn er krümmte sich erneut um den Abzug. Weitere Schüsse waren überflüssig. Das Projektil – ein Teilmantelgeschoss, das den Hinterkopf des Riesen an der Wand verteilte – hatte seinen Zweck erfüllt.

Eilig klaubte er Schmuck und Uhren zusammen und verfrachtete seine Beute in einer Sporttasche, die vor dem Tisch lag. Jetzt müsste er bloß noch das Gold finden und alles wäre perfekt gelaufen ...

12

»Das ist nicht dein Ernst!«, schimpfte Hannah, als sie festen Boden unter den Füßen hatte. Dabei handelte es sich um den Parkplatz eines Baumarktes in Wanderup, einem Nachbarort von Großenwiehe. Der Hubschrauber hatte längst wieder abgehoben und sich gen Osten davongemacht, wo bei genauem Hinsehen bereits ein Lichtstreif am Horizont zu erkennen war.

»Was denn?«, fragte Ole mit gespielter Unschuld.

»Das mit der Copilotin. Hast du da eben wirklich ihre Telefonnummer abgegriffen?«

Ole zeigte in die Ferne, wo zwischen Bäumen und Sträuchern ein Scheinwerferpaar auftauchte, das sich mit hoher Geschwindigkeit näherte. »Ist wahrscheinlich unser Taxi.«

»Unser Taxi kann warten!«, fauchte Hannah. Selbst im schwachen Lichtschein der Parkplatzbeleuchtung war ihr hochroter Kopf erkennbar. »Wir sind im Dienst! Kannst du nicht einmal professionell bleiben und …«

Ole fuhr ähnlich aufgebracht dazwischen: »Weil ich fünf Worte mit 'ner netten Frau namens Sandra wechsle und hinterher nicht *Nein* sagen will, wenn sie mir ihre

Telefonnummer gibt? Es kann nicht jeder so engstirnig wie du unterwegs sein, Hannah.«

»Darüber reden wir noch!«, beschloss die, denn gerade bog das Scheinwerferpaar unverändert rasant auf den Parkplatz ab und machte eine Vollbremsung. Bevor der schwarze SUV richtig stand, flog die Beifahrertür auf.

Ein Hüne in voller Einsatzmontur sprang heraus. Da man sich von vorherigen Einsätzen kannte, wurden wortlos Hände geschüttelt. Als Hannah und Ole auf der Rückbank saßen, ging es wie bei einem Alarmstart los.

Der Fahrer – dem Aussehen nach ein Zwillingsbruder des Beifahrers – lachte kurz auf. »Was kann denn bei euch nicht bis Tagesanbruch warten? Wieso habt ihr's so eilig?«

Da Hannah schwieg, musste Ole notgedrungen herhalten. »Mit Glück verhaften wir gleich die Kerle, die für einen brutalen Raubüberfall und zwei Tote auf Sylt verantwortlich sind.«

»Die Geschichte mit dem Juwelier?«, fragte der Beifahrer. »Im Radio reden sie in den Nachrichten über nichts anderes.«

Plötzlich mischte sich Hannah ein. Sie beugte sich nach vorne und steckte nach diesem akrobatischen Akt zwischen den Vordersitzen. »Hat einer der Kollegen auch ein paar hübsche Fotos geschossen und die an den Meistbietenden verhökert?«

Fahrer und Beifahrer zuckten nacheinander mit den Schultern. Letzterer hatte auch etwas in privater Sache zu sagen: »Ich war mal mit meiner Verlobten auf Sylt und hab ihr bei Knoops 'nen Ring gekauft … kann mich noch genau an das nette ältere Ehepaar erinnern. Die haben sich für den winzigen Ring fast zwei Stunden Zeit genommen und sich um uns gekümmert, als würden wir ein Vermögen investieren.«

Hannah fiel gegen die Lehne der Rückbank, verschränkte die Arme vor der Brust und starrte von nun an aus dem Seitenfenster. Ole nahm ihren Platz zwischen den beiden Vordersitzen ein und stieß den Beifahrer von der Seite an. »Und … seid ihr mittlerweile verheiratet? Hat sich der Ring wenigstens gelohnt?«

»Sie ist inzwischen mit ’nem Banker aus Flensburg zusammen. Bei dem gibts keine Nachtschichten, keinen Wochenenddienst und am Monatsende kommt mindestens das Doppelte auf dem Konto an. Vielleicht sollte ich lieber meiner Playstation ’nen Ring kaufen.«

Ole lachte, der Fahrer fiel mit ein und hätte sich beinahe verschluckt.

»Wer ist eigentlich Einsatzleiter?«, fragte Hannah und erstickte damit jeglichen Frohsinn, der sich im Auto breitmachte.

»Strohmann. Der ist übrigens seit letzter Woche geschieden und hat seitdem ’ne Scheißlaune. Unser großer Vorturner in Kiel überlegt sogar, ob er ihn für ’ne Weile aus dem Rennen nimmt ... weil schlechtgelaunte Bullen auch mal um sich schießen.«

Diesem Bullen stand Hannah ein paar Minuten später gegenüber. Der Elitepolizist vom MEK überragte sie locker um zwei Köpfe.

»Wie gehts dir, Hannah?«

Die nickte nur und fragte: »Habt ihr schon einen Plan für den Zugriff?«

»Wir beobachten das Haus seit ’ner Viertelstunde. Zwei meiner Leute haben sich auf der Rückseite postiert und meinen, dort sieht es genauso wie vorne aus. Alle Rollos sind runtergezogen, nichts Genaueres zu sehen.«

»Also wissen wir nicht, was drinnen los ist, ob wir es

womöglich mit mehr als zwei Leuten zu tun bekommen und ob überhaupt einer zu Hause ist«, verlängerte Hannah.

»Immerhin brennt überall Licht. Warum sollte jemand für Festtagsbeleuchtung sorgen und hinterher die Biege machen – bei den Strompreisen?«

»Ich glaube, da hat jemand ganz andere Probleme«, kommentierte Hannah und sah zu ihrem hünenhaften Kollegen empor. Im nächsten Moment gehörte ihre Aufmerksamkeit den hellerleuchteten Fenstern etwa fünfzig Meter weiter. »Wann seid ihr soweit?«

»Wir warten nur auf deinen Startschuss.«

Hannah nickte zufrieden und hatte sich schon zur Hälfte weggedreht, als der Einsatzleiter sie aufhielt. »Falls die Vögel bewaffnet sind und schießen, kann ich für nichts garantieren. Hoffe, das ist klar.«

»Wäre trotzdem nett, wenn ihr einen am Leben lasst. Ich hätte nämlich noch ein paar Fragen zum Tathergang.«

Ole, der sich zuvor ein Stück entfernt mit anderen Elitepolizisten unterhalten hatte, stieß hinzu. Seine Worte galten Strohmann. »Einer deiner Leute ist hier in Großenwiehe aufgewachsen und kennt Volker Asmussen seit Ewigkeiten. Er meint, der Typ wäre total irre und hätte früher immer damit geprahlt, dass er problemlos an die Flinten seines alten Herrn rankommt. Angeblich gehen Dutzende tote Hunde, Katzen und Kaninchen auf sein Konto. Ihr solltet also besser vorsichtig sein, wenn ihr …«

Hannah stoppte Ole mit einer energischen Handbewegung und wandte sich eiskalt lächelnd an Strohmann. »Ich hab's mir anders überlegt: Mir ist es egal, ob einer von den Typen überlebt.«

»Das solltest du anderweitig aber lieber für dich behalten«, empfahl der MEK-Mann lachend.

Diesen Rat quittierte Hannah mit einem schwachen

Nicken. »Attacke! Ich will auch irgendwann mal ins Bett.«

»Und Sie sind sich absolut sicher, was den Zeitpunkt angeht?«, fragte Ralf bereits zum dritten Mal am Telefon.

Inzwischen klang die Kollegin von der Stuttgarter Polizei leicht genervt. »Hundertprozentig! Ich hab die Anlage der Tankstelle selbst gecheckt. Außerdem kann man die Systemzeit überhaupt nicht beeinflussen, da läuft alles *online*.«

Ralf starrte auf seinen Monitor. Die Bilder, die er dort sah, erreichten zwar seinen Verstand, aber der weigerte sich hartnäckig, deren Inhalt zu akzeptieren. Trotzdem wurde es Zeit, sich von der Kollegin zu verabschieden. »Dann danke für den Rückruf und … später schönen Feierabend.«

Ralf überlegte, was er tun sollte. Schließlich wusste er ganz genau, was in diesem Augenblick in Großenwiehe vor sich ging. Mehrfach langte er nach seinem Smartphone, um es danach unverrichteter Dinge wieder auf dem Schreibtisch zu platzieren. Eine Minute später wischte er auf dem Display herum und wählte Hannahs Nummer …

13

Hannah stand aktuell in Großenwiehe und beobachtete, wie Elitepolizisten im Begriff waren, ein kleines Haus zu stürmen. Solche Einsätze laufen in ihrer ersten Phase streng nach Lehrbuch ab. Als Erstes geht es darum, sich Zugang zum Einsatzort zu verschaffen und gleichermaßen zu verhindern, dass sich jemand aus dem Staub macht. Das passierte derart schnell, dass Hannah die einzelnen Schritte nicht mal genau hätte wiedergeben können. Während die Statusmeldungen der Kollegen aus dem kleinen Headset in ihrem rechten Ohr dröhnten, nahm ihr linkes ein Klingeln wahr. Obendrein summte es in ihrer Hosentasche.

Aber egal, wer jetzt etwas von ihr wollte, musste eben warten.

Nacheinander ertönten Schreie.

Flur gesichert!

Küche gesichert!

Badezimmer gesichert ... Pfui Deibel! Was stinkt das hier!

Hannah grinste in sich hinein. Die nächsten Infos aus dem Headset verdarben ihr jedoch sämtlichen Frohsinn.

Wohnzimmer gesichert ... hier liegen zwei Leichen rum.

Eine andere Stimme ergänzte noch ein Detail: *Dem Riesen haben sie die halbe Birne weggeballert.*

Haus gesichert!, vermeldete eine weitere Stimme.

»Komm!« Hannah stieß Ole von der Seite an.

»›Zwei Leichen‹«, wiederholte der auf dem Weg zum Haus eine der vorangegangenen Informationen. »Mal angenommen, das sind Asmussen und Böhme, dann müssen wir wohl davon ausgehen, dass es sich um drei Täter handelt.«

Einige Atemzüge später erreichten die Ermittler ein Wohnzimmer, das aus allen Nähten zu platzen drohte. »Hier stinkt's auch entsetzlich«, beschwerte sich Hannah, bevor sie einen Blick in die Runde warf und für eine Ansage Luft holte: »So … schönen Dank, Kollegen! Jeder, der nicht für die Spurensicherung arbeitet oder mir sagen kann, wer die beiden Männer auf dem Gewissen hat, verlässt bitte den Raum!«

Da das für jeden der Elitepolizisten galt, hatten Hannah und Ole das Wohnzimmer kurz darauf für sich. »Das ist Asmussen«, bestätigte Ole, der immer wieder auf sein Smartphone sah. Jetzt hielt er es seiner Chefin entgegen. »Hier … Volker Asmussen, kein Zweifel.«

Hannah nickte, machte ein paar kleine Schritte und beugte sich über eine Leiche, die – lang ausgestreckt von einer Wand bis fast zur anderen – auf der schmutzigen Auslegeware lag. »Von seinem Hinterkopf ist wirklich kaum was übrig.«

Ole war bereits mit der zusammengekrümmten Leiche auf dem Sofa beschäftigt. »Das ist auf keinen Fall Axel Böhme.«

»Und wieso nicht?«, fragte Hannah.

»Erstens ist er viel zu klein, und zweitens hat Ralf mir

vorhin die Bilder aus dem Melderegister geschickt. Der Typ da sieht Axel Böhme nicht mal ansatzweise ähnlich.«

Hannah überlegte. »Dann war er also der Dritte im Team und hat mit seinen Komplizen kurzen Prozess gemacht. Welche Erklärung sollte es sonst für das Blutbad hier geben? Ich hab das Gefühl, wir …« Hannah verstummte und fischte ihr Smartphone aus der Hosentasche. »Schon wieder Ralf. Ja, Herr Jansen … was gibts denn so Wichtiges?«

»Neuigkeiten über Axel Böhme. Aber ich fürchte, die werden Ihnen nicht gefallen.«

Hannah sah hinüber zu Ole, den es vor Neugier zu zerreißen schien. Deshalb aktivierte sie den Lautsprecher, bevor sie reagierte: »Geht es um weitere Tote? Hier sieht es so aus, als wäre Böhme Amok gelaufen, um die Beute nicht teilen zu müssen. Wir haben die Leichen von Asmussen und einem Mann gefunden, den wir noch identifizieren müssen.«

»Axel Böhme kommt als Täter nicht infrage«, widersprach Ralf.

»Warum denn nicht?«, mischte sich Ole ein, der mittlerweile neben Hannah stand.

»Er hat eine Tankstelle im Stuttgarter Raum überfallen und wurde dabei aufgenommen.«

»Das passt doch alles perfekt zusammen! Der Überfall auf die Knoops fand vor über zehn Stunden statt. Danach fährt die Bande gemeinsam nach Großenwiehe … nur die Geschichte mit dem Teilen haben sich Asmussen und der Zwerg wohl etwas anders vorgestellt. Wenn sich Axel Böhme anschließend ins Auto gesetzt und Gas gegeben hat, kann er es locker bis Stuttgart geschafft haben.«

Hannah hatte Bedenken. »Und wieso überfällt er 'ne Tankstelle, wenn er wahrscheinlich mit Millionenwerten unterwegs ist? Hier liegen haufenweise Preisschilder rum, für die man wohl keine Verwendung mehr hatte.«

»Weil es ihm noch an Bargeld mangelt? Ist doch logisch … oder soll er seinen Sprit etwa mit 'nem Luxuswecker bezahlen?«

»Darf ich vielleicht auch mal was sagen?«, maulte Ralf am anderen Ende der Leitung.

»Jaaa!«, bölkten Hannah und Ole wie aus einem Mund zurück.

»Der Überfall auf die Tankstelle ist vor etwa zwölf Stunden passiert. Was bedeutet, Böhme hätte es in zwei Stunden schaffen müssen, nach Kampen zu fahren, dort seine Komplizen zu treffen, um mit denen einen Juwelier zu überfallen und dann in Großenwiehe ein Blutbad anzurichten.«

»Das ist unmöglich!«, kam Ole postwendend zu einem Ergebnis.

Hannah fühlte sich noch nicht bereit, das Gehörte zu akzeptieren. Deshalb griff sie nach der ersten Widerrede, die ihr in den Sinn kam: »Konnten Sie die Informationen aus Stuttgart verifizieren? Vielleicht handelt es sich ja um einen Irrtum …?«

»Axel Böhme ist eindeutig zu erkennen. Ich hab mir das Video der Kollegen x-mal angesehen und auch Standbilder verglichen … sogar die Tätowierungen auf seinen Händen stimmen zu hundert Prozent überein. Außerdem hat 'ne andere Kamera seinen Wagen gefilmt, wie der kurz nach dem Überfall von der Tankstelle rollt.«

»Wieso sagen Sie das denn nicht gleich?«, beschwerte sich Hannah.

»Weil man bei Ihnen ja kaum zu Wort kommt, Chefin! Ich hätte gerne sofort alles ...«

»Ist okay, sorry«, wiegelte Hannah ab. Für weitere

Worte fand sich keine Zeit, denn hinter ihr tauchte der Einsatzleiter auf.

»Braucht ihr uns noch?«

»Sekunde!« Hannah wandte sich wieder an Ralf. »Sind Sie noch fit genug, um Ole und mich hier abzuholen?«

»Logisch!«

»Dann machen Sie sich am besten gleich auf den Weg. Und noch was, Herr Jansen: Alarmieren Sie bitte die Streifenkollegen. Wir werden hier bestimmt nicht warten, bis die SpuSi eintrudelt.«

Nachdem das Telefonat beendet war, wollte Hannah ihre weiteren Pläne gerade mit zwei Männern teilen, aber ein dritter, dessen Organ durch den Flur dröhnte, hielt sie davon ab.

»Säch mol … wat is'n hier los?«, ertönte es in typischem Plattdeutsch.

»Das ist wohl der Bauer, der seine Flinten nicht ordnungsgemäß wegschließt«, kommentierte Ole. »Offenbar ein Frühaufsteher.«

»Goa mi ut'm Wech, du Dösbaddel!«, ging es fluchend und an einen der Elitepolizisten gerichtet weiter.

Auch Hannah hatte einen Kommentar parat: »Das hat mir gerade noch gefehlt!«

14

Eine halbe Stunde später – derweil hatte man den Bauern zur Ruhe gebracht und vorerst vertrieben – trafen Ralf und die Streifenwagen etwa zeitgleich ein. Vor der Tür des Hauses verabschiedeten sich Hannah und Ole gerade von den MEK-Kollegen. Ein perfekter fliegender Wechsel, den auch eine ganze Vogelschar bejubelte, die sich rundherum in den Bäumen verteilt hatte und dort den neuen Morgen feierte. Bis jetzt lag ein dichter Schleier wie Watte über den Feldern, doch den würde die in Kürze aufgehende Sonne sicher schnell vertreiben.

»Du hättest lieber mit deiner Ingrid in den Harz fahren sollen«, flüsterte Ole zur Begrüßung. Hannah stand ein paar Meter hinter ihm und war damit beschäftigt, die anderen Beamten in ihre Pflichten einzuweisen.

»Klingt, als hätte die Chefin schlechte Laune«, antwortete Ralf ebenfalls im Flüsterton.

»Hast du sie schon mal gutgelaunt erlebt? Aber heute toppt sie wirklich alles und …«

»Sie kommt, halt besser die Klappe!«

»Das war gute Arbeit, Herr Jansen«, begann Hannah

lächelnd mit einem Lob. »Konnten Sie inzwischen noch mehr herausfinden?«

»Sie haben doch gesagt, ich soll sofort aufbrechen. Unterwegs hab ich nur schnell an 'ner Tanke gehalten und für alle Bockwürste besorgt. Hunger?«

»Wenigstens einer, der auch mal an seine Chefin denkt«, erwiderte Hannah und schickte ein vielsagendes Grinsen in Oles Richtung.

Mit Pappen in der Hand und eifrig kauend umrundete das Ermittler-Trio wenig später das winzige Haus. Mittlerweile war es fast hell, im Osten lugte bereits die Sonne über den Horizont.

Ole fing schmatzend mit einer Zusammenfassung an: »Wir haben keinerlei Hinweise für gewaltsames Eindringen gefunden. Heißt, der Dritte im Bunde war wohl tatsächlich ein Komplize und hat einfach kurzen Prozess gemacht.«

»Weil er die Beute nicht teilen wollte«, vervollständigte Ralf der Form halber.

Hannah schritt ein: »Wir haben uns die ganze Zeit von vermeintlichen Fakten einlullen lassen. Ab jetzt ist Schluss damit!«

»Was meinen Sie, Chefin?«

Hannah blieb stehen, stopfte sich in aller Seelenruhe den Rest ihrer Bockwurst in den Mund und auch der letzte Zipfel Toastbrot wanderte hinterher. Eine Weile mussten Ole und Ralf ihr beim Kauen zusehen, bevor sie wieder imstande war, etwas zu sagen: »Das war von Anfang an alles viel zu offensichtlich. Und wir Idioten haben uns nur auf Axel Böhme und dessen Knastbruder Volker Asmussen konzentriert.«

Ole deutete zum Haus. »Der mit halbem Kopf da drinnen liegt und auf jeden Fall ein Volltreffer war.«

Hannah stöhnte genervt. »Jaaa! Trotzdem lagen wir

mit Böhme voll daneben und hätten lieber sofort ...« Sie winkte ab. »Der Doppelmord an den Knoops hat absolute Priorität. Wir ermitteln diesbezüglich in alle Richtungen. Bedeutet, wir knöpfen uns die Kinder vor, Freunde, Kunden … das volle Programm.« Da ihre Kollegen mit dem Vertilgen der Bockwürste noch nicht fertig waren, fuhr Hannah gleich fort: »Sie, Herr Jansen, kümmern sich um die Läden im Umkreis des Juweliergeschäfts. Überwachungskameras, Mitarbeiter … vielleicht ist jemandem zufällig was aufgefallen. Außerdem fragen Sie mal in Pensionen und Hotels nach, ob dort einer der Gäste was gesehen hat. Und rufen Sie auch bei der Autoverladung in Westerland an. Von denen brauchen wir die Aufnahmen sämtlicher Überwachungskameras – der Zeitraum ist ja überschaubar.«

»Und was soll ich machen?«, fragte Ole, der soeben den letzten Bissen heruntergeschluckt hatte.

»Du nimmst dir Frau Böhme noch mal vor. Ich werde das Gefühl nicht los, dass die uns längst nicht alles gesagt hat.«

Ole nickte, konnte seinen Einwand aber nicht für sich behalten: »Wie wär‘s, wenn wir vorher wenigstens ein paar Stunden schlafen?«

Passend dazu gähnte Ralf herzhaft und hätte seine Chefin dadurch beinahe zum Nachtisch aufgefressen.

»Ist ja gut«, lenkte die lachend ein. »Seid ihr einverstanden, wenn wir das mit dem Schlafen schichtweise erledigen?«

Jetzt gähnte Ole ebenfalls. »Ich übernehme mit Vergnügen die erste Schicht«, bot er grinsend an.

Ralf war mit einem Statement an der Reihe: »Ich halte noch ein paar Stunden durch. Wie siehts mit Ihnen aus, Chefin?«

»Wenn ich schnell ’nen Kaffee bekomme, der Tote

zum Leben erweckt, kann ich auch mal ’ne Nacht komplett auf Schlaf verzichten.«

Ole klatschte in die Hände. »Auf gehts! Dann mach ich mich gleich im Ruheraum vom Revier zwei Stunden lang und hinterher ist einer von euch dran.«

Hannah fand keine Zeit mehr für eine Reaktion, denn ihr Smartphone klingelte. Sie zog es aus der Tasche, wollte es schon zurückstopfen, besann sich jedoch eines Besseren. »Ich bin hier mitten im Einsatz und weiß nicht, ob ich es heute überhaupt nach Hause schaffe.«

Ole und Ralf waren zu Zuhörern degradiert und tauschten vielsagende Blicke.

Das Telefonat neigte sich ohnehin seinem Ende zu und Hannah klang nicht viel freundlicher als bei der Begrüßung: »Wir reden später noch mal… okay … bis dann.«

»Alles in Ordnung?«, erkundigte sich Ole, nachdem das Gespräch lange beendet war und Hannah regungslos dastand.

»Wir brechen auf!«, verkündete sie und marschierte los.

»Was war das denn eben?«, fragte Ralf auf dem Weg zum Auto flüsternd. Hannah lief einige Meter vorweg, dürfte also nichts mitbekommen.

Trotzdem sprach Ole noch leiser: »Ich hab Martin auf die Sache angesetzt. Schließlich kennt er fast jeden auf Sylt und findet garantiert heraus, ob der Herr Bürgermeister unsere Chefin hintergeht.«

»Du meinst, er be…?«

»Nur zur Sicherheit! Wenn nichts ist – umso besser«, zischte Ole.

»Seid ihr mit euren Tuscheleien fertig?«, moserte Hannah, die abrupt stehenblieb und herumwirbelte.

»Es ging um unseren neuen Fall«, log Ole wenig überzeugend. »Ich hab Ralf gefragt, ob wir …«

Hannah fuhr einfach dazwischen: »Ist schon klar, Herr Friedrichsen!« Völlig unerwartet zeigte sie ein ehrliches Lächeln. »Seid ihr böse, wenn ich doch die erste Schicht Schlaf übernehme? Gerade wäre ich beinahe im Laufen eingeschlafen.«

»Kein Problem!«, rief Ole. »Wenn du aufwachst, warten ein starker Kaffee und frische Croissants auf dich. Versprochen!«

15

»Es ist echt zum Verrücktwerden«, fluchte Ole eine Stunde später im Niebüller Revier. Er hing über Ralf und deutete mehrfach auf dessen Monitor. »Das an der Tanke war wirklich Axel Böhme. Wie kann das angehen?«

Ralf zuckte lediglich mit den Schultern.

Was Ole nur noch mehr in Rage versetzte. »Ich hab selten einen Fall erlebt, bei dem es von Anfang an derart eindeutig war. Da passte alles zusammen ...« Er richtete sich auf, fuchtelte wütend mit den Armen und hätte dabei fast den Monitor vom Schreibtisch gestoßen. »Vielleicht hat der Böhme einen Doppelgänger oder Zwillingsbruder?«

»Hat er nicht, ist schon gecheckt. Also ... das mit dem Zwillingsbruder.«

»Und wer ist dann der Dritte im Bunde, der seine beiden Komplizen erschossen hat?«

Ralf zuckte mit den Schultern, drehte sich um und sah zu Ole empor. »Und wieso ist Böhme anscheinend auf der Flucht? Wovor … wenn er nicht in die Sache verstrickt ist, braucht er doch auch nichts zu befürchten.«

»Ich glaube, jeder hätte Axel Böhme von Anfang an

zum Hauptverdächtigen gemacht«, fuhr Ole unbeirrt fort. »Außerdem darfst du nicht vergessen, dass er definitiv an der Planung beteiligt war. Wir haben in seinem Zimmer haufenweise Unterlagen gefunden, die gar keinen Spielraum für Interpretationen zulassen.«

Ralf starrte inzwischen wieder nach vorne auf seinen Monitor. »Er hat den Überfall also geplant, macht sich aber vorher vom Acker …«

»… überfällt 'ne Tankstelle und läuft dabei sämtlichen Kameras vor die Linse«, vollendete Ole. »So blöd kann doch niemand sein – das war pure Absicht! Zumal er lediglich hundertneunzig Euro Wechselgeld und ein paar Schachteln Kippen erbeutet hat. «

»Ihm muss klar gewesen sein, dass er allein für den Tankstellenraub sofort wieder in den Knast wandert. Immerhin ist er auf Bewährung draußen und das reicht für einen neuen ausgedehnten Urlaub hinter Gittern.«

»Und wenn er nach ein paar Jahren wegen guter Führung rauskommt, ist er im Idealfall ein gemachter Mann, weil ihm ein Anteil der Beute zusteht.« Ole ließ sich mit weiteren Worten Zeit, schließlich musste er zunächst den vermeintlichen Gedankengang eines anderen rekonstruieren. »Aber der Böhme hat garantiert nicht damit gerechnet, dass zwei seiner Komplizen direkt nach dem Überfall auf die Knoops dran glauben müssen. Wenn er davon hört und überlegt, wie es ihm womöglich ergehen könnte, kriegt er bestimmt die Vollkrise.«

»Dann ergibt die Sache auf jeden Fall einen Sinn«, übernahm Ralf. »Er hat durch seine Mutter Zugriff auf Interna in Sachen Juweliergeschäft, plant den Raubüberfall, taugt jedoch nicht für die Praxis vor Ort …«

»Du meinst, er ist nicht imstande, ohne Weiteres zwei alten und völlig wehrlosen Leuten den Schädel einzuschlagen?«

»Das ist alles schlimm genug. Aber wie sagt die Chefin immer so schön: Wir müssen uns von solchen Gedanken lösen und von Fakten leiten lassen.«

»Was der lieben Hannah dieses Mal selbst nicht gelungen ist«, stellte Ole genüsslich fest. »Wir sind eben alle nur Menschen und da ist es völlig normal, wenn wir uns von unseren Gefühlen leiten lassen.«

»Meine Geschichte kann auch nicht stimmen«, knurrte Ralf nach längerem Schweigen. »Falls sich Axel Böhme wirklich Hoffnungen auf einen Teil der Beute macht und – sagen wir mal – im Ausland drauf warten will, warum geht er dann das Risiko ein und überfällt die Tankstelle? Wir wissen in etwa, wann er wo gewesen ist und deshalb auch, wo wir die Fahndung nach ihm intensivieren müssen. Er ist also entweder saublöd oder um einiges raffinierter als wir.«

Mutmaßungen, die sich Ole länger durch den Kopf gehen ließ. Das Resultat lieferte er mit breitem Grinsen: »Die erste Variante gefällt mir besser. Ich bin mir ziemlich sicher, dass uns nur ein Puzzleteil fehlt, und dann passt plötzlich alles zusammen …«

Die Tür zum Büro der Mordkommission flog auf, Hannah kam gähnend hereingestiefelt.

Ralf tippte auf seiner Uhr herum. »Das war ja nicht mal 'ne halbe Stunde! Wieso …?«

»Weil ich nicht schlafen kann! Gibts frischen Kaffee?«

Ralf sprang auf und hätte Ole dadurch beinahe einen Kinnhaken verpasst. »Ist in Arbeit, Chefin!«

»Die versprochenen Croissants muss ich aber erst holen«, kam es von Ole. »Woher soll ich denn wissen, dass du es keine Stunde in der Horizontalen aushältst.« Weil sich Hannahs Gesicht ärgerlich verzog, legte er gleich nach: »Nicht, was du denkst! Aber selbst du solltest doch in der Lage sein, dich mal kurz zu entspannen und …«

»Die Geschichte mit Böhme und der Tankstelle ergibt keinen Sinn«, unterbrach Hannah. »Das kann man drehen und wenden, wie man will – die Sache stinkt zum Himmel.«

»Zu dem Ergebnis sind wir auch schon gekommen«, erwiderte Ralf, während er einen Becher vor seiner Chefin platzierte. »Vorsicht … ist verdammt heiß!«

Ole fuhr fort: »Böhme hat übrigens lumpige hundertneunzig Euro Wechselgeld und ein paar Schachteln Zigaretten erbeutet. Wir sind uns inzwischen sicher, dass er die Sache absichtlich inszeniert hat und dabei gefilmt werden wollte.«

»Willkommen im Club«, murmelte Hannah nach dem ersten Nippen am Becherrand. »Aber weshalb plant er dann den Überfall auf die Knoops minutiös mit und macht sich ohne einen Cent von der Beute vorher aus dem Staub?«

»Genau!«, hakte nun wieder Ralf ein. »Und es bleibt die Frage, ob der Tod seiner Komplizen Teil des Plans war oder ob sich der geheimnisvolle Dritte nur nicht dran gehalten hat.«

Hannah nippte erneut und verzog das Gesicht. »Wissen wir schon, wer der tote Zwerg auf dem Sofa ist?«

»Die Fotos, die Sie gemacht haben, laufen jede Sekunde durch die Gesichtserkennung beim LKA. Die waren einige Stunden offline … wegen Serverwartung.«

»Können die sowas nicht nachts erledigen?«

»Da war es fast noch Nacht, Chefin.«

»Kann ja nicht jeder wie wir rund um die Uhr arbeiten«, fügte Ole mürrisch hinzu. Er gähnte herzhaft. »Hat jemand was dagegen, wenn ich jetzt die nächste Schicht übernehme? Sonst kipp ich aus den Latschen.«

»Ich kann hier auch allein die Stellung halten«, bot Hannah an.

»Niemals, Chefin! Ich besorg schnell Croissants und dann halten wir zusammen durch.«

Ole und Ralf brachen gemeinsam auf. Der eine, um ein Nickerchen zu machen, der andere, um schnellstmöglich für eine Stärkung zu sorgen.

Hannah lehnte sich zurück, schloss für einen Moment die Augen und dachte an einen Mann, der gute achthundert Kilometer entfernt eine Tankstelle überfallen hatte. Von der mickrigen Beute mal ganz abgesehen, erschien einfach nichts logisch. Sie öffnete die Augen wieder und starrte bewusst zur Bürotür. In Kürze würde die sich öffnen und Platz für einen wütenden Ole machen.

Der stürmte wie bestellt herein und polterte gleich drauf los: »Jetzt ist es so weit! Sobald sich die Gelegenheit bietet, bring ich den Kerl um!«

Hannah wusste genau, um wen es ging, wartete aber dennoch geduldig auf die Erklärung.

Die nicht lange auf sich warten ließ: »Rohwedder hat den Ruheraum abgeschlossen und meint, den Schlüssel bekämen ab sofort nur noch seine eigenen Leute. Das muss man sich mal vorstellen! Der Idiot glaubt, dass …«

»Was meinst du wohl, warum ich nicht schlafen konnte?«, unterbrach Hannah. »Ich hatte kaum die Augen zugemacht, da kam dein Mordopfer zum ersten Mal reingeschneit. Beim dritten Mal bin ich aufgestanden, hab ihm den Mittelfinger gezeigt und bin raus.«

»Na warte! Dem werd ich helfen, dass er dich nicht mal in Ruhe schlafen lässt!« Ole wirbelte herum und wollte das Büro verlassen.

Hannah gelang es, ihn mit Worten zu stoppen, musste dafür jedoch schreien: »Jetzt nicht! Du bleibst schön hier und … von mir aus fahr nach Hause und leg dich dort hin. Oder mach einfach die Augen im Sitzen zu!«

»Den Rohwedder knöpf ich mir trotzdem noch vor«, lenkte Ole überraschend ein und trottete zu seinem Schreibtisch. »Ich bring ihn vielleicht nicht um, aber ich lass mir was richtig Fieses einfallen. Du wirst dich noch wundern, wozu ich imstande bin, wenn mir einer blöd kommt.«

Bald darauf kehrte Ralf mit Backwerk bewaffnet zurück. »Was ist denn hier los?«, fragte er, weil die Stimmung spürbar aufgeheizt war.

Ole winkte ab. »Ich kann nicht pennen«, stöhnte er theatralisch.

»Wie wär's, wenn ihr nach Sylt rüberfahrt und Vera Böhme die Daumenschrauben anlegt?« Passend dazu reckte Hannah ihre beiden Exemplare empor. »Wir müssen so schnell wie möglich herausfinden, wo ihr krimineller Sohnemann abgeblieben ist. Und ich bin mir immer noch sicher, dass sie uns was verheimlicht.«

Ole stöhnte erneut. »Dann eben so.« Er stieß Ralf von der Seite an. »Mach ... bevor deine Chefin noch auf ganz andere verrückte Ideen kommt.«

Die nickte und grinste zufrieden. »Stimmt genau! Wenn ihr euch zu viel Zeit lasst, fällt mir bestimmt noch was Nettes ein.«

16

»Mach doch bis Westerland ’n bisschen die Augen zu«, schlug Ralf eine halbe Stunde später vor. Ole und er befanden sich auf dem Weg zur Bahnverladung in Niebüll. Am Ende der Schlange, die sich vor den Kassenhäuschen gebildet hatte, mussten sie eine Vollbremsung hinlegen, um nicht in einen Porsche mit Hamburger Kennzeichen zu krachen.

»Das war knapp!«, lobte Ole vom Beifahrersitz aus. »Ich stell mir gerade vor, wie da so ein gegelter Snob rausklettert und dich anpöbelt, um seine Uschi zu beeindrucken.«

»Typischer Freitag«, seufzte Ralf. »Da sind sogar die ersten Autozüge auf die Insel hoffnungslos überfüllt.« Offenbar galt das auch für den, der um kurz nach neun in Richtung Westerland aufbrechen würde. Trotzdem schafften es die Ermittler als eines der letzten Autos auf den Zug.

Als der sich in Bewegung setzte, moserte Ole gleich richtig los. Wobei es ausnahmsweise nicht um den neuen Revierleiter namens Rohwedder ging: »Ich weiß nicht, was der Mist soll. Wieso will Hannah unbedingt, dass wir uns noch mal mit Vera Böhme unterhalten? Die hätte uns doch garantiert gesagt, wenn ihr Sohn von 'nem weiteren Typen regelmäßig Besuch bekommen hätte. Genauso, wenn sie wüsste, wo er steckt.«

»Vielleicht haben wir anschließend mehr Glück bei den Söhnen der Knoops, die auch auf Sylt leben. Ich denke, die Chefin hat alles im Griff …«

»… und wir sollen ab sofort jeden als potenziell Verdächtigen einstufen«, zitierte Ole einen Vortrag, den ihnen Hannah mit auf den Weg gegeben hatte. »Du glaubst doch nicht ernsthaft, dass eins der Kinder den Laden überfallen und bei der Gelegenheit die eigenen Eltern erschlagen hat, oder?«

»Hat es alles schon gegeben«, nahm Ralf Hannah in Schutz. Er drehte sich zur Seite, sah Ole misstrauisch an. »Was ist in letzter Zeit eigentlich mit dir los? Egal, was die Chefin sagt, du bist dagegen. Und wenn mal irgendwas nicht gleich so läuft, wie du es dir vorstellst, machst du einen auf *Pussy* und wir dürfen die Kohlen allein aus dem Feuer holen.«

Jetzt erwiderte Ole den Blick seines jüngeren Kollegen. »Bist du schon mal während der Fahrt vom Autozug geflogen?«

Anstelle einer Antwort zog Ralf seine Windjacke ein Stück beiseite, wodurch sein Schulterholster sichtbar wurde. Dazu präsentierte er ein Grinsen, das er sich wohl von einem Westernhelden geliehen hatte.

Wie in solchen Fällen üblich, wechselte Ole halbwegs gekonnt das Thema. »Okay … dann unterhalten wir uns zuerst mit Frau Böhme, bringen das möglichst schnell hinter uns und danach sind die mordlustigen Kinder dran. Ist das okay, Django?«

»Du hast sie nicht mehr alle!«

Ole nickte, als würde er vorbehaltlos zustimmen. »Bist

du trotzdem einverstanden, oder hat dir die Chefin hinter meinem Rücken noch mehr aufgetragen?«

Ralf überlegte kurz. »Sie meinte, wenn dir Schlaf fehlt, wärst du noch anstrengender als sonst.«

»Und du hast ihr natürlich nicht widersprochen.«

»Nö … wieso sollte ich?«

Nachdem sich Ole und Ralf weisungsgemäß auf den Weg gemacht hatten, war Hannah ebenfalls aufgebrochen. In erster Linie, weil sie hinter ihrem Schreibtisch ohnehin nur einnicken und entsprechend wenig erreichen würde.

Mit einem Wagen der Bereitschaft – schließlich stand ihrer auf Sylt – fuhr sie nach Trollebüll, einem Ortsteil von Stedesand, keine Viertelstunde von Niebüll entfernt. Dort betrieb Denise Knoop, die Jüngste des Geschwister-Trios, einen Biohof.

Hannah parkte vor einem Wohnhaus, das brandneu aussah. Sie war kaum ausgestiegen, da öffnete sich die Eingangstür. Eine Frau trat heraus und begrüßte ihre unerwartete Besucherin mit einer Information: »Den Hofverkauf haben wir letztes Jahr eingestellt. Wenn Sie frisches Fleisch oder Milch wollen, müssen Sie zum Bioladen nach Niebüll fahren.«

»Da komm ich gerade her«, erwiderte Hannah. »Sind Sie Denise Knoop?«

Die Frau nickte, ein kurzer Hauch von Argwohn huschte ihr übers Gesicht. »Was kann ich für Sie tun? Vertreter kommen eigentlich nur mittwochs.«

Hannah hatte genug von diesem Versteckspiel, zückte ihren Dienstausweis und hielt ihn bereits im Laufen hoch. »Mein Name ist Lambert, Kriminalpolizei. Es scheint, als wüssten Sie noch nichts …«

»Was sollte ich denn wissen?«

»Können wir das nicht drinnen besprechen?« Hannah zeigte durch die offene Haustür. Im Flur dahinter lag ein uralter Jagdhund, der gähnte, als hätte er ebenfalls eine Nachtschicht hinter sich. Ferner zeigte er keinerlei Interesse an der unbekannten Besucherin, denn er streckte sich auf den Fliesen der Länge nach aus und gähnte dabei abermals.

»Ist was mit Markus?«, fragte Denise Knoop.

»Ich weiß nicht, wer Markus ist, aber …«

»Mein Freund. Er ist vorhin nach Hamburg aufgebrochen … vor etwa 'ner halben Stunde.«

»Es geht um Ihre Eltern«, stellte Hannah energisch klar. »Soll ich Ihnen hier draußen erklären, was passiert ist oder lassen Sie mich rein?«

Die Hausherrin machte einen Schritt zur Seite und hatte zu Hannahs Überraschung auch eine einladende Geste im Repertoire. »Bitte … aber passen Sie auf, Leo hat es nicht so mit Fremden.«

Anscheinend doch, denn der alte Jagdhund namens Leo lag kurz darauf zu Hannahs Füßen, nachdem die am Tisch in einer gemütlichen Wohnküche saß.

»Kann ich Ihnen was anbieten? Ich hab ganz frische Milch im Kühlschrank, heute Morgen gemolken. Wenn Sie die schmecken, wollen Sie nie wieder 'ne andere trinken.«

Hannah deutete mit Blicken auf einen Kaffeevollautomaten, der links von einem amerikanischen Kühlschrank stand. »Falls es Ihnen nichts ausmacht … gerne mit 'nem Schuss von der sagenhaften Milch.«

»Kein Problem!« Während zahlreiche LEDs erwachten und ein Spülvorgang startete, lehnte die Bio-

Bäuerin am Küchenbuffet. »Was ist denn jetzt mit meinen Eltern? Gab es schon wieder einen Einbruch? Bin ich froh, wenn die endlich aufhören und wenigstens in der Hinsicht Ruhe herrscht.«

Hannah fasste sich ein Herz, begann vielleicht etwas zu laut: »Ihre Eltern wurden überfallen … gestern.«

Von einer Sekunde zur nächsten verabschiedete sich jegliche Farbe aus Denise Knoops Gesicht. »Ist den beiden was passiert?«

Hannah sah sich mit einer Situation konfrontiert, die sie so oder so ähnlich schon hunderte Male zuvor erlebt hatte. Dadurch wurde es allerdings nicht einfacher. »Ihre Eltern sind tot«, erklärte sie leise. Um eine unmittelbare Reaktion, mit der sie ebenfalls bestens vertraut war, zu überspielen, redete sie gleich weiter: »Der Überfall hat gestern in den frühen Abendstunden stattgefunden. Wir gehen von mehreren Tätern aus, die alles genau geplant hatten. Und falls es Sie tröstet, kann ich Ihnen versichern, dass es sehr schnell ging – Ihre Eltern haben nicht gelitten.«

Offenkundig war das kein Trost, denn die Bäuerin löste sich vom Küchenbuffet, taumelte ein paar Schritte nach vorne und fiel auf den Stuhl gegenüber. Was die nächsten Worte der Frau betraf, hatte Hannah eine Vermutung, die umgehend bestätigt wurde: »Wie kann das sein? Warum nehmen sich solche Leute nicht einfach, was sie wollen und verschwinden danach wieder?«

»Diese Frage stellt sich uns im Nachhinein häufiger. Es sieht so aus, als hätte sich Ihr Vater heftig gewehrt und deshalb …« Hannah schüttelte den Kopf, um ihre eigene These für bedeutungslos zu erklären. »Es gibt keinen Grund, jemandem etwas derart Schreckliches anzutun.«

»Wissen Sie denn schon, wer es war?«

Hannah holte geräuschvoll Luft. »Bisher sieht es so

aus, als wäre Axel Böhme zumindest an der Vorbereitung des Überfalls beteiligt gewesen.«

»Axel?« Aus Bestürzung wurde offene Verwunderung. »Das glaube ich nicht!«

»Kennen Sie Herrn Böhme näher?«

»Wir sind zusammen zur Grundschule gegangen. Ich anschließend aufs Gymnasium, aber da hat er nicht hingepasst.«

Hannah witterte, dass die Geschichte noch nicht zu Ende war. Bevor sie fragen konnte, ging es weiter: »Später waren wir ein Paar. Dann bin ich nach Hamburg, um zu studieren, und er ist …«

»Ja?«

»Ich weiß es nicht genau. Nachdem schon länger Schluss war, meinten meine Eltern, Axel hätte die Trennung nie ganz verkraftet und sei wohl auf die schiefe Bahn geraten.«

»Ihretwegen?« Hannah konnte sich einen kurzen Anflug von Empörung nicht verkneifen. »Wo kommen wir denn hin, wenn jeder Verlassene auf die schiefe Bahn gerät?«

Die Stirn der Bäuerin lag in Falten. »Sie sagten eben, Axel wäre nur an der Vorbereitung beteiligt gewesen. Was soll das heißen?«

Hannah hatte nicht vor, auf die Frage zu antworten, kam stattdessen gleich mit der nächsten daher: »Wie war denn das Verhältnis zwischen Ihnen und Ihren Eltern?«

»So lala. Es hat schon damit angefangen, dass ich unbedingt Jura und nicht Agrarwirtschaft studieren sollte. Kaum war ich in Hamburg angekommen, da haben sie mir den Hahn zugedreht.«

»Und Sie haben es trotzdem geschafft?«

»Hab nebenbei in Kneipen gejobbt und vormittags manchmal in einem Schuhladen an der Alster. Die Zeit hat mir insgesamt bestimmt nicht geschadet. Außerdem ist es in den letzten Jahren wieder besser geworden …«

»Sie reden vom Verhältnis zwischen Ihnen und Ihren Eltern?«

Denise Knoop zeigte in die Runde, womit sicher mehr als nur die hübsch eingerichtete Wohnküche gemeint war. »Ohne die beiden würde ich immer noch auf zwanzig Quadratmetern in einem Stallanbau hausen. Ich wollte gar nicht so groß bauen, aber meine Eltern waren der Ansicht: wenn, dann gleich richtig.«

Hannah dachte an das, was Vera Böhme ihr erzählt hatte, und kam zu dem ernüchternden Ergebnis, dass Halbwissen polizeiliche Ermittlungen nur selten voranbrachte. Es wurde höchste Zeit, den Dingen weiter auf den Grund zu gehen. »Wie sieht es zwischen Ihren Brüdern und Ihren Eltern aus?«

»Da ist der Ofen schon seit Jahren aus. Spätestens, seitdem Mama und Papa die beiden enterbt haben.«

»Für Sie gilt das also nicht?«

»Nein … wieso denn?«

Hannah beschloss, zumindest einen winzigen Teil ihres vermeintlichen Wissens zu präsentieren: »Weil mir Vera Böhme, die Mutter von Axel, etwas in dieser Richtung erzählt hat.«

»Ausgerechnet Vera?! Der habgierigen Schlange sollten Sie lieber kein Wort glauben …«

17

»Denk dran, was die Chefin gesagt hat!«, fing Ralf an, als Ole und er vor ihrem Ziel in List ankamen. »Wir dürfen Vera Böhme auf keinen Fall verraten, dass wir eine erste Spur von ihrem missratenen Sohnemann haben.«

»Danke, dass du mich dran erinnerst«, erwiderte Ole, bevor er ausstieg. »Irgendwann kommt der Tag, an dem du dich umwandeln lässt, damit du für Hannah nebenbei auch noch die beste Freundin mimen kannst.«

Auf dem Weg zur Haustür holte ihn Ralf ein und hatte gleich einen Kommentar parat: »Du bist aber auch 'ne Mimose. Was kann ich denn dafür, wenn die Chefin …?«

»Gar nichts!«, unterbrach Ole, als gäbe es tatsächlich kein Problem. Er deutete hinauf zu den Fenstern einer Wohnung im zweiten Stock. »Wir marschieren jetzt da hoch, vergessen nicht, dass wir einen Maulkorb tragen und bringen das Ganze so flott wie möglich hinter uns. Und danach dürfen wir uns vielleicht wie richtige Polizisten aufspielen.«

»Du bist wirklich 'ne Mimose«, konterte Ralf und drückte den Klingelknopf.

Der Summer erklang derart schnell, als hätte Vera Böhme direkt an ihrer Wohnungstür gewartet.

Hintereinander stapften die Ermittler die Treppen empor und wurden weiter oben von einer beinahe durchsichtigen Vera Böhme und einer Frage empfangen: »Haben Sie Axel gefunden?«

Ole streckte der Frau seine Rechte entgegen. »Guten Morgen, Frau Böhme! Das ist mein Kollege, Herr Jansen. Sind Sie so nett und lassen uns erst mal rein?«

»Natürlich … Entschuldigung.« In der Küche angekommen veränderte sich die Frage lediglich in ihrem Wortlaut: »Wissen Sie inzwischen, wo Axel ist?«

»Die europaweite Fahndung nach Ihrem Sohn läuft auf Hochtouren«, antwortete Ole in geschäftsmäßigem Ton. »Sowas kann sehr schnell gehen – manchmal vergehen nur Stunden – oder in manchen Fällen auch etwas länger dauern. Aber ich bin mir sicher, dass wir Ihren Sohn früher oder später finden werden.«

Vera Böhme mühte sich um ein Lächeln, dahinter verbarg sich allerdings ein erkennbares Maß an Skepsis. »Und was wollen Sie dann hier?« Ein fragender Blick traf zuerst Ralf, dann Ole, die nebeneinander am Küchentisch saßen. »Haben Sie schon mit den Kindern der Knoops gesprochen?«

»Das tun wir nach unserem Gespräch hier. Aber kommen wir noch mal auf Ihren Sohn zurück und alles, was nach seiner Haftentlassung so passiert ist.«

»Ich habe Ihnen doch gestern schon alles erzählt, was ich weiß. Wie sollte ich heute …?«

Ole fuhr dazwischen: »War Volker Asmussen der Einzige, von dem Ihr Sohn Besuch bekommen hat?«

»Auf jeden Fall der Einzige, den ich kennen gelernt habe. Normalerweise arbeite ich den ganzen Tag und weiß nicht, wer …«

»Ist schon klar. Hat Ihnen Axel vielleicht etwas über einen Dritten im Bunde erzählt? Zum Beispiel jemanden, der auch Teil von dieser angeblichen Computer-Notfall-Hotline werden sollte?«

Vera Böhme ließ sich mit ihrer Reaktion Zeit, anscheinend aus Höflichkeit. Das Ergebnis war nämlich ein ausgiebiges Kopfschütteln.

Ole fluchte innerlich, denn der Maulkorb, den Hannah ihm verpasst hatte, machte diese Unterhaltung nicht nur überflüssig, sondern führte sie *ad absurdum.* Er war krampfhaft auf der Suche nach der nächsten Frage, die vermutlich in einer weiteren Sackgasse enden würde, da klingelte es an der Wohnungstür.

»Das ist bestimmt ein Paketbote«, erklärte Vera Böhme. »Hier im Haus sind im Prinzip alle berufstätig. Wenn tagsüber mal jemand zu Hause ist, dann …«

»Gehen Sie ruhig«, nahm Ole die Antwort vorweg und mühte sich um ein Lächeln. Als er mit Ralf allein war, ging es flüsternd weiter: »Ich könnte kotzen! Wir haben nichts in der Hand und stochern bloß im Nebel. Das nächste Mal darf Hannah solche Scheißjobs selbst erledigen.«

»Was würdest du sie denn ansonsten fragen?«, zischte Ralf ebenso leise.

»Zum Beispiel, warum ihr Sohn zuerst einen Raubüberfall plant, vorher die Biege macht und stattdessen ’ne Tankstelle im Stuttgarter Raum überfällt. Für ’ne Handvoll Klimpergeld und ein paar Kippen.«

»Ich muss mal kurz runter, der Paketbote spricht kaum Deutsch und sucht wahrscheinlich nach der richtigen Haustür«, erklang es aus dem Flur.

»Jaja, machen Sie, Frau Böhme. Und lassen Sie sich Zeit!«

Inzwischen hatte Ralf eine Idee. »Vielleicht können

wir sie ja mit raffinierten Fragen in die entsprechende Richtung lenken. Und wenn nötig, kommst du eben mit dem einen oder anderen Detail um die Ecke.«

»Bleibt das dann unter uns?«, fragte Ole und sah Ralf durchdringend an.

Der konnte es kaum glauben. »Allein für die Frage sollte ich dir eine verpassen.«

»Wie kommen Sie darauf, Vera Böhme als habgierige Schlange zu bezeichnen?«, wollte Hannah anderenorts wissen. Zu ihren Füßen hob Leo den Kopf, als wäre er imstande, die Antwort zu geben, doch dann fiel er zurück auf den Fliesenboden und atmete derart schwer, dass seine Lefzen flatterten.

Denise Knoop war anzusehen, wie sie ihre Gedanken sortierte. Zur Einleitung lachte sie auf. »Ich kenne die genaueren Umstände nicht, aber meine Eltern haben Vera im Laufe der Jahre mindestens zweimal fristlos vor die Tür gesetzt.«

»Warum?«

»Einmal hat sie wohl in die Kasse gegriffen und ein anderes Mal fehlte plötzlich irgendein sündhaft teures Schmuckstück. Mein Vater hat fürchterlich getobt und …« Kurzes Schweigen. »Sie konnten Vera nichts beweisen, aber wieso sollten sich meine Eltern selbst beklauen?«

»Mir gegenüber hat Frau Böhme erklärt, sie hätte den Laden teilweise allein geschmissen und Ihre Eltern wären ihr dafür unheimlich dankbar gewesen.«

»Kann sein – vielleicht war es ja in den letzten Jahren besser.« Erneut machte Denise Knoop eine Pause.

Die Hannah für eine Nachfrage nutzte: »Wie war es nach dem Schlaganfall Ihres Vaters?«

»Ich bin jeden zweiten Tag rüber auf die Insel. Nebenbei musste ich mich ja auch um meine Tiere und den Hof kümmern.«

Hannah nickte, während sie sich in der Küche umsah. »Und das Haus hier haben Ihre Eltern komplett bezahlt?«

»Die meinten, ich würde doch ohnehin den größten Teil erben. Meine Brüder kriegen wohl ihren Pflichtteil, das lässt sich nicht vermeiden.«

»Und Frau Böhme?«

Die Bio-Bäuerin sah ehrlich erstaunt aus. »Weshalb sollte die denn was erben? Gerade nach den Vorfällen im Laufe der Jahre.«

Hannah schaute nach unten. Inzwischen lag Leo auf ihren Füßen und machte keine Anstalten, die so schnell wieder zu entlassen. »Ich müsste mal kurz telefonieren – möglichst ungestört.«

Das Resultat war ein Lachen. »Dann lassen Sie den alten Kerl bloß schlafen. Ich geh mal eben rüber zum Stall und schau nach den beiden Kälbern, die gestern zur Welt gekommen sind.«

Hannah bedankte sich mit einem Lächeln. »Läuft das mit Bio überhaupt noch?«

»Nicht mehr so gut wie früher, aber … ich hab meine festen Kunden, in erster Linie Hotels und Restaurants. Die jammern zwar ständig wegen der Preise, trotzdem verkaufe ich alles, und es könnte sogar noch mehr sein.«

»Dann unterhalten wir uns gleich weiter«, schlug Hannah vor.

»Gerne! Vielleicht kann ich Sie ja doch zu 'nem Glas Milch überreden.«

18

In List waren Ole und Ralf noch unter sich. Aus dem Treppenhaus drangen Bruchstücke einer Unterhaltung zwischen Vera Böhme und einem Paketboten bis in die kleine Küche.

Dort hatte Ole inzwischen eine womöglich folgenschwere Entscheidung getroffen. »Ich erzähl ihr einfach von Stuttgart, und ich wette, damit kriegen wir sie aus der Reserve gelockt.«

»Du meinst, der liebe Axel hat wenigstens seine Mutter informiert, bevor er aufgebrochen ist?«

»Denkbar wär's. Und falls nicht, dann …« Oles Smartphone klingelte und sorgte für eine Unterbrechung. »Hannah«, murmelte er und nahm das Gespräch übertrieben fröhlich an. »Friedrichsen im Einsatz! Was gibts, Frau Lambert?«

»Kannst du frei reden?«

»Ralf und ich sind gerade allein, aber den Lautsprecher lass ich besser aus.«

Hannah fuhr kurzerhand fort: »Was mir Frau Böhme gestern über ihr Verhältnis zu den Knoops erzählt hat, entspricht anscheinend nicht ganz der Wahrheit. Deren

Tochter hat mir eben verraten, dass die gute *Tante Vera* im Laufe der Jahre mehr als einmal fristlos entlassen wurde, weil plötzlich Schmuck oder Geld fehlten. Das müssen wir natürlich überprüfen, aber …«

»Ich höre Schritte im Treppenhaus, Tante Vera ist im Anmarsch«, entließ Ole eine Warnung. »Mach schnell!«

»Denise und Axel kennen sich schon seit der Grundschule und waren früher sogar mal ein Paar. Möglicherweise hat sich da jemand Hoffnungen auf 'ne lukrative Traumhochzeit gemacht ...«

»... die offensichtlich geplatzt ist.«

»Setz die Böhme richtig unter Druck! Erzähl ihr, dass wir von den Kündigungen wissen, und dichte gerne ein bisschen was hinzu … damit kennst du dich doch aus.«

»Danke! Was ist mit Stuttgart und ihrem Sohnemann? Darf ich auch darüber reden oder gilt der Maulkorb nach wie vor?«

»Du hast freie Fahrt. Ich bin mir sicher, dass sie weiß, warum ihr Axel auf der Flucht ist.«

Noch bevor Frau Böhme in die Küche zurückkehrte, war das Telefonat beendet. Sie begann mit einer aufwendigen Entschuldigung: »Das war ein junger Mann, der wohl ein Problem mit seinem Transporter hat und wissen wollte, wo er die nächste Werkstatt findet. Ich habe ihm gesagt, er soll am besten ...«

»Schon okay! Und jetzt setzen Sie sich bitte«, forderte Ole die Frau auf. »Ich hatte gerade ein Gespräch mit meiner Chefin. Kann es sein, dass Sie uns gestern nicht ganz die Wahrheit gesagt haben?«

In einer anderen Küche genossen Hannahs Füße die Wärme, die von einem Hund ausging, der darauf lag.

Während sie die Ereignisse der vergangenen Stunden erneut rekapitulierte, wäre sie beinahe eingenickt.

Doch plötzlich stand Denise Knoop neben ihr. »Na … fertig mit Telefonieren?«

»Schon länger«, antwortete Hannah gähnend. »Sie müssen verzeihen, Schlaf ist letzte Nacht komplett ausgefallen.«

»Bei mir auch«, kam es frustriert zurück. »Gegen Mitternacht musste ich meine Tierärztin anrufen, weil eins der Kälber nicht von allein auf die Welt kommen wollte. Ich glaube, es war schon nach vier, als der Nachwuchs endlich im Stroh lag. Danach ging es mit dem Melken los.«

»Auch kein Traumjob. Haben Sie wenigstens Hilfe bei der Arbeit auf dem Hof? Sie sagten doch vorhin, Sie hätten einen Freund.«

»Markus?« Ein seltsames Lachen erklang. »Der hat mit Tieren und Landwirtschaft allgemein gar nichts am Hut. Aber ich hab zwei Helfer, von denen einer im Stallanbau wohnt. Und wenn es in der Hochsaison mal enger wird, hilft mir ein befreundeter Lohnunternehmer.«

Hannah beschloss, wieder dienstlich zu werden. »Wie ist denn das Verhältnis zwischen Ihnen und Ihren Brüdern?«

»Mit Holger – das ist der ältere – herrscht schon seit Jahren Funkstille. Wenn es um Familie geht, schlägt er bloß noch um sich und will von niemandem mehr was hören.«

Hannah konnte sich ein Lächeln nicht verkneifen. »Gibt es dafür Gründe oder ist er schlichtweg ein Choleriker?«

»Letzteres«, erklang es grinsend. »Mit Jan telefoniere ich von Zeit zu Zeit … an Geburtstagen, Weihnachten … wie das halt so ist. Er hat auch nicht besonders viel Interesse an seiner kleinen Schwester. Fragen Sie mich nicht, warum.«

»Wissen Sie denn, wieso Ihre Eltern Ihre beiden Brüder enterbt haben?«

Das erste Resultat war ein Grinsen, das jedoch schnell für eine ernstere Miene Platz machte. »Bei meinen Eltern lief nicht alles immer reibungslos. Als ich zur Welt kam, war die schwerste Zeit längst vorbei. Holger und Jan mussten wohl die meiste Zeit auf Eltern verzichten und …« Der Rest blieb unausgesprochen.

»Verstehe!« Hannah sah erneut nach unten, denn Leo gab gerade ein wohliges Grunzen von sich. »Glauben Sie, ich bekomme meine Füße irgendwann zurück?«

»Wenn's unbedingt sein muss. Komm her, Leo! Na komm schon, du alter Sturkopf!«

»Anscheinend ist er taub.«

»Ne, ne! Er hört nur das, was er will.«

In List ließ sich Vera Böhme am Küchentisch nieder. Ihr Mienenspiel verhieß in erster Linie Kampfbereitschaft. »Was meinen Sie mit ›nicht ganz die Wahrheit‹?«

»Nun …«, fing Ole gestenreich an. »… meine Chefin unterhält sich in diesem Moment mit Denise Knoop. Was die zu erzählen hat, klingt nicht wie Ihre Version.«

Diese erste Attacke sorgte im Gesicht gegenüber für zunehmende Härte. Als Vera Böhme den Mund öffnete, bebten ihre Lippen. »Denise ist doch an allem schuld. Hätte sie meinem Axel damals nicht den Laufpass gegeben, wäre alles ganz anders gekommen.«

Ole nickte bedächtig. Was dann kam, war aber das genaue Gegenteil: »Haben Sie deshalb bei Ihrem Arbeitgeber in die Kasse gegriffen? Um entstandene Verluste auszugleichen?«

»Wer sagt das?«

»Frau Knoop. Und bevor Sie es weiter leugnen: Diesbezüglich war auch von zwei Kündigungen die Rede. Alles, was damit zusammenhängt, lässt sich schnell in Erfahrung bringen.«

Neben Ole nickte Ralf zur Bestätigung.

Vera Böhme klang verbittert. »Wissen Sie, wie es ist, ein Kind ganz allein großzuziehen? Obendrein eins, das auf die schiefe Bahn gerät und irgendwann nur noch Probleme macht?«

»Und für den Ausgleich sollte Ihr Arbeitgeber herhalten?«, fragte Ole gereizt. »Ich stell mir gerade vor, jede Mutter, die ein Problem hat, würde genauso handeln. Dann gute Nacht, Deutschland!«

Statt zu reden, verschränkte Vera Böhme die Arme vor der Brust und musterte einen Zuckertopf, der auf dem Küchentisch stand, als könne der ihr zu Hilfe eilen.

Ole holte hörbar Luft. »Wir wissen, wo Ihr Sohn abgeblieben ist.« Diese Information ließ er zunächst sacken. Erfolgreich, denn auf der anderen Tischseite hob Vera Böhme den Kopf. »Er hat gestern – etwa zeitgleich mit dem Überfall auf die Knoops in Kampen – eine Tankstelle im Stuttgarter Raum überfallen. Können Sie uns das erklären?«

Bei einer besorgten Mutter machte sich hauptsächlich Erleichterung breit. Es folgte das logische Resultat: »Dann hat Axel mit dem Tod der Knoops also gar nichts zu tun.«

Ole hob von Neuem an, wesentlich lauter: »Er hat den Raubüberfall auf das Juweliergeschäft in allen Einzelheiten geplant!«

»Aber er war nicht dabei und …«

»Richtig! Trotzdem müssen wir davon ausgehen, dass Ihr Sohn zu den Hauptverantwortlichen gehört.«

»Wieso?«

Diese denkbar kurze Frage sorgte bei Ole für einen Anflug von Ratlosigkeit.

Ralfs Einsatz, schließlich hatte der bisher eisern geschwiegen. »Ihr Sohn ist auf Bewährung draußen. Der Überfall auf die Tankstelle wird definitiv dazu führen, dass er wieder ins Gefängnis wandert.«

»Das mag sein – aber nicht für Mord.«

19

»Da wäre noch etwas, bevor ich gehe«, sagte Hannah und wischte auf ihrem Smartphone herum. Sie hatte einige Zeit überlegt, wie viel sie Denise Knoop zumuten konnte und wollte. Inzwischen war sie zu einer Entscheidung gekommen. Als auf dem Display das Gesicht einer Leiche zu sehen war, die man in Großenwiehe auf einem Sofa vorgefunden hatte, schob sie ihr Smartphone quer über den Küchentisch. »Kennen Sie diesen Mann?«

Denise Knoop beugte sich nach vorne, zuckte kurz zusammen und wich dann ein Stück zurück. Sie ließ es jedoch auf einen weiteren Versuch ankommen und hielt dem Anblick dieses Mal stand.

Hannah lieferte derweil eine Erklärung: »Im Laufe der Nacht gab es zwei weitere Tote.« Mehr wollte sie in diesem Stadium nicht verraten. »Der Mann, den Sie hier sehen, ist eins der Opfer.«

Warum auch immer, die Bio-Bäuerin schien noch mit sich selbst zu hadern. Erst als sich Hannah mehrfach räusperte, folgte die Antwort mit leiser Stimme: »Das ist Gero, ein Freund von Axel.«

»Was für eine Art Freund?« Hannah konnte es kaum

glauben. In ihrem Kopf fügte sich ein Puzzleteil ans andere. Doch das bisherige Bild wollte einfach keinen Sinn ergeben.

»Gero und Axel kennen sich seit Ewigkeiten. Sie waren zusammen auf der Hauptschule und … wir haben früher oft zu dritt getagt und verrückte Pläne geschmiedet.«

Hannah zückte ihr Notizbuch. »Hat Gero auch einen Nachnamen?«

»Puh! Ich weiß bloß, dass er einen Tag älter als Axel ist. Die beiden haben ihre Geburtstage häufiger zusammen gefeiert – aber beim Nachnamen muss ich leider passen.«

»Den finden wir schon heraus«, versuchte es Hannah mit beruhigenden Worten. Sie sah erneut hinunter zu ihren Füßen. Dort hatte sich Leo auf den Rücken gedreht, seine Pfoten ragten nach oben. »Dann hätte ich nur noch eine Frage: Wann haben Sie Axel und diesen Gero zum letzten Mal gesehen?«

»Das ist ewig her!«

»Lässt sich das zeitlich eingrenzen?«, setzte Hannah nach, die mit derartigen Statements bestens vertraut war.

»Bevor ich zum Studieren nach Hamburg bin – also vor etwa zehn Jahren.«

»Und danach nie wieder? Keinen von beiden?«

Es dauerte zwar etwas, doch dann nickte Denise Knoop immer energischer. »Zehn Jahre, mindestens!«

»Wir sind hier vorerst fertig«, stellte Hannah in Aussicht und klappte ihr Notizbuch zu. Sie zeigte lachend unter den Tisch. »Kann ich den vielleicht mitnehmen, als Fußwärmer?«

»Kommt gar nicht in Frage!«, protestierte die Bäuerin. »Wer soll denn dann abends meine Füße wärmen?«

20

Inzwischen war es fast Mittag. Ole und Ralf saßen kaum im Auto, da fing Letzterer mit einem Statement an: »Die Böhme macht zwar einen auf besorgte Mutter, aber das kaufe ich ihr nicht ab. Die hat irgendwas Hinterhältiges an sich ...«

Ole hob postwendend zu einer Widerrede an: »Die Frau hat gerade ihren Job verloren, ihr Sohn ist mehr oder weniger spurlos verschwunden – wie würdest du denn in so 'ner Situation reagieren?«

Für eine Antwort fand Ralf keine Zeit mehr, denn Hannah rief an.

Ole zeigte zum Display in der Mittelkonsole, wo ihr Name munter blinkte. »Jetzt kannst du deiner Chefin gerne was über deine Zweifel an der armen Frau erzählen.«

»Solange ich nichts beweisen kann, halte ich lieber meine Klappe. Und du solltest das Gespräch besser schnell annehmen.«

Hannah klang müde, als ihre Stimme aus den Lautsprechern der Freisprecheinrichtung dröhnte: »Seid ihr mit der Böhme fertig?«

»Vorläufig ja«, antwortete Ole. »Sie macht weiterhin einen auf Opfer, war allerdings ehrlich überrascht, als wir ihr das von Stuttgart erzählt haben.«

»Bist du sicher?«

Ralf mischte sich ein. »Ich hier, Chefin … die Frau war total von den Socken und in erster Linie froh, weil ihr Sohn nichts mit den Morden an den Knoops zu tun hat.«

»Das haben wir übrigens noch mal gecheckt«, fuhr Ole fort. »Das Video von der Tankstelle ist eindeutig. Der gute Axel ist zwar ein Verbrecher, aber …«

»Dein Axel kann sich auf was gefasst machen, wenn wir ihn in die Finger kriegen!«, bellte Hannah dazwischen. »Jetzt was anderes: Ich weiß vielleicht, wer der zweite Tote in Großenwiehe ist. Ein gewisser Gero, der seit etlichen Jahren mit Axel Böhme befreundet war.«

»Hast du auch einen Nachnamen?«, wollte Ole wissen.

»Wenn ich den hätte, dann …«

»Ist okay, beruhig dich!«

»Dieser Gero ist wohl nur einen Tag älter als Axel Böhme. Ich fahr direkt zurück nach Niebüll und fang im Revier mit Graben an. Falls ich dabei einschlafe und Rohwedder hereinplatzt, verpass ich ihm ein Loch in der Stirn.«

Ole lachte. »Solltest du hinterher Zeugen für 'n falsches Alibi brauchen, sag einfach Bescheid.«

»Was habt ihr jetzt vor?«

»Ralf hat vorhin mit der Firma telefoniert, in der Holger Knoop arbeitet. Der Typ ist auf 'ner Baustelle in Kampen, wo in Kürze Wochenende ansteht.«

»Laut seiner Schwester hat Holger schon vor Jahren mit der kompletten Familie gebrochen. Und seht euch vor, angeblich ist er cholerisch veranlagt.«

Ole nahm sich für seine Antwort Zeit, sah vorher zu

Ralf hinüber. »Ich weiß von einigen Fällen, bei denen solche Choleriker über die Stränge geschlagen und ein Blutbad angerichtet haben.«

»Was vermutlich noch mehr auf enterbte Choleriker zutrifft«, kommentierte Hannah. »Fühlt dem Vogel mal ordentlich auf den Zahn und meldet euch, sobald ihr was erreicht habt!«

»Die Chefin ist auch müde in Höchstform«, lobte Ralf, als das Gespräch beendet war. »Ich möchte nicht in Rohwedders Haut stecken, wenn der tatsächlich auf die Idee kommt, Hannah zu …«

»Ich frag mich, was das alles zu bedeuten hat«, murmelte Ole dazwischen.

»Wie meinen, Euer Gnaden?«

»Überleg doch mal! Alles spricht dafür, dass Axel Böhme den Raubüberfall auf das Juweliergeschäft der Knoops lange Zeit im Voraus akribisch geplant hat. Auf jeden Fall zusammen mit Volker Asmussen und ich wette, dieser Gero war auch mit von der Partie.«

»Ja, und weiter?«

»Wir stehen immer wieder vor derselben Frage: Wieso in Teufels Namen macht sich Axel vom Acker, bevor die Sache steigt und er sich mit einem Teil der Beute in ein neues Leben verabschieden könnte?«

»Wir waren uns doch einig, dass die Geschichte in Stuttgart nicht zufällig so abgelaufen ist«, gab Ralf zu bedenken. »Der wusste ganz genau, dass die Tankstelle videoüberwacht wird – wie alle hierzulande.«

»Und welchen Nutzen hat er davon?«

»Den eindeutigen Beweis, dass er mit dem Tod der Knoops nichts zu tun hat.« Ralf wollte zum Zündschlüssel langen, doch Ole hielt dessen Hand fest.

»Vielleicht hat er im letzten Moment kalte Füße bekommen. Er wusste garantiert, dass die anderen gestern zuschlagen, und es musste ein narrensicheres Alibi her.«

»Aber ausgerechnet Stuttgart?« Ralf saß mit gerunzelter Stirn auf dem Fahrersitz. »Da hätte ich mich an seiner Stelle in ein Café in Westerland gehockt und mit allen Mitarbeitern gesprochen, damit die sich hinterher artig an mich erinnern.«

»Planst du auch irgendeinen großen Coup?«, fragte Ole grinsend.

»Ich würde gerne langsam mal losfahren! Wenn wir hier noch lange rumstehen, ist auf der Baustelle in Kampen Feierabend und wir müssen zusehen, wo wir Holger Knoop finden …« Ralf wollte schon wieder zum Zündschlüssel greifen, doch dieses Mal hielt ihn ein Anruf davon ab.

»Das ist Martin. Geht auch ganz schnell«, erklärte Ole, bevor er das Gespräch annahm. »Ja, Martin?«

»Sitzt du?«

»Wir sitzen! Ralf hockt neben mir.«

Dieser Hinweis sorgte am anderen Ende für kurzes Zögern.

Das Ole lachend übersetzte: »Er ist inzwischen groß genug und darf alles mithören.«

»Ich hab einen ersten Hinweis ... bis jetzt nur ein Gerücht«, fuhr Martin Clausen leiser fort, als hätte er Angst vor unerwünschten Zuhörern. »Unser Herr Bürgermeister wurde mit einer anderen Frau gesehen … ’ner hübschen Blondine.«

»Dann war es wahrscheinlich nicht seine Mutter?«, dachte Ole laut und lachte.

»Angeblich wirkten die beiden ziemlich vertraut, aber wie gesagt: Es ist bisher nur ein Gerücht.«

»Bleibst du an der Sache dran?«

»Logisch!«

. . .

»Du spielst mit dem Feuer«, stellte Ralf fest, nachdem das verschwörerische Telefonat beendet war. »Wenn du der Chefin ihr privates Glück kaputtmachst, bringt sie dich um – übrigens zu Recht!«

»Welches private Glück, wenn er sie tatsächlich betrügt?«

Ralf schüttelte den Kopf und langte zum Zündschlüssel. »Ich hab die Nase voll von deinen Intrigen! Und falls du mich noch mal vom Losfahren abhältst, knall ich dich gleich hier und jetzt übern Haufen.«

»Tust du sowieso nicht«, prustete Ole.

»Du hast vielleicht recht – aber es klingt verdammt reizvoll.«

Als Hannah das Revier in Niebüll betrat, gähnte sie herzhaft. Nicht mehr lange und sie würde auch im Stehen einschlafen.

»Du hast Besuch«, rief einer der Beamten hinter dem Wachtresen und zeigte nach rechts zum Wartebereich.

Hannah musste mehrmals mit den Augen klimpern, bevor ihr Blick wieder scharf wurde. Der fand einen Mann von Anfang vierzig, der wie ein Häufchen Elend auf einem der unbequemen Stühle kauerte. Sie setzte sich in Bewegung und blieb in sicherer Distanz ruckartig stehen. »Sie warten hier auf mich?«

Der Mann hob den Kopf. Dadurch wurden ein müdes Gesicht und rot geweinte Augen sichtbar. »Sind Sie Frau Lambert?«

»Hauptkommissarin Lambert. Was kann ich für Sie tun?«

»Ich habe heute Morgen Radio gehört … das vom Geschäft meiner Eltern. Ich bin gleich nach Kampen gerast, aber da wollten mich Ihre Kollegen nicht reinlassen.«

Hannahs Verstand brauchte in müdem Zustand zwar etwas länger als gewöhnlich, vermeldete aber trotzdem, er hätte das Rätsel vermeintlich gelöst. »Dann sind Sie Jan Knoop?«

»Hätten Sie einen Moment Zeit für mich?«, kam es nickend zurück.

»Folgen Sie mir einfach. Wollen Sie Kaffee? Ich kann definitiv einen gebrauchen.«

Dieses Gespräch wurde kurz darauf mit zwei Bechern an Hannahs Schreibtisch fortgesetzt. Sie saß kaum, da erneuerte sie ihre Frage: »Also, was kann ich für Sie tun, Herr Knoop?«

»Einer Ihrer Kollegen hat mir erzählt, dass Sie die Ermittlungen leiten. Deshalb bin ich sofort hergefahren.«

»War das ein Herr Clausen?«

»Richtig. Er wollte mir allerdings nicht sagen, was genau meinen Eltern passiert ist und wieso …«

»Da kann und darf ich Ihnen aus ermittlungstaktischen Gründen auch nicht viel mehr erzählen.«

Jan Knoop nickte zwar, aber so leicht wollte er sich offenbar nicht geschlagen geben. »Im Radio hieß es, meine Eltern wären auf brutalste Art und Weise umgebracht worden. Hab ich da als Sohn nicht ein Anrecht auf nähere Informationen?«

Zunächst verfluchte Hannah innerlich ihre Mitstreiter in Uniform, von denen einer die Presse mit reißerischen Sensationen versorgt hatte – wie immer. Dennoch versuchte sie es mit einem schwachen Lächeln, um Mitgefühl zu demonstrieren. »Ich kann Ihnen auf jeden Fall sagen, dass alles sehr schnell ging. Ihre Eltern haben nicht lange gelitten.«

»Die beiden wollten sich im Herbst zur Ruhe setzen«, erklang es leise. »Hätten sie das doch bloß früher getan.«

Hannah dachte über die letzten Stunden nach und entschied sich für einen Frontalangriff. »Nehmen Sie es mir bitte nicht übel, Herr Knoop. Meinen Erkenntnissen zufolge war das Verhältnis zwischen Ihnen und Ihren Eltern mindestens angespannt. Ihre Schwester meinte, Sie und Ihr Bruder wären sogar enterbt worden.«

Diese – für sich nicht besonders erfreuliche – Tatsache sorgte auf der anderen Schreibtischseite für einen kurzen Anflug von Heiterkeit. »Ich glaube, da hat Denise Ihnen längst nicht alles erzählt.«

21

Vor einer Baustelle in Kampen, wo ein neues Luxusdomizil mit Reetdach entstand, waren Ole und Ralf gerade ausgestiegen, da eilte ihnen ein Mann entgegen. Ein Riese mit breiten Schultern und Vollbart, von dem man denken konnte, er wolle die Polizisten zur Begrüßung zusammenschlagen.

»Ich hab schon aus dem Büro gehört, dass Sie herkommen.« Der Mann drehte sich um und zeigte zur Baustelle hinüber, auf der auch am Freitagmittag noch Hochbetrieb herrschte. »Hier ist der Zutritt verboten. Falls Ihnen was passiert, hab ich haufenweise Schreibkram mit der Versicherung.«

»Immer schön langsam!«, konterte Ole mit einstudiertem Lächeln. »Sind Sie Holger Knoop?«

Der Mann nickte. Weitere Worte musste man ihm wohl entlocken.

Was Ole gleich versuchte: »Und Sie wissen bereits vom Tod Ihrer Eltern?«

Erneutes Nicken, doch dieses Mal mit einem – nach außen hin – geschmacklosen Nachschlag: »Geschieht denen ganz recht!«

Ole machte ein paar Schritte nach vorne. Ralf folgte ihm zügig, positionierte sich aber sicherheitshalber hinter ihm, vermutlich aus Angst vor Handgreiflichkeiten. »Jetzt passen Sie mal gut auf, Herr Knoop! Wenn Sie ihr Mundwerk nicht schnell in den Griff bekommen, nehmen wir Sie vorläufig fest und die weitere Unterhaltung findet auf dem Revier statt. Ist Ihnen das lieber?«

Auch ein Kopfschütteln hatte Holger Knoop im Programm. »Was wollt ihr denn überhaupt von mir?«

»Zuerst mal bleiben wir alle schön beim Sie! Und zu Ihrer Frage: Wo waren Sie gestern Abend zwischen sechs und acht?«

»Meinen Sie etwa, ich hätte was mit dem Tod meiner Eltern zu tun? Wie kommen Sie denn auf solchen Blödsinn?«

Ole beschränkte sich auf vielsagendes Schweigen.

Das in einem bärtigen Gesicht für Nachdenklichkeit sorgte. »Zwischen sechs und acht – da war ich längst zu Hause. Und bevor Sie fragen: Ich musste notgedrungen früher Schluss machen, weil wir hier auf der Baustelle Probleme haben … die Wärmepumpen sind seit Monaten nicht lieferbar.«

»Gibt es dafür Zeugen?«

»Für das Problem mit den Wärmepumpen?«

Oles Mund öffnete sich bereits, denn es wurde höchste Zeit für die nächste Zurechtweisung.

Doch Holger Knoop kam ihm ein wenig freundlicher zuvor: »Seitdem sich meine Alte mit ihrem Zumba-Trainer aus dem Staub gemacht hat, wohn ich allein.« Es folgte ein hämisches Grinsen. »Ich weiß nicht, ob das ein Verbrechen ist, aber ich hab anfangs häufiger drüber nachgedacht, ob ich den beiden Turteltauben die Hälse umdrehe.«

Ole warf einen Blick über die Schulter. Hinter ihm

schmunzelte Ralf. »Ich glaube, das können wir zunächst vernachlässigen, Herr Knoop. Aber zurück zum Thema: Können wir uns irgendwo in Ruhe unterhalten?«

»Ich hab hier gleich noch 'ne Baubesprechung, bevor es für alle ins Wochenende geht. Dauert das länger als zehn Minuten?«

»Hängt von Ihnen ab. Am besten legen wir einfach los ...«

In Niebüll herrschte einstweilen Schweigen, deshalb probierte es Hannah mit einer Aufforderung: »Dann verraten Sie mir doch bitte, was mir Ihre Schwester bisher nicht erzählt hat.«

Jan Knoop überlegte eine Weile und fing dann für Hannahs Geschmack viel zu allgemein an: »Ich weiß nicht, ob Sie sich damit auskennen: Das mittlere Kind hat es in der Regel am schwersten.«

»Davon habe ich schon gehört. Ich selbst bin Einzelkind – da hat man zwar auch so seine Probleme, aber vermutlich ganz anderer Natur.«

»Meine Eltern waren mit dem, was ich tue, nie einverstanden. Meinten immer, jeder müsse einen ehrbaren Beruf erlernen und meiner entspricht eben nicht dem Weltbild unserer Familie.«

Hannah beließ es bei einem fragenden Blick, wollte nicht für eine Unterbrechung sorgen.

»Ich bin Künstler ... Bildhauer, um genauer zu sein.«

Nach dieser Information sah sich Hannah Jan Knoop etwas gründlicher an. Vom Äußeren her hätte der Mann ebenso gut in ein Büro oder in den Außendienst irgendeiner Firma gepasst. Das typische Bild eines Künstlers –

lange Haare, Bart und vielleicht ein Hauch von etwas Esoterischem – fand sie bei ihrem Gegenüber nicht.

»Überlegen Sie gerade, wie ein Bildhauer normalerweise aussehen sollte?«, fragte Jan Knoop lächelnd.

Hannah verzichtete auf ein Geständnis und holte stattdessen zu einer Aufmunterung aus: »Sie wollten erzählen, was es mit Ihnen und Ihren Eltern auf sich hat.«

»Die ersten Jahre war mein Job nichts weiter als ein Zusatzgeschäft. Das Atelier musste bezahlt werden, die wenigen Aufträge vorfinanziert … am Ende blieb fast nichts übrig.«

»Haben Sie Ihre Eltern um Hilfe gebeten?«

»Meine Mutter hat von Zeit zu Zeit was abgezwackt und mir zugesteckt. Bei meinem Vater bin ich bloß gegen eine Wand gelaufen. Irgendwann – da war die Not am größten und die wollten mir schon das Atelier kündigen – bin ich zu ihm und es gab Riesenzoff.«

»Wie lange ist das her?«

Schulterzucken. »Sechs oder sieben Jahre – falls das wichtig ist, kann ich gerne in meinen Unterlagen nachsehen.«

Hannah schüttelte den Kopf.

»Jedenfalls hat mein alter Herr damals wieder seine übliche Predigt gehalten. Dass ich ein Nichtsnutz wäre und die ganze Familie in den Ruin treiben würde. Meine Mutter hat zu intervenieren versucht, aber erfolglos.«

»Und dann hat Ihr Vater Sie enterbt?«, hakte Hannah mit gerunzelter Stirn nach.

»Er hat mir hunderttausend Euro gegeben und dafür musste ich einen Erbverzicht unterschreiben. Ich schätze, Denise macht bei solchen Nuancen keinen Unterschied.«

Hannah dachte an Ole und Ralf, die vermutlich gerade im Gespräch mit Holger Knoop waren. »Was ist mit Ihrem Bruder? Hat der auch einen Erbverzicht unterschrieben?«

»Den hat es noch viel schlimmer erwischt«, kam es mit einem neuen Anflug von Frohsinn zurück. »Ich glaube, der hat – nach dem, was passiert ist – nie wieder ein Wort mit meinen Eltern geredet.«

»Mal davon abgesehen: Ihre Schwester sagte, Holger wäre ziemlich aufbrausend veranlagt. Stimmt das?«

»Das ist die Untertreibung des Jahrhunderts! Mein großer Bruder hatte schon als Kind seine Fäuste nicht unter Kontrolle.«

»Könnten Sie sich vorstellen, dass er …?« Hannah verstummte ganz bewusst. Hoffte, Jan Knoop würde die Vorlage auffangen und entsprechend verlängern.

Was auch genauso eintraf. »Sie meinen, ob Holger meine Eltern überfallen und umgebracht hat?«

»Zum Beispiel.«

Jan Knoop ließ sich mit seinen nächsten Worten viel Zeit. Sein Mienenspiel verriet, dass er sich gerade umfangreich mit seiner Vergangenheit auseinandersetzte. »Holger hat sich mal mit meinem Vater geprügelt – das ist allerdings Jahrzehnte her. Als ältester Sohn musste er eben für alles den Vorreiter mimen. Sie verstehen?«

Auf der anderen Schreibtischseite musste Hannah mit dem Handrücken ein ausgewachsenes Gähnen abschirmen, bevor sie schwach nicken und wieder sprechen konnte. »Mir geht es mehr um heute! Oder genauer gesagt: um gestern!«

»Holger und ich haben schon ewig keinen Kontakt mehr. Er ist sauer und denkt wohl, ich hätte damals bei meinen Eltern in seinem Sinne intervenieren müssen.«

Jetzt wurde es Hannah zu bunt. »Die Frage ist, ob Sie Ihrem Bruder einen Doppelmord zutrauen oder nicht! Ihre Familiengeschichte mag ja ganz interessant klingen …«

»Ich weiß es nicht«, unterbrach Jan Knoop.

»Aber wenn Sie es sich so gar nicht vorstellen könnten, hätten Sie garantiert nicht lange überlegen müssen, oder?«

»Keine Ahnung, ich müsste …«

»Dann tun Sie das bitte!«, fuhr dieses Mal Hannah dazwischen. Sie deutete mit Blicken zur Tür. »Es wäre jedoch nett, wenn Sie das woanders tun, ich habe nämlich dringend noch ein paar andere Dinge zu erledigen.«

»Und wenn mir was einfällt?«, fragte Jan Knoop im Aufstehen.

Hannah mühte sich um ein Lächeln, das kläglich misslang. »Dann bin ich ganz Ohr, verlassen Sie sich drauf!«

22

Das weitere Gespräch mit Holger Knoop fand in einem Bürocontainer am Rand der Baustelle statt. Dessen Inventar war denkbar knapp gehalten: ein Tisch, vier Stühle und ein klappriger Schrank, auf dem eine Kaffeemaschine stand.

»Wollen Sie einen?«, fragte der Bauleiter nach einem Fingerzeig auf das schmutzige Wunderwerk der Technik. »In der Thermosflasche müsste eigentlich auch noch welcher sein.«

»Lassen Sie uns lieber über Ihre Eltern reden«, schlug Ole vor. »Dürfen wir uns setzen oder reicht die Zeit dafür nicht?«

Holger Knoop ging mit gutem Beispiel voran. Nachdem alle saßen, übernahm er auch das Reden: »Ich hab schon seit Jahren nichts mehr mit meinen Eltern am Hut, weiß gar nicht, was ich Ihnen da erzählen soll.«

Ole klappte demonstrativ sein Notizbuch auf und strich es auf dem Tisch vor sich glatt. »Wann haben Sie Ihre Eltern zum letzten Mal gesehen?«

Diese Frage sorgte für ein hohles Lachen. »Meinen alten Herrn vor etwa zehn Jahren. Ich war damals noch selbstständig und hier auf Sylt eine etwas größere Nummer. Kennen Sie die *Sonnenschein-Siedlung* am Ortseingang von Hörnum? Hab alles ich gebaut.«

»Und wieso sind Sie heute wieder angestellt?«

»Genau darum gehts doch! Ich hatte seinerzeit Probleme mit zwei Auftraggebern, die nacheinander über die Wupper gegangen sind. Das war ein Ausfall von anderthalb Millionen, den ich allein nicht stemmen konnte.«

»Und Sie haben Ihren Vater um Hilfe gebeten?«

Wieder ein Lachen, nun in der verbitterten Variante. »Er meinte, ein richtiger Kaufmann wäre immer auf alles vorbereitet und hätte für solche Fälle Rücklagen. Ich hab ihm erklärt, dass ich nichts geschenkt haben will, sondern lediglich einen Überbrückungskredit bräuchte. Wissen Sie, was er da zu mir gesagt hat?«

Ole zuckte mit den Schultern, Ralf tat es ihm gleich.

»Dass es manchmal besser ist, wenn Leute wie ich keine Verantwortung tragen.«

»Also hat er Ihnen nicht geholfen«, lieferte Ole das vermeintliche Ende der Geschichte.

»Wenn's nur das gewesen wäre. Zufällig waren wir bei derselben Bank und der Filialleiter ein guter Kunde meiner Eltern. Plötzlich gingen auch bei denen die Schotten runter und ich hab keinen Cent mehr gekriegt.«

»Wurden Sie deshalb auch enterbt?«

»Und wenn schon … von denen würde ich ohnehin nichts annehmen.« Holger Knoop zeigte ein Lächeln, das vor Genugtuung nur so strotzte. »Mein Chef geht nächstes Jahr in Rente und hat mir bereits alles überschrieben. Klar arbeite ich dann zum großen Teil für einen alten Knacker, der wahrscheinlich hundert wird und monatlich seine Prozente will, aber der Rest landet bei mir.«

Ole kam nicht dazu, etwas zu erwidern, weil sich sein

Handy mit leisem Klingelton bemerkbar machte. »Sekunde bitte!«, entschuldigte er sich bei Holger Knoop für die Unterbrechung. Im nächsten Moment überflog er eine Textnachricht, die von Hannah stammte:

Habe eben mit Jan Knoop gesprochen. Der hat's nicht eindeutig gesagt, klang aber, als würde er Holger einen Doppelmord zutrauen.

Ole tippte schnell ein Daumen-hoch-Emoji und gab Ralf das Smartphone. Während der las, ging es mit der nächsten Frage weiter: »Wie sieht es zwischen Ihnen und Ihren Geschwistern aus?«

»Da herrscht Schweigen im Walde.«

»Hat das einen bestimmten Grund?«

»Ja … ich will mit den beiden Arschkriechern nichts mehr zu tun haben. Reicht das, oder wollen Sie's genauer wissen?«

»Diesbezüglich reicht das fürs Erste«, antwortete Ole bierernst. Er dachte noch über eine neue Frage nach, da ging es auf der anderen Tischseite weiter.

Zur Einleitung klatschte Holger Knoop mit der flachen Hand auf den Tisch, was gefühlt den ganzen Container erzittern ließ. »Ich hab doch ein – wie nennen Sie das? – Alibi!«

»Nämlich?«

»Meine Nachbarin hat geklingelt und gefragt, ob ich eins ihrer Pakete angenommen hätte. Die blöde Ziege bestellt jeden Tag was und wenn sie nicht zu Hause ist, dann …«

»Verstehe!«, unterbrach Ole. »Wann war das in etwa?«

Diese Nachfrage sorgte für kurzes Überlegen. »Ich bin zurück ins Wohnzimmer … auf *RTL* fingen gerade die Nachrichten an, um kurz vor sieben.«

»Und Ihre Nachbarin kann die Geschichte mit dem Paket bestätigen?«

»Das will ich doch hoffen!«

Hannah war hinter ihrem Schreibtisch zum x-ten Mal eingenickt. Jetzt wurde sie vom Telefon geweckt. Weil Oles Nummer auf dem Display blinkte, meldete sie sich ohne Bedenken gähnend: »Ich kann bald nicht mehr. Also sag mir bitte, dass ihr den Kerl verhaftet habt und unser Fall gelöst ist!«

»Nicht ganz«, antwortete Ole gewohnt unbekümmert. »Ralf und ich fahren gerade nach Westerland, um uns dort mit einer Kirsten Wegener zu treffen. Falls Holger Knoop nicht gelogen hat, wird ihm seine Nachbarin wohl zu 'nem Alibi verhelfen.«

»Vorausgesetzt, die Frau sagt die Wahrheit und steckt nicht mit drin!«, hob Hannah hervor. Inzwischen kehrten ihre Lebensgeister Stück für Stück zurück. »Was für ein Typ ist denn Holger Knoop so allgemein?«

Am anderen Ende der Leitung übernahm Ralf. »Ich würde mein Monatsgehalt verwetten, dass der mit dem Überfall auf die Knoops nichts zu tun hat. Der Kerl ist zwar insgesamt ziemlich schräg drauf, hat mit seinen Eltern und Geschwistern aber schon vor Jahren abgeschlossen.«

»Ich leg noch ein Gehalt von mir obendrauf«, steuerte Ole bei.

»Als ob die paar Piepen was ändern würden«, konterte Hannah. »Zurück zum Thema, Männer: Unsere SpuSi hat im Geschäft der Knoops nichts Außergewöhnliches gefunden und kümmert sich aktuell um das Zimmer von

Axel Böhme. Ein anderes Team ist in Großenwiehe. Dort sieht es bislang ähnlich aus. Mit bahnbrechenden Ergebnissen dürfen wir wohl kaum rechnen.«

»Und was ist mit den Eltern von Volker Asmussen?«

Hannah schickte ein Stöhnen vorweg. »Ich hab vorhin mit den beiden telefoniert ... auch mit deren Altenpflegerin. Sie meinte, die zwei hätten bis jetzt nicht mal richtig verstanden, dass ihr Goldjunge tot ist. Legst du Wert auf weitere Details?«

Offenbar nicht, denn Ole hatte schon die nächste Frage parat: »Irgendwas aus der Rechtsmedizin?«

»Heute Abend müssten die mit allen vier Leichen fertig werden, aber …«

»... dabei wird auch nichts rauskommen«, vervollständigte Ole, weil Hannah nicht fortfuhr.

»Gehen wir mal davon aus. Aber wenigstens wissen wir ab sofort, wer der Dritte im Bunde ist: ein gewisser Gero Ullmann. Der Zwerg hat ein Vorstrafenregister, das es leicht mit dem von Axel Böhme aufnehmen kann. Bewaffneter Raubüberfall, etliche Körperverletzungsdelikte … ein echter Musterbürger – und das bei der Körpergröße. Ich bin mit den Recherchen zu ihm noch nicht weitergekommen, weil mir hier ständig die Augen zufallen.«

»Sollen wir Ihnen auf dem Rückweg was vom Chinamann mitbringen?«, fragte Ralf.

»Das wäre zauberhaft, Herr Jansen«, flötete Hannah. »Warum kommt Ihr Kollege Friedrichsen eigentlich nie auf solche Ideen?«

»Der Kollege Friedrichsen bleibt gleich hier auf der Insel und macht einfach Feierabend, wenn du noch ein Wort sagst!«

»Dann bis später.« Hannah hatte gerade aufgelegt, da

klingelte ihr Smartphone. Sie meldete sich mit einer Frage: »Na, Herr Bürgermeister … was machen die Tanzstunden?«

»Ich hab seit gestern die Rechtsdrehung beim Walzer drauf«, meldete sich Frank Förster lachend. »Wird auch Zeit, dass du es lernst, sonst wird das mit unserem Eröffnungstanz nichts.«

Hannah knurrte eine Weile unverständliches Zeug. »Ich war jahrelang in der Tanzschule!«

»Klar … von elf bis siebzehn, wenn man deiner Mutter glauben darf.«

»Ihr tauscht euch hinter meinem Rücken aus?«, empörte sich Hannah künstlich. »Jetzt pass mal auf, du *Llambi* für Arme: Dir mach ich sogar im Halbschlaf und mit verbundenen Augen was vor!«

»Hast du Ole endlich Bescheid gesagt?«

»Er denkt, wir hätten Stress und bietet mir andauernd seine Hilfe an.«

»Inwiefern?«

»Wahrscheinlich lauert er dir irgendwo auf und schlägt dich zusammen. Woher soll ich denn wissen, was er vorhat?«

»Hannah! Vielleicht denkst du mal daran, dass er in Kürze dein Trauzeuge werden soll.«

»Das erfährt er noch früh genug.«

»Und wann genau?«

»Mal schauen. Heute, morgen – welchen Unterschied macht das schon?«

In der Welt von Frank Förster anscheinend einen ganz gewaltigen. »Ich bitte dich! Stell dir doch mal vor, er lauert mir tatsächlich irgendwo auf und …«

»Ist ja gut, ich sag's ihm, okay?«

»Wann?«

Hannah spürte, wie sich ein Kloß in ihrem Hals breitmachte. »Heute.«

»Versprichst du es?«

»Jahaaa! Und jetzt leg auf, ich muss mich gedanklich drauf vorbereiten.«

23

Ralf und Ole standen inzwischen mitten in Westerland vor einer Boutique, in der Kirsten Wegener arbeitete. An einem Freitagnachmittag und bei herrlichstem Sonnenschein herrschte in der Strandstraße Hochbetrieb.

Vor den Ermittlern taten sich zwei auf Hochglanz polierte Glastüren auf, dahinter wurden sie von klimatisierter Luft und einem aufgesetzten Lächeln empfangen, das von einer perfekt gestylten Endfünfzigerin stammte.

Ole übernahm die Begrüßung, zeigte brav seinen Dienstausweis. »Mein Name ist Friedrichsen, das ist mein Kollege Jansen. Sind Sie Frau Wegener?«

Allein diese Frage sorgte in einem – bei näherem Hinsehen – viel zu dick geschminkten Gesicht für Empörung. »Kirsten ist eine meiner Angestellten. Sie hatten angerufen und müssen unbedingt mit ihr sprechen, richtig?«

Ole beschränkte sich auf ein Nicken.

»Dürfte ich erfahren, worum es geht?«

Am liebsten hätte Ole der arroganten Ziege eine wortreiche Abreibung verpasst, doch dazu kam es gar nicht, denn eine weit jüngere Frau war im Anmarsch. »Sind Sie Herr Jansen? Haben wir vorhin telefoniert?«

»Sie haben mit meinem Kollegen gesprochen.« Ole deutete auf Ralf, der beim Anblick einer attraktiven Blondine spontan um fünf Zentimeter wuchs. »Wir können das im Prinzip ganz schnell hinter uns bringen … unter sechs Augen, wenn ich bitten darf«, erklärte Ole und schenkte der Inhaberin der Boutique ein ebenso hochnäsiges Lächeln.

»Sie ist gar nicht so schlimm, wie man auf den ersten Blick denkt«, nahm Kirsten Wegener ihre Chefin in Schutz. »Sie können sich nicht vorstellen, was für Leute hier manchmal reinmarschiert kommen. Und je mehr Geld die haben, desto widerlicher gehen sie mit einem um. Natürlich von Ausnahmen abgesehen«, folgte es hastig.

»Wir können das hier tatsächlich schnell erledigen«, erneuerte Ole seinen Hinweis. »Ihr Nachbar, Holger Knoop, hat uns gegenüber ausgesagt, Sie hätten gestern Abend bei ihm geklingelt. Etwa um Viertel vor sieben.«

»Das ist immer ein Angang, bei dem Vollidioten zu klingeln. Bei einem der letzten Male hatte ich Angst, der klebt mir eine. Nur, weil er drei Pakete auf einmal annehmen musste.«

Ole schaute zu Ralf, der sich ein Stück abseits neben einem Kleiderständer positioniert hatte. Die beiden konnten sich nur mit Mühe ein Grinsen verkneifen. »Also haben Sie gestern bei Herrn Knoop geklingelt, ja oder nein?«

»Dreimal! Irgendwann hat er endlich aufgemacht.«

»Gegen Viertel vor sieben?«, bohrte Ole leicht genervt.

»Kann schon sein – ja. In dem Paket waren mehrere Hosen, die alle nicht passten. Als ich die wieder eingepackt hab, lief *GZSZ*.«

Vor seinem Kleiderständer fuchtelte Ralf bereits mit den Armen, um Ole zum Aufbruch zu ermuntern.

Doch dem war gerade etwas eingefallen. Vor seiner nächsten Frage zückte er sein Smartphone, um Kirsten Wegener ein paar Fotos zu zeigen. Beim ersten handelte es sich um ein Bild von Axel Böhme. »Haben Sie den Mann hier schon mal gesehen? Ich meine natürlich in Ihrem Haus oder in der Umgebung?«

»Weder noch«, folgte die Antwort nach einem kurzen Blick aufs Display.

Ole wischte weiter. Jetzt war eine Aufnahme von Volker Asmussen zu sehen. Die stammte aus seiner Zeit in der Justizvollzugsanstalt Neumünster.

»Nö«, kam es von Kirsten Wegener. »Der Typ sieht echt schräg aus. Ist das ein richtiger Verbrecher?«

Ole ignorierte die Frage. Er wollte sein Smartphone schon wieder einstecken, als ihm noch etwas einfiel. Ein Foto, entstanden in der Kieler Rechtsmedizin. Das zeigte einen kreidebleichen Gero Ullmann, den vermeintlich Dritten im Bunde der räuberischen Mörder. »Was ist mit dem hier?«

Die junge Frau beugte sich nach vorne, setzte schon zu einem Kopfschütteln an, stutzte dann aber. Nach einem erneuten Blick auf das Handydisplay lag ihre Stirn in Falten. »Ich glaube, der war in letzter Zeit häufiger beim Knoop zu Besuch.«

Ein paar Meter entfernt zuckte selbst Ralf zusammen, schließlich konnte er alles mithören. Ole übernahm die Nachfrage: »Sind Sie sich sicher? Schauen Sie bitte noch mal genauer hin!«

»Ziemlich sicher«, erklang es nach einer weiteren Sichtprüfung. »Ich erinnere mich auch an das Auto von dem Mann, der Idiot hat nämlich direkt vorm Haus geparkt und den Fahrradständer blockiert.«

»Und?«

»Fährt ’ne uralte Kiste.«

»Das Kennzeichen können Sie mir wahrscheinlich nicht sa…?«

»Wie denn?«

Ole nickte und entschuldigte sich mit einem flüchtigen Lächeln. Er winkte Ralf herbei. »Machst du bitte mal eine Halterabfrage auf Gero Ullmann.«

Während das im Hintergrund passierte, wurde Kirsten Wegener neugierig. »Was hat der Knoop eigentlich angestellt, dass Sie sich für ihn interessieren? Hat das was mit seinen Eltern zu tun?«

Ole wurde hellhörig. »Sie wissen von dem Raubüberfall?«

»Davon weiß doch jeder. Meine Chefin meint, das war niemals einer von der Insel.«

»Nichts gegen Ihre Chefin, aber …« Ole verstummte.

Notgedrungen, weil Ralf mit einer Info im Anmarsch war. »Golf II … eins der ersten Baujahre. Laut KBA wurde das Teil Anfang der Neunziger mit grüner Lackierung ausgeliefert.«

»Kann das sein?«, fragte Ole Kirsten Wegener, die zugehört hatte.

Das fragende Gesicht der Frau übersetzte Ralf mühelos, denn er wischte bereits auf seinem Smartphone herum und hielt es ihr dann entgegen. »Müsste so oder so ähnlich ausgesehen haben.«

»Genau!«, kam es beinahe kreischend zurück. »Aber der von dem Typen hatte nur zwei Türen.«

Ole übernahm wieder. »Ich denke, da kommt es jetzt nicht drauf an. Sie haben uns sehr geholfen, danke.«

»Und was passiert jetzt?«, fragte Kirsten Wegener, die ihre Pause anscheinend gerne etwas verlängert hätte.

»Wir sind hier fertig. Falls wir noch Fragen haben, melden wir uns.«

»Das ist ja wohl der Oberhammer!«, fing Ralf ein paar Schritte von der Boutique entfernt an. »Ich glaube, Holger Knoop hat uns erstklassig verarscht.«

»Und du bist dein Monatsgehalt los.«

»Das war doch nur so dahergesagt. Außerdem hast du deine Kohle auch verwettet.«

Ole winkte ab. »Du hast recht. Sieht so aus, als wäre Holger Knopp einer von der Sorte: *raue Schale und ebenso rauer Kern.*«

»Ich würde am liebsten sofort wieder hinfahren und ihm einen verbalen Arschtritt verpassen«, grummelte Ralf. »Wie wär's, Chef?«

»Aber nicht, bevor wir mit Hannah gesprochen haben«, beschloss Ole stellvertretend für beide. »Komm … wir rollen auf den nächsten Autozug, holen in Niebüll was vom Chinamann und überraschen Hannah mit den Neuigkeiten.«

24

»Hör lieber damit auf!«, empfahl Ralf etwa anderthalb Stunden später im Tonfall eines Hilferufs. Ole und er waren kurz zuvor im Büro der Mordkommission eingetroffen und fanden Hannah dort schnarchend vor. Selbst das Klappen der Tür und Öffnen der Fenster änderte nichts an ihrem Zustand.

Statt sich zu räuspern oder in anderer Weise auf sich aufmerksam zu machen, hatte Ole in die Tüte vom Chinamann gegriffen und eine der Frühlingsrollen aus deren Pappschachtel befreit. Seitdem ließ er das Teil aus Teig und Gemüse vor Hannahs Nase kreisen.

»Aufwachen, Chefin!«, murmelte er zum ersten Mal. Weil das ohne Konsequenzen blieb, erneuerte er die Aufforderung erheblich lauter. »Aufwachen!«

Hannah stellte das Schnarchen ein, grunzte kurz und öffnete die Augen. Die fokussierten sich nach und nach auf Oles Gesicht, dann auf die Frühlingsrolle.

»Bist du jetzt völlig verrückt geworden?«, krächzte sie mit belegter Stimme.

»Ich hab ihm gesagt, er soll's lassen«, mischte sich Ralf von hinten ein.

»Dann haben Sie hiermit die Freigabe, Ihren Kollegen beim nächsten Mal einfach zu erschießen.« Inzwischen hatte sich Hannah ein Stück aufgerichtet. Sie schob Oles Hand beiseite, räusperte sich lautstark und war offenbar einigermaßen bei Sinnen. »Wie spät haben wir's?«

»Gleich sechs«, kam es von Ralf. »Wie lange haben Sie denn geschlafen, Chefin?«

»Ich kann mich bloß noch an unser letztes Telefonat erinnern. Wie lief's bei euch?«

»Erst mal essen wir«, erwiderte Ole. »Zum Nachtisch haben wir einen echten Hammer auf der Speisekarte.«

Dieser Nachtisch folgte alsbald. Während sich Ralf um die Überreste einer Fressorgie kümmerte, hob Ole bedeutungsvoll an: »Kirsten Wegener hat Knoops Alibi glaubhaft bestätigt. Wir wollten uns schon wieder vom Acker machen, da hatte ich plötzlich 'ne Idee.«

»Und was für eine!«, lobte Ralf im Hintergrund. »Das wäre mir nie eingefallen.«

Hannah gähnte herzhaft. Ihr Interesse schien sich also in Grenzen zu halten.

Was Ole nicht davon abhielt, begeistert fortzufahren: »Dein Gero war in letzter Zeit häufiger bei Holger Knoop zu Besuch.«

Von einem Moment zum nächsten verabschiedete sich Hannahs Müdigkeit. Sie klang hellwach: »Gero Ullmann und Holger Knoop kennen sich?«

»Na klar.« Ole erläuterte kurz die näheren Umstände, bei denen es insbesondere um einen grünen *Golf II* ging.

»Das wird wohl kaum Zufall sein«, stimmte Hannah zu. »Aber wenn Knoops Alibi weiteren Überprüfungen standhält, dann war er beim Raubüberfall auf seine Eltern nicht dabei.«

Ralf, der mit Aufräumen fertig war, mischte sich ein. »Ole und ich haben auf dem Weg hierher überlegt: Wie wär's denn, wenn Holger Knoop den Überfall mitgeplant hat und letzte Nacht einfach nur seine Komplizen loswerden wollte? Schließlich kommt Axel Böhme für die Sache in Großenwiehe nicht infrage.«

Auf dieser Theorie kaute Hannah eine Weile herum. Ihr Fazit fiel denkbar knapp aus: »Könnte sein.«

»›Könnte sein‹«, wiederholte Ole aufgebracht. »Das passt doch alles perfekt zusammen! Unser Holger ist ganz bestimmt nicht auf den Kopf gefallen und sicher ist, dass er seine Eltern regelrecht gehasst hat.«

»Ich sehe das ähnlich«, bestätigte Ralf, als ihn Hannahs strenger Blick traf.

»Und wie wollen wir in der Sache weiter vorgehen? Uns den guten Holger heute Abend noch schnappen, ihn die ganze Nacht verhören und morgen früh schnarchen wir alle um die Wette?«

Ole reagierte als Erster. »Der hat doch bis jetzt keine Ahnung und denkt, sein Alibi reicht für 'ne weiße Weste. Morgen ist Samstag. Auf seiner aktuellen Baustelle ist Wochenende und wir schauen mal ganz entspannt irgendwann am Vormittag bei ihm zu Hause vorbei.«

»Ich bin dafür, dass wir ihn bei der Gelegenheit vorläufig festnehmen«, meldete sich Ralf zu Wort. »Das sorgt für zusätzlichen Druck und wenn er tatsächlich so schlau ist, wird ihm klar, dass wir was gegen ihn in der Hand haben.«

»Ansonsten werden wir am Wochenende nicht viel bewegen«, stöhnte Hannah. »Ab Montag legen wir richtig los: Ich will, dass jeder Pfandleiher und jeder Hehler, der auf unserer Informantenliste steht, Bescheid weiß. Ihr kontaktiert also sämtliche Kollegen aus den Raubdezernaten und schickt denen Aufnahmen von der Beute.«

»Welche Aufnahmen?«, wunderte sich Ole.

Hannah schaute zu Ralf. »Die, die unser Herr Jansen übers Wochenende zusammenstellt. Ich hab heut Mittag mit der Versicherung der Knoops telefoniert. Die mussten jede Woche Fotos ihrer wertvollsten Schätze einreichen, um einen Nachweis für den Fall der Fälle zu haben. Dabei hab ich übrigens auch erfahren, dass im Tresor *Krügerrand* Münzen im Wert von zweieinhalb Millionen Euro lagen.«

»Alles versichert?«, vergewisserte sich Ralf.

»Ich denke, ja. Außerdem ist das der Teil der Beute, der sich am einfachsten zu Geld machen lässt. *Krügerrand* wird man überall los und niemand stellt neugierige Fragen.«

»Ob Vera Böhme von den Münzen wusste und ihrem Axel was darüber verraten hat?«, überlegte Ole laut.

»Wie hat die Böhme eigentlich reagiert, als ihr sie mit ein paar unbequemen Fakten konfrontiert habt?«, wollte Hannah wissen.

»Die gefällt sich in der Rolle des Opfers und macht sich in erster Linie Sorgen um ihren Sohn. Kann ich zwar nachvollziehen, aber …«

»Was hat sie dazu gesagt, dass ihr im Laufe der Jahre zweimal fristlos gekündigt wurde?«

»Sie hat im Prinzip alles damit entschuldigt, dass ihr Axel ein Problemkind war.«

»Und ist!«, betonte Ralf im Hintergrund grinsend. »Immerhin hat er auf seiner Flucht 'ne Tankstelle überfallen. Das ist auch kein Kavaliersdelikt!«

»Da ergibt auch nichts einen Sinn«, beklagte sich Hannah. »Morgen Vormittag knöpft ihr euch Holger Knoop vor und ich statte Vera Böhme einen weiteren Besuch ab. Ich weiß nicht, wieso, aber ich hab das Gefühl, sie ist der Schlüssel zu allem.«

Ole fiel zurück in seinen Drehstuhl und rieb sich den vollen Bauch. »Also ist für heute Feierabend und wir schlafen wenigstens einigermaßen aus?« Er übernahm gleich selbst den Kommentar: »Hoffentlich erkennt mich mein Bett überhaupt noch. Soll ich dich nach Sylt mitnehmen, Chefin? Ich hab schon 'nen Wagen von der Bereitschaft organisiert.«

Hannah druckste eine Weile herum. Aus gutem Grund, schließlich hatte sie ihrem Kollegen noch etwas in privater Sache zu beichten. *Aber nicht jetzt und hier*, beschloss sie nach einem tiefen Atemzug. Um Aufbruchstimmung zu verbreiten, erhob sie sich ruckartig hinter ihrem Schreibtisch. »Feierabend! Und ihr lasst gefälligst die Finger von irgendwelchen Frauen. Ich brauch euch morgen ausgeschlafen …«

25

»Und? Wie hat er reagiert?« Mit dieser Frage begrüßte Frank Förster Hannah im gemeinsamen Westerländer Domizil.

»Wer?« Bislang hegte Hannah die Hoffnung, es könne helfen, sich einfach dumm zu stellen.

»Na, Ole! Wie hat er reagiert, als er erfahren hat, dass wir heiraten?«

»Puh … ganz normal eigentlich. Er wünscht uns alles Gute und …«

»Hannah!« Deren Verlobter machte ein paar Schritte und stand nun direkt vor ihr. »Ich hab noch nie so eine schlechte Lügnerin wie dich erlebt.«

»Sei doch froh!«, tat sie unbekümmert ab. »Ich könnte dich niemals betrügen, in irgendeiner Form belügen oder …«

»Hurra! Und wie soll es jetzt mit Ole weitergehen?«

Hannah war müde, ihr dröhnte der Schädel und als Allerletztes war ihr nach Diskussionen zumute. Entsprechend brauste sie auf: »Er wird sich wohl damit abfinden müssen! Wer bin ich denn, dass ich ihn am besten um Erlaubnis fragen muss, wenn ich jemanden heiraten will?«

»›Jemanden‹?«, amüsierte sich Frank.

Was Hannah mit einer Handbewegung abtat. »Über mögliche Kandidaten ist das letzte Wort noch nicht gesprochen, Herr Bürgermeister«, ließ sie grinsend heraus und trat dann die Flucht in Richtung Spüle an.

Wo Frank sie stellte und von hinten umklammerte. »Wie war dein Tag sonst so?«

Hannah drehte sich in seiner Umklammerung und sah zu ihm auf. »Wir hatten doch abgemacht, dass wir nicht mehr über meine Arbeit reden. Kein Sterbenswörtchen, wollten wir beide so!«

»Weil das auf Dauer nicht gut für uns ist«, bestätigte Frank eifrig nickend. »Trotzdem darf ich dich doch fragen, wie dein Tag allgemein war. Außerdem warst du die ganze Nacht unterwegs – gab es größere Probleme?«

»Von dem Überfall auf die Knoops hast du ja sicherlich gehört?«

»Natürlich! Auf der Insel sind die meisten total geschockt. Die Ladeninhaber in Kampen erwägen sogar, einen privaten Sicherheitsdienst anzuheuern, der Streife läuft. Gibt es dafür einen guten Grund oder kann ich Entwarnung geben, falls mich einer fragt?«

Hannah wich der Frage aus. »Kanntest du die Knoops besser?«

»Zumindest schon länger. Die haben hier auf der Insel 'ne ganze Menge für soziale Projekte getan. In letzter Zeit wurde es da allerdings ruhiger.«

»Inwiefern?«

»Willst du nicht lieber ins Bett, wenn du die ganze Nacht nicht geschlafen hast?«

Hannah schüttelte den Kopf, löste sich vollständig aus der Umklammerung und steuerte auf den Kaffeevollautomaten zu. Nachdem der sein geräuschvolles Konzert beendet hatte, hockte sie am Küchentresen und forderte ihren Verlobten mit einer Geste auf, es ihr gleichzutun. »Sag an! Was genau weißt du?«

»Kennst du den Verein, der jedes Jahr die Jugendfreizeit in Rantum organisiert? Für Problemkinder, die mal drei Wochen lang …«

»Ja! Und?«

»Okay.« Frank, der mit solchen rüden Unterbrechungen bestens vertraut war, überspielte die letzte mit einem Lächeln. »Die sammeln jetzt schon wieder Geld für den nächsten Sommer und haben da eigentlich auf die Knoops gebaut – weil die immer den größten Teil der Kosten übernommen haben. Agnes wollte wohl gleich das Scheckbuch zücken, aber Rudi soll sich angeblich mit Händen und Füßen gewehrt haben.«

»Von wem weißt du das?«

»Hat mir Andrea erzählt.«

»Deine Tanzpartnerin! Ist da etwa mehr zwischen euch als nur Walzer und Tango?«, stichelte Hannah auf filmreife Weise.

»Sie ist verheiratet, hat drei Kinder und nebenbei bestimmt genug mit ihren sozialen Projekten zu tun.«

»Und wenn es anders wäre?«

Frank winkte ab. »Da fällt mir übrigens noch was ein: Ich hatte neulich Besuch von einem Handwerker, der von Zeit zu Zeit Aufträge für die Gemeinde ausführt.«

»Das sieht dir wieder ähnlich. Während Otto Normal monatelang warten muss, klüngelst du mit jedem Zweiten auf der Insel und hast überall Vorfahrt.«

»Das war der Tischler, der vorletzte Woche deinen begehbaren Kleiderschrank gebaut hat. Ansonsten würdest du hier wahrscheinlich ewig aus Taschen und Koffern leben.«

»Guter Mann, halt dir den bloß warm!«

»Du bist unmöglich, Hannah!« Trotzdem fuhr Frank

mit der Geschichte fort: »Der Tischler sollte bei den Knoops die ganze Küche neu machen – lukrativer Auftrag. Plötzlich kriegt er 'nen Anruf von Rudi und der sagt alles bis auf Weiteres ab.«

»Hat der Knoop auch gesagt, warum?«

»Der Tischler hat nicht gefragt. Am Ende war er wahrscheinlich froh, weil er vor lauter Aufträgen nicht weiß, wohin.«

Hannah ließ sich die Dinge einen Moment lang durch den Kopf gehen. Ihr Ergebnis präsentierte sie derart leise, als befürchtete sie unerwünschte Zuhörer: »Dann hatten die Knoops womöglich finanzielle Probleme.«

»Oder wollten erst mal ihren baldigen Ruhestand genießen. Vielleicht 'ne Kreuzfahrt machen oder gleich 'ne Weltreise? Wieso witterst du hinter jeder Geschichte gleich die nächste Verschwörung?«

»Weil es meistens so ist«, tat Hannah lapidar ab. »Kennst du die Kinder der Knoops?«

»Persönlich nur den ältesten Sohn … Holger.«

»Und?«

»Und was?«

»Was weißt du über ihn?«

Frank ließ sich mit seiner Antwort ein wenig Zeit. »Fleißiger Handwerker, hat hier auf Sylt schon 'ne Menge Häuser aus dem Boden gestampft – mein Fall ist er nicht.«

Dieses Mal beschränkte sich Hannah auf einen erwartungsvollen Blick.

Der Wirkung zeigte. »Himmelherrgott … es gibt eben solche und solche. Bei Ausschreibungen stammt das höchste Angebot in der Regel von Holger Knoop. Und wenn einer meint, er müsste sich bei öffentlichen Aufträgen 'ne goldene Nase verdienen, dann …«

»… weißt du das schon zu verhindern«, vollendete Hannah. Sie präsentierte ein Lächeln, das ausschließlich für ihren Verlobten reserviert war. »Ich freu mich seit Monaten auf *The Night Agent.* Hast du schon angefangen?«

Kopfschütteln.

Was Hannah lachend quittierte: »Du bist mindestens ein genauso schlechter Lügner wie ich.«

»Nur die beiden ersten Folgen. Eine heute Mittag, die andere nach Feierabend.«

Hannah sah theatralisch zur Decke. »Mir ist, als hätten wir vereinbart, dass wir zusammen anfangen. Oder irre ich mich?«

»Ist doch nicht meine Schuld, dass du immer so lange arbeiten musst«, schmollte Frank. »Aber ich kann dich beruhigen: Die Folgen schaue ich mir gerne noch mal mit dir an ...«

26

»Guten Morgen, Frau Lambert!«, begrüßte Ralf Hannahs Mutter am nächsten Tag in Rantum. Die öffnete ihm zwar die Tür ihres reetgedeckten Hauses, wollte ihn aber offensichtlich nicht hereinbitten. In seiner Not griff Ralf zu einer Frage: »Ist Ole schon fertig?«

»Dauert sicher nicht mehr lange. Haben Sie in letzter Zeit mal ausführlicher mit Hannah geredet?«

Allein der Ton dieser Frage behagte Ralf überhaupt nicht, entsprechend knapp konterte er: »Worüber denn?«

»Seitdem sie verlobt ist und Ole bei mir wohnt, meldet sie sich immer seltener. Außerdem hab ich das Gefühl, da ist was im Busch.«

Während Ralf bereits über die nächste, möglichst unverfängliche Reaktion nachdachte, tauchte Ole auf und rettete ihn.

»Heute wird's bestimmt spät«, verabschiedete er sich fröhlich von Frau Lambert und hauchte ihr einen Kuss auf die Wange.

»Was ist denn mit der los?«, fragte Ralf im Auto.

»Wieso?«

»Ach … egal. Hat die Chefin dich auch angerufen?«

Bevor Ole antwortete, kramte er sein Smartphone aus der Tasche. »Das war wohl, als ich unter der Dusche stand. Was wollte Hannah denn so früh?«

»Es deutet einiges darauf hin, dass die Knoops finanzielle Probleme hatten.«

»Ernsthaft? Deren Laden war doch im wahrsten Sinne des Wortes 'ne Goldgrube. Wie kann man da …?«

Ralf fuhr schweratmend dazwischen: »Auf Einzelheiten hat die Chefin verzichtet – wie immer. Wir sollen, wenn wir uns mit dem lieben Holger unterhalten, mal ein bisschen auf den Busch klopfen.«

»Der hatte doch überhaupt keinen Kontakt mehr zu seinen Eltern!«

»Hat er behauptet, aber die Chefin zweifelt inzwischen auch daran.«

»Und erwartet von uns das nächste Wunder … während andere am Strand liegen und ihr Wochenende genießen.«

Anderenorts saß Hannah Vera Böhme in deren Wohnzimmer gegenüber. Morgens um zehn lugte die Sonne durch die Vorhänge und ließ den Staub tanzen.

»Wollen Sie wieder Kaffee?«

»Davon hatte ich heute schon genug«, bedankte sich Hannah lächelnd. Dann wurde ihre Miene todernst. »Was verheimlichen Sie uns, Frau Böhme?«

Die tat nach außen hin erstaunt. »Wovon reden Sie?«

»Zum Beispiel von Gero Ullmann, dem angeblich besten Freund Ihres Sohnes. Wollen Sie mir weismachen, er wäre in letzter Zeit nicht häufiger hier bei Ihnen zu Besuch gewesen?«

»Ja, das stimmt«, erklang es kaum hörbar.

»Und wieso haben Sie das mir und meinen Kollegen bisher verschwiegen?«, setzte Hannah gleich nach.

»Es ist mein gutes Recht, meinen Sohn zu schützen.«

»Vor wem oder was genau?«

Langes Zögern. »Gero ist … er ist einer von diesen Freunden, mit denen sich Axel lieber nicht abgegeben hätte.«

»Weil Herr Ullmann ein ellenlanges Vorstrafenregister hat oder ist da noch mehr?«

Vera Böhme lächelte gequält. »Reicht das nicht, um kein guter Umgang zu sein?«

»Die Frage ist, wer da wen negativ beeinflusst hat. Ihr Sohn ist schließlich auch kein Waisenknabe und hat genauso viel auf dem Kerbholz.«

Einige Zeit herrschte Schweigen. Vera Böhme fasste sich schweratmend ein Herz, trat vom Tonfall her die Flucht nach vorne an. »Die drei haben oft bei mir zusammengehockt …«

»… um tatsächlich irgendeine EDV-Firma zu gründen?«, vollendete Hannah. »Oder wussten Sie, dass dieses Trio einen Überfall auf das Juweliergeschäft der Knoops plante?«

»Gott bewahre! Dann hätte ich sie doch gewarnt und …«

»Hätten Sie?«

»Ich habe den Knoops sehr viel zu verdanken. Und ja, ich hab mir zweimal was zuschulden kommen lassen, aber … wir haben uns immer wieder zusammengerauft. Unter anderem, weil ich niemand bin, der auf die Uhr guckt und ständig mit neuen Forderungen daherkommt.«

Hannah ging mit dem nächsten Thema in die Offensive. »Wäre es denkbar, dass die Knoops in finanziellen Schwierigkeiten steckten?«

»Kann ich mir nicht vorstellen. Die waren doch kurz

vorm Ruhestand und wollten nur noch zusammen das Leben genießen.«

Was Hannah nicht von weiterem Bohren abhielt: »Gab es vielleicht Probleme mit Lieferanten? Hat in letzter Zeit jemand die Zusammenarbeit überraschend beendet oder ist Ihnen sonst was komisch vorgekommen?«

»›Komisch‹?«

»Man merkt doch, wenn es bei seinem Arbeitgeber nicht ganz rundläuft! Ist Ihnen irgendwo ein Mahnschreiben in die Hände gefallen, hat sich Herr Knoop oder von mir aus auch seine Frau seltsam verhalten?«

»Nö.«

Wieder einmal ärgerte sich Hannah über sich selbst. Ihre Fragen, die quasi alles vorgaben, machten solche einsilbigen Antworten überhaupt erst möglich. Entsprechend änderte sie ihre Strategie. »Dann erzählen Sie mir bitte, was Sie über Holger Knoop wissen.«

»Er ist der Älteste und hat – soweit ich mitbekommen habe – schon seit Ewigkeiten nichts mehr mit seinen Eltern zu tun.«

»Wann haben Sie ihn zum letzten Mal gesehen?«

»Das ist mindestens zehn Jahre her.«

Hannah nickte. »Seine Schwester beschreibt ihn als aufbrausend. Würden Sie ihm zutrauen, dass er an der Tat selbst oder an der Planung beteiligt war?«

Plötzlich hellte sich Vera Böhmes Miene deutlich auf. »Ich weiß, dass er seinen Eltern häufiger gedroht hat. Da gab es sogar mal eine Schlägerei zwischen ihm und seinem Vater.«

»Also würden Sie pauschal erst mal nichts ausschließen? Ich frage das, weil offenbar auch Kontakt zwischen Holger Knoop und Gero Ullmann bestand.«

Ein Hinweis, der auf der anderen Tischseite erneut für einen Hauch Erleichterung sorgte, garniert von einer

Mutmaßung: »Dann wäre es also möglich, dass Holger alles geplant hat und nur ein paar Handlanger für den Raubüberfall brauchte?«

»Sagen Sie's mir! Hatten Ihr Sohn und Holger auch Kontakt?«

»Nein! Davon wüsste ich!«

Hannah überlegte kurz und gab sich dann selbst einen Ruck. »Ich verrate Ihnen jetzt etwas und es wäre nett, wenn Sie die Geschichte erst mal für sich behalten.«

»Wie Sie wollen.«

»Volker Asmussen und Gero Ullmann wurden vergangene Nacht ebenfalls umgebracht. In einem Haus in Großenwiehe, wo man offenbar die Beute vom Raubüberfall aufteilen wollte.«

»Beide tot?«, keuchte Vera Böhme. Gerade so, als stünde sie selbst kurz vor ihrem letzten Atemzug.

Hannah fing die Vorlage auf. »Machen Sie sich deshalb Sorgen um Ihren Sohn?«

»Was würden Sie denn an meiner Stelle denken?«, kam es giftig von gegenüber. Dann veränderte sich der Tonfall, wurde um einiges freundlicher: »Wissen Sie schon, wer dafür verantwortlich ist?«

»Ich hatte gehofft, das könnten Sie mir sagen.«

Diese Aufforderung ließ Vera Böhme eine Weile sacken. Dann kehrte eine Spur Zuversicht in ihr Gesicht zurück. »Vielleicht Holger?«

»Wir werden sehen …«

27

»Was wollen Sie denn schon wieder?«, fauchte Holger Knoop anderenorts zur Begrüßung. Er hatte erst nach dem dritten Klingeln geöffnet und machte den Eindruck, als wäre er darauf vorbereitet, einem seiner bestellwütigen Nachbarn eine wortreiche Breitseite oder auch mehr zu verpassen.

»Wir haben einiges zu besprechen «, erwiderte Ole seelenruhig. »Und wenn Sie sich nicht sofort herunterfahren, nehmen wir Sie vorläufig fest und wir unterhalten uns auf dem Revier weiter. Interesse?«

Anscheinend nicht, denn Holger Knoop zog seine Wohnungstür weiter auf und schlurfte bereits vorweg. Ole machte schon den ersten Schritt, um dem Mann zu folgen, aber Ralf hielt ihn am Ärmel fest und zischte: »Ich dachte, wir nehmen ihn so oder so fest. Die Chefin hat doch gesagt, wir sollen ...«

»Die Chefin ist aber nicht hier und jetzt gerade hab ich das Sagen!« Ole riss sich los. Trotzdem hatte er noch eine Aufforderung parat: »Du beobachtest den Kerl ganz genau und achtest auf seine Reaktion, wenn ich ihm die Neuigkeiten um die Ohren haue!«

Der Fußmarsch durch den schmalen Flur, vorbei an ein paar geschlossenen Türen, endete in einer Art Büro. Der Schreibtisch vor dem kleinen Fenster war mit Angeboten, Prospekten und Rechnungen überladen. Offenbar wurde von hier aus für das kaufmännische Wohl einer Handwerksfirma gesorgt.

»Setzen Sie sich!«, knurrte der Hausherr und deutete auf zwei unbequeme Stühle. Er selbst fiel auf einen weitaus bequemeren Chefsessel, dessen Konstruktion unter geschätzt hundertzwanzig Kilo Muskelmasse ächzte. »Was gibts denn so Wichtiges? Ich wollte eigentlich einkaufen und hinterher …«

»Sagt Ihnen der Name Gero Ullmann etwas?«, ging Ole direkt in die Offensive. Neben ihm nahm Ralfs Körper Spannung an.

»Logisch! Meine Schwester Denise, ihr dämlicher Ex-Freund Axel und Gero haben früher ständig zusammengehockt … ist aber schon ewig her.«

Ole nickte zufrieden. »Und wann haben Sie Herrn Ullmann zuletzt gesehen?«

Holger Knoop stieß den Atem geräuschvoll aus, dabei wölbten sich seine Lippen nach außen. »Vor drei oder vier Wochen.«

Mit dieser Antwort hatte Ole nicht gerechnet. Ralf wohl ebenso wenig, denn dessen Erstaunen war in seinem Gesicht deutlich abzulesen. »›Vor drei oder vier Wochen‹ ... sagen Sie mir auch, was Herr Ullmann von Ihnen wollte?«

»Das Übliche«, kam es hämisch lachend zurück. »Wenn Gero keine Kohle hat, kommt er über kurz oder lang bei mir angeschissen und fragt, ob es auf einer unserer Baustellen was für ihn zu tun gibt.«

Ole brauchte einen Moment, um diese Information zu verdauen. Ralf und er hatten auf dem Weg einige Szenarien durchgespielt, aber keins davon berücksichtigte eine derart simple Erklärung. Dennoch wurde es Zeit, näher nachzufragen. »Das klingt, als hätte Herr Ullmann immer mal wieder für Sie gearbeitet.«

»Was man so Arbeit nennt. Gero ist ’n netter Kerl, taugt aber in der Wurzel nix. Ist er auf dem Dach eingeteilt, nervt er die Klempner im Erdgeschoss und was er anpackt, wird mit Glück zur Hälfte fertig.« Holger Knoop überlegte und fuhr dann einfach fort: »Wissen Sie … auf dem Bau passiert alles Hand in Hand. Und wenn eine davon ihren Job nicht macht, steht irgendwann alles. Das können wir uns nicht erlauben und außerdem …«

»Ist schon klar«, unterbrach Ole verhältnismäßig dezent. »Haben Sie uns noch etwas über die Unterhaltung mit Herrn Ullmann zu sagen?«

Die erste Antwort war ein Kopfschütteln, das jedoch nahtlos in Nicken überging. »Er hat es vorher wohl bei Denise probiert, aber die hat ihm auch ’ne Abfuhr erteilt.«

»Bei Ihrer Schwester? Wollte er dort auf dem Biohof arbeiten?«

»Hat er schon häufiger, wenn er zwischendurch mal auf freiem Fuß war. Ich glaube, die haben ihn letztes Mal nur deshalb auf Bewährung freigelassen, weil er ’nen Job und ’ne Unterkunft nachweisen konnte.«

»Bei Ihrer Schwester?«, vergewisserte sich Ole erneut.

»Ja, verdammt!«

»Das lässt sich leicht überprüfen«, steuerte Ralf bei, denn Ole wirkte für einen Augenblick konsterniert.

Doch dann fand er seine Stimme wieder: »Können Sie uns auch etwas über Vera Böhme erzählen? Oder über deren Sohn Axel?«

»Taugen beide nix!« Eine knappe Antwort mit dem rauen Charme eines Handwerksmeisters.

»Gibt es für Ihre Einschätzung einen besonderen Grund oder ist das reine Antipathie?«

Eine Nachfrage, die bei Holger Knoop müdes Grinsen hervorrief. »Vera ist doch schon seit dem ersten Tag auf die Kohle meiner Eltern scharf und hat ständig Unfrieden gestiftet. Ihr Axel ist keinen Furz besser. Die gierige Krähe und ihr krimineller Sohnemann werden sich noch wundern, wenn sie vom Testament meiner Eltern erfahren.«

Oles Brauen wanderten nach oben. »Heißt das, Sie wissen über dessen Inhalt Bescheid? Ich dachte, Sie hätten schon ewig keinen Kontakt mehr zu Ihren Eltern.«

»Das ist auch so! Ich hab nur hier und da was gehört …«

Ole beugte sich nach vorne, setzte eine strenge Miene auf. »Über den Inhalt eines Testaments – erst recht, was die eigenen Eltern betrifft – hört man nicht beiläufig hier und da was! Hören Sie auf, uns zu verarschen, Herr Knoop!«

»Ich spiel jeden Freitagabend mit dem Notar meiner Eltern Skat …«

»… und da plaudert man nach ein paar Bierchen und etlichen Kurzen ganz nebenbei über ein Testament«, mokierte sich Ole. »Richten Sie Ihrem Skatkumpel aus, er kann froh sein, wenn ich die Sache nicht der Staatsanwaltschaft oder dem zuständigen Verband melde.«

Holger Knoop schien keineswegs eingeschüchtert und zuckte lediglich mit den Schultern. »War das dann alles?«

»Sagen Sie's mir!«

Ralf kam einer möglichen Antwort zuvor: »Wir wissen von einer Zeugin, dass Herr Ullmann Sie mehrfach besucht hat. Sie haben vorhin allerdings nur von einem Treffen gesprochen.«

»Weil Ihr Kollege gefragt hat, wann ich Gero zum

letzten Mal gesehen hab! Der Idiot … also Gero hat mich mindestens einmal pro Woche genervt. Bei seinem letzten Versuch hab ich ihm gesagt, er soll sich verpissen und nie wieder blicken lassen.«

»Wie hat er reagiert?«, fragte Ole.

»Der Penner wollte mir ’n schlechtes Gewissen einreden. Meinte, meine Familie wäre ihm was schuldig und ich der Einzige, der ihm helfen könnte.«

»Lassen Sie mich raten: Das kam bei Ihnen nicht gut an, oder?«

»Ich hab ihm eine mit der flachen Hand verpasst und ihn vor die Tür gesetzt. Wenn der Blödmann noch mal hier aufkreuzt, dann …«

»Der ›Blödmann‹ ist tot«, unterbrach Ole.

Eine Information, die bei Holger Knoop keineswegs für Bestürzung, sondern vielmehr für Erleichterung sorgte. Auch ein entsprechender Kommentar ließ nicht lange auf sich warten: »Da ist der Welt nichts verloren gegangen, glauben Sie mir.«

»Und das ist alles?«

»Ne, er hat von seinem letzten Job auf der Baustelle noch ein paar fast neue Arbeitsschuhe und ’ne Latzhose. Die krieg ich jetzt wohl nicht mehr zurück …«

28

In List war Hannah gerade im Begriff, sich von Vera Böhme zu verabschieden, als ihr Handy klingelte. »Sorry, da muss ich kurz rangehen«, entschuldigte sie sich und stand gleich danach im Treppenhaus des Mehrfamilienhauses, um eine neugierige Zuhörerin *de facto* auszusperren.

Ihre Stimme hallte von den Wänden wider. »Leg los, Ole!«

»Wir wollten dich nur schnell informieren, wie's gelaufen ist, und dass Holger Knoop als Mitwisser oder gar Täter nicht infrage kommt.«

»Sagst du mir auch, wieso oder kannst du neuerdings im Kaffeesatz lesen?«

Ole brauchte nicht lange, um das eben stattgefundene Gespräch zu rekapitulieren. Er setzte ein Fazit obendrauf: »Der Typ ist zweifellos ein ungehobelter Klotz, aber er hat mit der ganzen Sache garantiert nichts zu tun.«

»Sehe ich auch so, Chefin!«, kommentierte Ralf im Hintergrund.

Hannah verspürte plötzlich das dringende Bedürfnis, sich auf einer der Treppenstufen niederzulassen, aber sie widerstand diesem Drang, der von aufkeimender Frustration fleißig gefüttert wurde. »Habt ihr Knoop mal auf Vera Böhme angesprochen?«

»Nicht nur das. Er hat auch zugegeben, dass er mehr oder weniger über das Testament seiner Eltern Bescheid weiß.«

»Woher?«

»Von einem Skatkumpel, der nebenbei zufälligerweise Notar ist. Auf jeden Fall – und das sind Knoops Worte – gehen die gierige Krähe und ihr krimineller Sohnemann leer aus.«

Informationen, die Hannah zunächst verdauen musste.

Am anderen Ende fuhr Ole munter fort: »Die Sache wird immer komplizierter. Wenn auch Knoop nicht der dritte Mann ist und Axel Böhme ohnehin ausscheidet, wer hat dann …?«

»… Asmussen und Ullmann in Großenwiehe erschossen?«, vollendete Hannah die Frage. Sie atmete geräuschvoll. »Ich gehe jetzt noch mal rein und setze die liebe *Tante Vera* richtig auf den Pott. Falls sie mir mit weiteren Episoden aus dem Märchenland kommt, dreh ich ihr den Hals um.«

Am anderen Ende ertönte doppeltes Lachen. Ralf lieferte sogar ein großzügiges Angebot: »Wenn Sie im Gefängnis sitzen, besuche ich Sie regelmäßig, Chefin.«

»Und ich krall mir deinen Schreibtisch. Dann kann ich bei der Arbeit wenigstens aus dem Fenster gucken«, feixte Ole.

Hannah beendete das Gespräch kurzerhand und blieb danach noch einen Moment im Treppenhaus stehen. Hinter einer der Wohnungstüren lief Musik, die bis zu ihr drang. Ein aktueller Chartstürmer, dessen Name ihr allerdings nicht einfallen wollte. Hier – zwischen geweißten Wänden und dem Geruch scharfer Putzmittel – herrschte ein erschreckendes Maß an Alltag und Normalität. Ein paar Meter höher jedoch saß eine Frau, an deren Aufrichtigkeit Hannah von Stunde zu Stunde mehr zweifelte. Es wurde höchste Zeit, endlich die schweren Geschütze aufzufahren …

»Und ich dachte, ihr hättet euch ins Wochenende verdrückt«, begrüßte Martin Clausen seine beiden Kollegen im Westerländer Revier.

Ole ließ sich auf der Schreibtischkante nieder, Ralf fiel auf einen der Stühle und sah sich mit sehnsüchtigem Blick um. »Wenn's nach mir gegangen wäre, hätten wir unser Hauptquartier hier bei dir aufgeschlagen. Ich frag mich immer noch, wieso die in Kiel *Nein* gesagt haben.«

»Weil wir ohnehin aus allen Nähten platzen. Unser Revierleiter quakt jeden Tag, weil es nirgends einen Raum für unseren Kicker gibt. Außerdem …«

Ralf schob sich mit einem Angebot dazwischen: »Wir können gerne tauschen!«

»Macht Rohwedder wieder Probleme?«, erkundigte sich Clausen.

»Demnächst nicht mehr«, knurrte Ole. »Ich lass mir schon was einfallen, wie wir den Kerl loswerden. Hast du noch irgendwas über den Herrn Bürgermeister und die geheimnisvolle Blondine rausgefunden?«

Clausen lächelte schelmisch, was bei Ole gar nicht gut ankam, denn der platzte sichtlich vor Neugier. »Sag schon, sonst gehts dir genauso wie Rohwedder!«

»Ich hab 'ne Bekannte gefragt, die im *For You* arbeitet. Die konnte mir sogar einen Namen sagen und was man sich so über die Frau erzählt.«

Anstelle einer weiteren Aufforderung stöhnte Ole genervt. Weiter hinten spitzte auch Ralf die Ohren.

»Es handelt sich um Andrea Petermann«, fuhr Clausen genüsslich fort. »Verheiratet, drei Kinder … engagiert sich hier auf Sylt für einige soziale Projekte. Angeblich geht bei Jugendarbeit auf der Insel kaum mehr was ohne sie.«

Auf dieses letzte Detail stürzte sich Ole wie ein ausgehungertes Raubtier. »Könnte das an unserem Herrn Bürgermeister liegen und eventuelle Einzelheiten bespricht man in der Horizontalen?«

»Woher soll ich das denn wissen? Ich dachte, du fällst mir vor Freude um den Hals, weil ich dich so schnell mit Informationen füttere, aber …«

»Ist ja gut, danke! Wie gehen wir weiter vor?«

»Gar nicht!«, entgegnete Clausen entrüstet. »Ich hab meinen Job gemacht, jetzt seid ihr dran. Und egal, was ihr draus macht, mein Name bleibt außen vor. Hast du versprochen!«

Ralf meldete sich zu Wort. »Ich denke, wir sollten es ohnehin dabei belassen. Stellt euch mal vor, Hannahs Verlobter hat wirklich …?«

»Genau darum gehts doch!«, fauchte Ole. »Willst du deine Chefin ins offene Messer laufen lassen? Tatenlos mit ansehen, wie sie sich ins Unglück stürzt und einen Fremdgeher heiratet?«

»Du hättest zum Theater gehen sollen«, kommentierte Clausen lachend. »Ich glaube, unsere Hannah kann ganz gut allein auf sich aufpassen. Und falls an der Sache tatsächlich was dran ist, müssen wir nur verhindern, dass sie ihre Nebenbuhlerin abknallt.«

»Das nennt man Prävention«, fügte Ralf grinsend hinzu.

Ole hielt nichts mehr auf der Schreibtischkante. Er funkelte seine Kollegen abwechselnd wütend an. »Wenn ich das wäre und ihr wüsstet, dass mich meine Verlobte hintergeht, würdet ihr dann genauso handeln?«

»Kommt drauf an«, murmelte Clausen nach kurzem Überlegen.

»Worauf?«

»Wie sie aussieht und ob sie vielleicht Lust hat, auch mit mir …«

»Danke, es reicht!«

29

»Reden wir zur Abwechslung Klartext, Frau Böhme«, fing Hannah an, als sie der Frau erneut gegenübersaß. »Ihr Sohn hat eine beachtliche kriminelle Karriere hinter sich, Sie gefallen sich bestens als großes Opfer und inzwischen gibt es vier Tote, die am Ende auch mit auf Ihre Rechnung gehen.«

Angesichts eines derart schweren Vorwurfs gab sich Vera Böhme überraschend gefasst. »Erklären Sie mir bitte, was Sie damit meinen?«

»Herzlich gerne! Wer sagt denn, dass Sie nicht unmittelbar beteiligt sind? Immerhin wurde der Überfall auf die Knoops hier in Ihrer Wohnung geplant … haben Sie selbst zugegeben.«

»Ich habe nur gesagt, dass sich Axel mit zwei Männern getroffen hat! Von dem Überfall wusste ich nichts, sonst hätte ich doch …«

»Hätten Sie was? Ihren Sohn, der auf Bewährung draußen ist, ans Messer geliefert? Nehmen wir mal an, die Knoops hätten sich an die Polizei gewandt, dann wäre Ihr Axel direkt wieder ins Gefängnis marschiert. Weil allein die Planung schon ein Straftatbestand ist!«

»Ich wusste aber nichts davon«, giftete Vera Böhme.

Was Hannah noch wütender auf den Plan rief. Doch bevor sie etwas sagte, beförderte sie innerlich eine Annahme zur Tatsache: »Holger Knoop hat rein gar nichts mit den Vorfällen zu tun. Er weiß aber anscheinend einiges über das Testament seiner Eltern.«

Dieser letzte Satz sorgte für ehrliches Erstaunen. Und Hannah glaubte auch, einen kurzen Hoffnungsschimmer in Vera Böhmes Gesicht zu erkennen. Den sie ganz bewusst zunichtemachen wollte: »Wir müssen natürlich warten, bis das Testament offiziell eröffnet wird. Aber wie es aussieht, haben die Knoops Sie oder Ihren Sohn darin nicht berücksichtigt.«

»Das kann ich dann wohl kaum ändern«, erklang es kaltschnäuzig. Wobei es Vera Böhme nicht gelang, ihre Enttäuschung glaubhaft zu verbergen. Was auch ihre nächsten Worte deutlich machten: »Ist es im Leben nicht immer so? Unsereins schuftet bis zur völligen Selbstaufgabe und zum Schluss erben die Kinder alles. Die Bande hat nie was für ihre Eltern getan und würde wahrscheinlich bis heute keinen Finger rühren, um ...«

»Lassen Sie's gut sein!«, ordnete Hannah rigoros an. »Haben Sie eigentlich schon Pläne für die Zukunft? Wie soll es bei Ihnen weitergehen – ohne Job, meine ich? Ich weiß zufällig, was so eine Wohnung hier auf Sylt kostet.«

»Machen Sie sich ernsthaft Sorgen um mich?«

Hannah überlegte kurz und konterte mit eisiger Stimme: »Nehmen wir mal an, es wäre so.«

»Meine ältere Schwester wohnt auf dem Festland. Sie bietet mir laufend an, bei ihr zu wohnen, wo ich auch nebenbei mein Auskommen hätte.«

»Und was soll dann aus Ihrem Sohn werden?« Ein letzter Pfeil, den Hannah in der Hoffnung verschoss, damit etwas loszurütteln.

Leider verfehlte der sein Ziel. Zum ersten Mal lächelte Vera Böhme überheblich. »Sie haben doch selbst gesagt, dass Axel ohnehin wieder im Gefängnis landet. Soll ich hier auf ihn warten und jeden Monat ein Stück weiter untergehen?«

In diesem Augenblick wurde Hannah klar, dass sie sämtliche Pfeile verschossen hatte. Ihr Köcher war leer, das Gespräch im Prinzip an seinem Ende angekommen. Vor lauter Verzweiflung unternahm sie einen letzten Vorstoß: »Hat sich Ihr Sohn bei Ihnen gemeldet? Wissen Sie, wo er untergekommen ist?«

»Muss ich darauf antworten?«

»Nein … müssen Sie nicht.«

»Dann lass ich es lieber.«

Gegen Mittag kehrten Ole und Ralf ins Niebüller Polizeirevier zurück. Dort war an einem Samstag nicht viel los. Hinter dem Wachtresen saßen zwei blutjunge Uniformierte, von denen wenigstens einer halbwegs freundlich grüßte. Obendrein hatte er eine Information: »Rohwedder ist gerade raus. Der war stinksauer und will Montag ein ernstes Wort mit eurer Chefin reden.«

Ole, der schon weitermarschiert war, stoppte abrupt. »Und warum? Sitzt ihm wieder einer quer?«

»Er will euren Schlüssel fürs Lager. Angeblich fehlen die Nachweise für mindestens drei Kartons Druckerpapier.«

»Wahrscheinlich verkauft euer Chef das Zeug am Wochenende auf Flohmärkten«, konterte Ole grinsend. »Wenn er sich noch mal meldet, könnt ihr ihm ausrichten, er darf sich in den normalen Dienstzeiten melden, um einen Termin zu machen. Vielleicht passt es ja übernächste Woche.«

»Ich weiß gar nicht, was der gegen uns hat«, sagte Ralf, als die Ermittler in ihrem Büro ankamen. »Entweder will er uns nur schikanieren, oder das hat einen anderen Grund. Außerdem sollten wir uns lieber um unsere Arbeit kümmern, sonst kriegen wir ein Problem mit der Chefin.«

Ole klatschte in die Hände. »Dann lass uns anfangen! Und wenn der Fall gelöst ist, machen wir mit Rohwedder weiter.«

Vor der Autoverladung in Westerland war an einem Samstag mitten in der Saison der Teufel los. Wie selbstverständlich nutzte Hannah kurzerhand eine Spur, die Bahnmitarbeitern und technischen Fahrzeugen vorbehalten war und legte vor der Schranke eine Vollbremsung hin. Ein Vollbartträger mit Warnweste, aus dessen Gestrüpp ein Zigarettenstummel herausragte, wurde irgendwann auf sie aufmerksam. Und er wollte schon zu motzen anfangen, als er Hannah erkannte. Trotzdem näherte er sich dem Seitenfenster, das sie bereitwillig herunterließ.

»Moin! Ganz schön was los bei euch.«

»Bei euch anscheinend auch«, erwiderte der Bartträger grinsend. »Ole und … wie heißt euer Neuer noch?«

»Ralf Jansen. Und so neu ist der gar nicht mehr.«

»Jedenfalls sind die beiden mit dem Zug vor dir rüber.«

Hier einfach geduzt zu werden, nahm Hannah klaglos hin. Schließlich war ein gutes Verhältnis zu Bahnmitarbeitern unabdingbar, wenn man schnell rauf auf die Insel oder – wie in diesem Fall – von ihr runterkommen wollte.

Weil sie ohnehin noch ein bisschen warten musste, versuchte es Hannah mit Smalltalk: »Wie gehts Frau und Kindern?«

Irgendwo unter dem Vollbart machte sich ein Grinsen breit. »Meine Alte und ich sind seit elf Jahren geschieden. Die Kinder hab ich genauso lange nicht mehr gesehen.«

»Dann hab ich dich wohl verwechselt«, stotterte Hannah. Wieder einmal wurde ihr klar, dass sie für derartige Konversation nicht gemacht war. Also zeigte sie nach vorne zur Schranke. »Gehts bald los?«

Nicken. Trotzdem machte der Mann keinerlei Anstalten, das weiß-rote Hindernis zu öffnen. »Was macht denn euer neuer Fall?«

Hannah spürte Groll in sich aufsteigen. Zum ersten Mal lehnte sie sich ein Stück aus dem Seitenfenster. »Willst du damit sagen, dass Ole und Ralf die ganze Bahn mit Informationen versorgen, während sie hier stehen und warten?«

»Ich hab die Sache von den Knoops im Radio gehört. Ihr seid doch die Kripo oder nicht?«

Hannah nickte, brachte sogar ein halbwegs überzeugendes Lächeln zustande und ließ das Seitenfenster hochfahren. Die Nachricht zwischen den Zeilen hatte der Vollbartträger offenbar verstanden, denn der Schlagbaum fuhr nach oben. Fünfzig Meter weiter stand der nächste Mann in Warnweste und dirigierte Hannah direkt in die obere Etage des Autozugs.

»Viel Gequatsche, aber dafür die Poleposition«, flüsterte sie zufrieden …

30

Nachdem er eine halbe Stunde beinahe ununterbrochen auf seiner Tastatur herumgehämmert hatte, fiel Ralf stöhnend gegen seine Stuhllehne. »So wird das nichts!«, fluchte er und deutete dabei auf seinen Bildschirm. »Wie sollen wir weiterkommen, wenn überall Wochenende ist?«

»Das erzählst du lieber deiner Chefin«, knurrte Ole. Im Gegensatz zu seinem Kollegen hatte er die Füße auf den Schreibtisch gelegt und blätterte in einem Streaming-Magazin.

Ralf war noch nicht fertig. »Ich hab inzwischen über dreißig Raubdezernate angeschrieben und von einem sogar schon 'ne Antwort bekommen.«

»Und?«, murmelte Ole, ohne dafür aufzusehen.

»Da sitzt wohl einer, der erst ein paar Tage für unseren Verein spielt. Der fragt mich hier ernsthaft per Mail, welches Formular er benutzen muss, um unsere Anfrage weiterzuleiten.«

Ole warf das Magazin auf seinen Schreibtisch, beließ jedoch seine Füße auf dessen Arbeitsplatte. »Bleibt nur zu hoffen, dass Hannah auch irgendwann mal kapiert, wie bei uns der Hase läuft. Wenn wir die einzigen Idioten sind, die am Wochenende schuften, ist doch klar, dass wir nirgendwo…« Ole wurde von seinem Handy unterbrochen. »Das ist übrigens Hannah«, informierte er Ralf nach einem Blick aufs Display. »Am besten sag ich ihr, dass wir längst Feierabend gemacht haben und am Strand liegen.«

»Das lässt du sein! Ich hab keine Lust, wieder …«

Zu spät, denn Ole meldete sich bereits mit aufgesetzter Fröhlichkeit: »Jansen und Friedrichsen direkt von der Waterkant. Was kann ich für Sie tun, Frau Lambert?«

»Habt ihr schon mit den Raubdezernaten Kontakt aufgenommen?«

»Das läuft auf Hochtouren!«, erwiderte Ole und schickte ein Grinsen in Ralfs Richtung. »Wir haben schon die erste Rückmeldung.«

»Was ist mit den Geschäften rund um den Laden der Knoops?«

»Hab ich übernommen. Die können sich an einem Samstagnachmittag nichts Schöneres vorstellen, als ihre Kunden stehen zu lassen und sich stattdessen mit der Polizei zu unterhalten.«

Eine Weile herrschte Schweigen. Plötzlich klang Hannah misstrauisch. »Kann es sein, dass du mich die ganze Zeit verarschst?«

»Niemals!« Jetzt änderte sich auch Oles Ton. »Ich weiß nicht, ob es dir mal aufgefallen ist, Hannah: Wir sind im Prinzip die Einzigen, die am Wochenende arbeiten. Bei anderen Dienststellen kann man froh sein, wenn wenigstens der Anrufbeantworter rangeht. Wir erreichen auch niemanden, wenn es um weitere Informationen über Volker Asmussen, Axel Böhme oder Gero Ullmann geht. Die fangen alle erst am Montagmorgen wieder an.«

»Dann macht doch auch Feierabend und schlaft euch einigermaßen aus, bevor es am Montag weitergeht.«

Hannahs Reaktion verschlug Ole für einen Moment

den Atem. »Ist das dein Ernst?« Er gab sich gleich selbst die Antwort: »Jetzt willst du mich verarschen, bist wahrscheinlich in fünf Minuten hier und …«

»Ich bin zwar eben in Niebüll vom Autozug gerollt, hab aber keinen Bock auf dein Gequake.«

»Und was hast du dann vor?«

»Du hast doch vorhin erzählt, dass Gero Ullmann auch auf dem Hof von Denise Knoop gearbeitet hat. Ich frage mich, wieso sie mir das verschwiegen hat.«

»Heißt das, du bist auf dem Weg nach Trollebüll?«

»Ganz genau! Und danach – du wirst es kaum glauben – widme ich mich auch meinem Wochenende. Ole kam nicht zu Wort, denn Hannah sprach direkt weiter: »Erinner mich am Montag bitte mal daran, dass ich dir was erzählen muss – was Privates.«

Erneut konnte es Ole gar nicht fassen. »Gehts dabei um Frank und dich?«

»Kann man so sagen.«

»Hannah, bevor du alles kaputtschlägst und es hinterher bereust, lass uns …« Ole verstummte mitten im Satz.

Ein Stück entfernt hatte Ralf den Braten gerochen. »Hat sie aufgelegt?«

Ole starrte immer noch auf das Smartphone in seiner Hand. »Wäre möglich, dass wir getrennt wurden.«

»Nö, bestimmt nicht!«

Auf dem Biohof in Trollebüll wurde Hannah gleich im Doppelpack empfangen. Denise Knoop stand vor einem ihrer Ställe, neben ihr saß der ergraute Jagdhund Leo.

»So schnell hab ich gar nicht wieder mit Ihnen gerechnet«, rief die Bio-Bäuerin zur Begrüßung. »Sind Sie auf den Geschmack gekommen und wollen sich ein paar Liter Milch holen?«

Hannah schüttelte den Kopf, beugte sich hinunter zu Leo, der dieses Gehabe schwanzwedelnd quittierte. »Ich glaube, er erinnert sich an mich.«

»Dann passen Sie bloß auf Ihre Füße auf! Aber sagen Sie schon, was kann ich für Sie tun?«

Hannah drehte sich um und sah hinüber zum Wohnhaus, wo man weitere Dinge vielleicht im Sitzen besprechen konnte. Auf der anderen Seite verwöhnte die Sonne am frühen Nachmittag ganz Nordfriesland. Ein guter Grund, diesen Umstand zu genießen, zumal für die nächsten Tage Regenwetter vorhergesagt war. Also gab sich Hannah einen Ruck und fing einfach an: »Wir haben letztes Mal auch über Gero Ullmann gesprochen. Sie erinnern sich?«

»Natürlich!« Diese Reaktion erfolgte unverändert freundlich und spontan, dennoch huschte ein kurzer Schatten über das Gesicht der Bäuerin.

Hannah fuhr bewusst banal fort: »Wahrscheinlich hat das gar nichts zu bedeuten, aber weshalb haben Sie mir verschwiegen, dass Herr Ullmann hier bei Ihnen gearbeitet hat?«

»Sie haben nicht gefragt«, kam es ein wenig übereilt.

Eine Antwort, die Hannah unkommentiert stehen ließ.

Mit dem gewünschten Ergebnis, denn Denise Knoop rechtfertigte sich weiter. Zuvor holte sie hörbar Luft. »Sie werden es ja ohnehin herausfinden … und ich wusste, dass mir das irgendwann auf die Füße fällt.«

»Was genau?«

»Axel hat mich vor ein paar Monaten aus dem Gefängnis angerufen. Er meinte, ich müsse ihm unbedingt einen Gefallen tun – besser gesagt: Gero.«

Weil erneut Schweigen herrschte, übernahm Hannah

die Fortsetzung der Geschichte: »Sollten Sie Herrn Ullmann ein gefaktes Arbeitsverhältnis bescheinigen, damit der vorzeitig entlassen wird?«

»Da war nichts gefakt!«, empörte sich die Bäuerin. »Jedenfalls nicht am Anfang. Das Problem war nur, dass es Gero nicht besonders mit Arbeit hat. Wir fangen hier eben frühmorgens an, und wenn dann einer erst mittags vorbeischaut, ist das meiste längst erledigt.«

»Haben Sie ihn entlassen?«

»Das konnte ich nicht so schnell, weil … ich meine … dann hätten sie Gero doch sofort wieder weggesperrt. Außerdem ist Axel nach seiner eigenen Entlassung vorbeigekommen und hat mich angefleht, es nicht zu tun. Er hat in meiner Küche gesessen und geschworen, dass er mir die Kosten ganz schnell ersetzt und noch was extra obendrauf legt.«

»Hat er auch gesagt, wovon?«

»Nö … aber mittlerweile ist wohl klar, was er gemeint hat, oder?«

»Können Sie mir sagen, wo Herr Ullmann in der Zeit gewohnt hat?«

»Offiziell in meinem Stallanbau. Aber er hat sich so gut wie nie blicken lassen.«

Mit ihren nächsten Worten ließ sich Hannah Zeit. Zunächst stellte sie innerlich Denise Knoop und deren Glaubwürdigkeit auf den Prüfstand. Alles, was die junge Bäuerin erzählte, ergab Sinn. Nur, dass bei diesem Fall anfangs alles irgendwie Sinn ergab, um kurz darauf ins genaue Gegenteil verkehrt zu werden. Es musste eine Frage her. »Hatte Herr Ullmann auf Ihrem Hof zu anderen Leuten Kontakt?«

Die Stirn der Bäuerin lag in Falten. »Ich hab Ihnen doch erklärt, dass er kaum hier war. Und wenn, hat er meistens bloß rumgehockt, gequalmt und mit Leo gespielt. Der hat auch einen Narren an Gero gefressen.«

»Sie haben beim letzten Mal einen Freund erwähnt …«

»Markus! Der ist nicht da und kommt frühestens Mitte nächster Woche zurück.«

»Ist er im Außendienst tätig?«

Denise Knoop zuckte mit den Schultern. »Ehrlich gesagt, weiß ich gar nicht so genau, was er beruflich macht. Er ist immer viel unterwegs …«

»Schon gut«, relativierte Hannah. »Trotzdem wäre es nett, wenn Sie Ihrem Freund Bescheid sagen, dass ich mich gerne mit ihm unterhalten würde. Vielleicht weiß er ja was, das Sie gar nicht mitbekommen haben.«

»Kann schon sein«, kam es unbekümmert zurück. »Ist sonst noch was? Ich muss mich langsam mal um meine beiden Kälber kümmern. Dem einen kann man beim Wachsen zusehen und das andere verweigert seit Stunden die Milch seiner Mutter. Da muss ich mir schnell was einfallen lassen.«

»Nur noch ganz kurz«, entschuldigte sich Hannah vorab. »Sie sagten gestern, Ihre Eltern hätten Ihre Brüder enterbt. Was Jan betrifft, hat der offenbar einen Erbverzicht unterschrieben und Holger hat sich nach eigenen Angaben selbst aus dem Rennen genommen. Wieso passt das alles nicht zusammen?«

»Keine Ahnung. Ich weiß bloß, dass meine Eltern jahrelang sauer auf meine Brüder waren. Und da war auch vom Testament die Rede. Woher soll ich wissen, ob …?«

»Okay«, wiegelte Hannah ab. »Kümmern Sie sich um Ihre Kälber und ich fahr am besten nach Hause.«

»Haben Sie Axel eigentlich schon gefunden?«, fragte die Bäuerin, als sich Hannah fast umgedreht hatte.

»Bislang nicht. Informieren Sie uns, falls er sich bei Ihnen meldet?«

Eine Frage, die für Nachdenklichkeit sorgte. Das Resultat war eine nicht ganz so überzeugende Antwort: »Selbstverständlich!«

»Würden Sie wirklich?«, setzte Hannah mit aufgesetzter Strenge lächelnd nach.

Was einen schüchternen Blick zur Folge hatte. »Er ist immerhin mein Ex-Freund, aber ... ja, ich würde Ihnen sofort Bescheid sagen. Ehrenwort!«

31

Montagmorgen im Büro der Mordkommission

»Sie geht immer noch nicht ran«, fluchte Ole und warf das Telefon auf seinen Schreibtisch. »Wir haben es gleich halb elf und Hannah ist nicht erreichbar.« Ein schräger Blick traf Ralf. »Und sie hat sich wirklich nicht bei dir gemeldet? Falls ihr mir was verheimlicht, und ich kriege das hinterher raus, dann gnade euch Go…«

»Ich hab genauso wenig wie du von ihr gehört!«

»Am besten ruf ich mal Frank an. Der müsste doch wissen, wo sie steckt.«

»Wer weiß, wo der gerade steckt«, kommentierte Ralf grinsend. »Ich an deiner Stelle würde mich einfach auf die Arbeit konzentrieren. Die Chefin taucht früher oder später schon auf.«

Früher, denn Hannah platzte just in diesem Moment herein. Sie tat, als wäre das zu fortgeschrittener Stunde die normalste Sache der Welt. »Moin, Kollegen!«

»Ich versuche seit Ewigkeiten, dich zu erreichen«, erwiderte Ole wie ein Ankläger. »Kannst du mir mal verraten, wo du die ganze Zeit gesteckt hast und wieso du nicht ans Handy gehst?«

»Jetzt bin ich doch da.« Hannah fiel hinter ihren Schreibtisch, rückte ein paar Sachen darauf zurecht und wandte sich dann exklusiv an Ralf. »Was gibts Neues, Herr Jansen?«

»Hallo!«, brachte sich Ole mit rudernden Armen in Erinnerung. »Ich hab dich was gefragt, Hannah!«

Die entließ ein Stöhnen, bevor sie antwortete. »Ich war schon gegen acht in Kiel. Zufrieden?«

»Erst, wenn du mir verrätst, was du in Kiel wolltest.«

»Ein Problem lösen.«

»Und zwar?«

Hannah war anzusehen, dass sie das Büro am liebsten fluchtartig wieder verlassen hätte. Doch Oles drängende Blicke bewegten sie zum Bleiben. Sie sah ihre Mitstreiter nacheinander an. »Ich dachte, es wäre Zeit, die Geschichte mit Rohwedder zu regeln.«

»Haben Sie dafür gesorgt, dass er versetzt wird?«, fragte Ralf.

Hannah schüttelte den Kopf. »Wird er nicht, aber in Zukunft wird er uns auch keine Probleme mehr machen und …«

»Sagst du!«, polterte Ole dazwischen. »Weshalb sollte er plötzlich 'ne Kehrtwende hinlegen?«

»Weil sein oberster Chef ihn längst angerufen und für klare Kante gesorgt hat. Reicht das, oder muss ich hier immer alles bis ins letzte Detail schildern?«

»Gerne Details!«, erwiderte Ole und sogar Ralf fiel in sein energisches Nicken mit ein.

Also blieb Hannah gar nichts anderes übrig. »Himmelherrgott … Rohwedder und ich sind vor 'n paar Jahren mal aneinandergerasselt. Da war er noch ein kleines Licht in Husum und hat einen meiner Fälle gründlich versaut.«

»Hast du ihn seinerzeit in Kiel angeschwärzt?«, wollte Ole wissen.

»Erst, nachdem er dreimal alles abgestritten und dadurch noch viel schlimmer gemacht hat. Glaub mir: Ich hab ihm damals genug Chancen gegeben, alles wieder geradezurücken. Aber er meinte sinngemäß nur, ich soll mich gehackt legen.«

»Das klingt original nach Rohwedder! Weißt du zufällig, wie er auf den Anschiss von oben reagiert hat?«

Hannahs Kopf flog herum. Von nun an würde sie Ole einfach ignorieren. »Legen Sie los, Herr Jansen! Was gibts Neues?«

»Ich habe die Angaben zu Arbeitsverhältnissen überprüft. Holger und Denise Knoop sagen die Wahrheit. Gero Ullmann war bei beiden zeitweise angestellt. Des Weiteren liegen uns mittlerweile sämtliche Berichte aus der Rechtsmedizin vor. Interessant ist nur der von Rudolf Knoop, weil bei dem eine erhebliche Menge *Diazepam* nachgewiesen wurde.«

»Ein Beruhigungsmittel?«

»Ein rezeptpflichtiges und ziemlich starkes!«, hob Ralf hervor. »Und bevor Sie fragen: Ich habe den Kollegen der SpuSi bereits aufgetragen, sich endlich das Haus der Knoops vorzuknöpfen. Die sind entweder auf dem Weg oder inzwischen vor Ort.«

»Da will ich dabei sein!«, beschloss Hannah. »Was konntest du inzwischen herausfinden?«, fragte sie an Ole gerichtet.

»Ich will erst wissen, mit wem du in Kiel geredet hast. Außerdem wolltest du doch noch was Privates mit mir besprechen. Schon vergessen?«

Hannah fokussierte sich erneut auf Ralf. »Herr Jansen, erinnern Sie mich bitte daran, dass ich einen Rock für

Ihren Kollegen Friedrichsen kaufe. Das wird ja jeden Tag schlimmer mit ihm.«

Dieser designierte Rockträger präsentierte seine Ergebnisse mit gelangweilter Stimme: »Ich hab mit allen Ladeninhabern rund um das Juweliergeschäft der Knoops geredet. Nada, nichts … und dann hab ich mit *DHL* telefoniert. War vielleicht ein Glückstreffer, aber gleich der erste Disponent konnte mir bestätigen, dass Holger Knoop die Wahrheit gesagt und ein Paket für seine Nachbarin angenommen hat. Uhrzeit stimmt mit seinen Angaben überein.«

»Gar nicht schlecht«, lobte Hannah. »Sonst noch was?«

»In Neumünster reagiert man recht empfindlich auf unsere Anfragen. Wahrscheinlich haben die Angst, dass die Presse Wind davon bekommt und fragt, warum Schwerverbrecher viel zu früh wieder auf die Menschheit losgelassen werden. Aber auch da passt alles zu dem, was wir längst wissen. Von unserem bisher bekannten Trio waren alle auf Bewährung draußen.«

»Was macht denn unsere europaweite Fahndung nach Axel Böhme?«

»Der ist wie vom Erdboden verschluckt«, antwortete Ralf. »Hier lag heute Morgen ein Fax mit Dringlichkeitsvermerk von den Kollegen aus Frankreich ... hat sich aber als Ente herausgestellt. Die haben in Toulouse einen deutschstämmigen Trickbetrüger festgenommen, der Axel Böhme entfernt ähnlich sieht, dort allerdings schon seit etlichen Monaten sein Unwesen treibt. Anscheinend können die da unten Fahndungsaufrufe nicht richtig lesen.«

»Jetzt was anderes«, mischte sich Ole ein. »Kann mir einer von euch erklären, woher unser Axel die ganzen Unterlagen über das Juweliergeschäft hatte? Ich habe mir die vorhin etwas genauer angesehen – da sind Infos dabei, die zieht man sich nicht einfach so aus dem Internet oder sind anderweitig leicht zugänglich.«

»Guter Hinweis!«, lobte Hannah abermals. »Nimmst du dir die Sache mal ein bisschen intensiver vor? Wobei ich immer noch Mutter Böhme in Verdacht habe. Die weicht jeder Frage aus und ich wette, sie könnte uns sogar sagen, wo ihr Sohnemann abgeblieben ist.«

Ole probierte es mit einem Vorschlag: »Wie wär's, wenn wir zuerst bei den Knoops vorbeifahren, die SpuSi instruieren und hinterher der lieben Vera einen weiteren Besuch abstatten? Unser übliches Spiel: guter Cop, böser Cop.«

»Ich nehme heute Herrn Jansen mit«, verkündete Hannah und stand bereits auf.

Ole konnte seine Fassungslosigkeit nicht verbergen. »Dürfte ich erfahren, wieso du …?«

»Darfst du nicht! Und wenn du noch mal fragst, dann schiebst du in Zukunft ausschließlich Bürodienst!«

32

»Ähm … Chefin, darf ich Sie was fragen?«, begann Ralf ein paar Minuten später nach langem Schweigen im Auto.

Hannah, die am Steuer saß, drehte sich für die Antwort nicht mal zur Seite. »Nein!«

»Ist das ein Nein mit Facetten oder …?«

»Nein!«

»Dann zurück zu unserem Fall: Was versprechen Sie sich von unserem Besuch in der Knoop-Villa, wenn wir der SpuSi im Weg stehen?«

»Antworten«, erwiderte Hannah wiederum kurz angebunden. Doch plötzlich war ihr offenkundig nach Reden zumute. »Nehmen wir mal an, ich würde heiraten wollen. Haben Sie ’ne Idee, wie ich das Ole beibringe?«

»Heißt das, Sie haben vor zu heiraten?«

»Erst mal nur theoretisch. Also … wie siehts aus?«

Ralf wurde ganz mulmig im Bauch. Über sein Wissen, eine Blondine betreffend, wollte er keinesfalls etwas preisgeben. Ergo langte er nach seinem ersten Gedanken: »Am besten sagen Sie es ihm einfach.«

Hannah drehte sich erneut zur Seite. »Ole und ›einfach‹ – das sind zwei Dinge, die nicht zusammenpassen. Haben Sie das noch nicht gemerkt? «

»Sie haben recht. Gerade, wenn es um Sie geht«, stimmte Ralf ungewollt zu. »Soll ich vielleicht mit ihm reden und …?«

»Würden Sie das tun?«

»Klar! Mir wird er schon nicht den Kopf abreißen. Ist die Sache denn wirklich nur theoretisch oder muss ich meinen einzigen Anzug demnächst in die Reinigung bringen?«

Hannah lachte. »Klingt, als würden Sie mit 'ner Einladung rechnen.«

»Ich wäre für alle Zeit beleidigt, wenn Sie mich nicht einladen.«

»Irgendwann vor Urzeiten hab ich Ole versprochen, dass er mein Trauzeuge wird, falls es je so weit kommt. Außerdem besteht mein Zukünftiger darauf, dass ich endlich reinen Tisch mache.«

»Der Herr Bürgermeister?«

»Wer denn sonst, Sie Schlauberger?«

»Musste Ole deshalb im Büro bleiben?«, fragte Ralf nach ausgedehntem Schweigen. Inzwischen hatten sie den Verladebahnhof in Niebüll erreicht, wo am Montagmittag deutlich weniger Betrieb herrschte als am Wochenende.

»Das hat noch einen anderen Grund«, antwortete Hannah ungewohnt zurückhaltend. Bevor Ralf fragen konnte, sprach sie weiter: »Er bekommt gleich einen Anruf. Ich denke, es ist besser, wenn er dabei nicht in meiner Nähe ist.«

Ralf gingen tausend Gedanken auf einmal durch den Kopf. »Darum musste ich vorhin auch neben dem Auto warten, bis Sie fertig telefoniert hatten.«

»Schlaues Köpfchen. Aus Ihnen könnte ein richtig guter Bulle werden.«

»Herzlichen Dank! Verraten Sie mir wenigstens, was es mit dem Anruf auf sich hat?«

Hannah schüttelte lange den Kopf. »Glauben Sie mir, das erfahren Sie schneller, als Ihnen lieb ist!«

Ole hatte gerade erst ein Gespräch mit dem Netzbetreiber in Sachen Strom hinter sich und aufgelegt, da klingelte sein Telefon. Eine Kieler Nummer, die ihm bestens vertraut war, denn am anderen Ende der Leitung handelte es sich um einen seiner obersten Chefs: Kriminaldirektor Jürgen Weipert.

»Kripo Niebüll, Friedrichsen«, meldete er sich bewusst förmlich.

»Weipert … Morgen, Herr Friedrichsen! Wie ist die Lage in Niebüll?«

»Alles bestens!«, log Ole, ohne mit der Wimper zu zucken. »Wenn Sie mit Frau Lambert reden wollen, müssen Sie es auf dem Handy probieren. Die ist unterwegs.«

»Ich wollte mit Ihnen sprechen, obwohl es dabei auch um Frau Lambert geht – indirekt.«

Von nun an war Oles Misstrauen geweckt. Er reagierte mit einem in die Länge gezogenen »Okaaay«.

Und auch Jürgen Weipert klang nicht ganz so selbstsicher wie gewohnt: »Frau Lambert und ich haben heute miteinander gesprochen. Sind Sie darüber informiert?«

»Bin ich. Soweit ich weiß, ging es dabei um den Kollegen Rohwedder.«

»Auch, ja ... ich mach's mal kurz: Hätten Sie Interesse, die Dienststelle zu wechseln?«

Ole traf es wie ein Blitz aus heiterem Himmel. Da es ihm die Sprache verschlagen hatte, ging es auf der anderen Seite weiter: »Ich könnte mir vorstellen, dass Sie in der Nähe bleiben und beispielsweise zur Kripo nach Husum wechseln. Dort wird ein Posten als Dienstgruppenleiter frei, der auch mit einer Beförderung verbunden wäre.«

»Darf ich fragen, warum Sie mich versetzen wollen?«

»In Niebüll ändern sich demnächst ein paar Dinge und Frau Lambert glaubt wohl, es wäre eine gute Idee, Sie aus der Schusslinie zu nehmen.«

»Aus welcher ›Schusslinie‹? Und wieso erfahre ich das von Ihnen, statt …«

»Weil sie mich gebeten hat, mit Ihnen zu reden. Ich selbst halte Frau Lamberts Idee auch nicht für besonders gut, aber … Sie kennen doch Ihre Chefin. Und vielleicht habe ich mich etwas missverständlich ausgedrückt. In erster Linie geht es um private Veränderungen, über die ich Ihnen allerdings nichts im Detail erzählen kann. Das muss Frau Lambert wirklich selbst erledigen.«

»Kann ich auch Nein sagen?«, fragte Ole nach längerem Schweigen. Wobei irgendwas in seinem Hinterkopf ihn aufforderte, spontan *Ja* zu brüllen. Schließlich handelte es sich bei Hannahs Ansinnen um die mit Abstand schlimmste Sorte von Verrat.

»Am besten besprechen Sie das mit Frau Lambert persönlich. Je länger ich darüber nachdenke, desto mehr bereue ich es, mich überhaupt darauf eingelassen zu haben.«

»Das kann ich nachvollziehen.«

»Was genau?«

»Alles!«

33

»Hat er es bei Ihnen auch noch nicht probiert?«, fragte Hannah, als sie am frühen Nachmittag mit Ralf vor der schmucken Villa der Knoops stand. Die befand sich im älteren Teil von Kampen, wo verhältnismäßig viele Einheimische wohnten. Lediglich ein paar Straßen weiter handelte es sich inzwischen fast nur noch um Ferienhäuser, die für ein kleines Vermögen vermietet wurden.

Zur Sicherheit fischte Ralf sein Smartphone aus der Tasche und wischte kurz. »Nope … und *online* war er zuletzt vor knapp drei Stunden. Vielleicht sagen Sie mir doch, worum es bei dem Anruf ging.«

Hannah zeigte nach vorne. Die Eingangstür zur Villa stand offen, von außen steckte ein beachtlicher Schlüsselbund. »Der gehörte wahrscheinlich mal Herrn Knoop. Ich stell mir gerade vor, einer mopst die Schlüssel, fährt direkt zum Juweliergeschäft und räumt dort die Reste ab.«

»Die sind doch längst sichergestellt und liegen in einer Kieler Asservatenkammer.«

»Und trotzdem bin ich neugierig, wie unsere SpuSi-Kollegen hinterher erklären wollen, wieso die Schlüssel plötzlich fehlen.«

»Geht es bei Oles Problem um einen unserer Fälle?«, fragte Ralf, nachdem sich seine Chefin unvermittelt in Bewegung gesetzt und er wieder zu ihr aufgeschlossen hatte.

Hannah schüttelte den Kopf und blieb vor der Fußmatte stehen. Darauf prangte ein farbenfrohes *Herzlich Willkommen.* »Ich weiß nicht, wie es Ihnen geht, Herr Jansen ... ich komme mir in solchen Momenten immer wie ein Einbrecher vor.«

»Die Knoops sind tot und merken nichts mehr davon«, brachte Ralf zaghaft in Erinnerung. »Hat Ole Mist gebaut, von dem ich nichts weiß?«, bohrte er weiter.

Hannah, die den ersten Schritt über die Schwelle setzen wollte, überlegte es sich anders und musterte ihren jungen Kollegen seltsam lächelnd. »Sie sind doch mit Ole befreundet, oder?«

»Ja, klar!« Ralf konnte sich ein Lachen nicht verkneifen. »Er ist zwar manchmal ziemlich anstrengend, aber nebenbei der beste Kerl, den ich kenne. Ich glaube, man muss lange suchen, um einen besseren Freund zu finden.«

Jetzt sah Hannah traurig aus. In ihren Augen schimmerte es und ihre Stimme war kaum ein Flüstern. »Ja … da haben Sie recht. Deshalb hatte ich auch diese Idee.«

»Scheint aber, als würden Sie es mittlerweile bereuen.«

»Es geht um Oles Versetzung nach Husum«, gestand Hannah ohne weiteren Druck.

Doch selbst diese paar Worte reichten, damit Ralf sämtliche Gesichtszüge entglitten. »Ich hab mich wohl verhört?«

Hannah schüttelte bloß den Kopf.

»Sie wollen Ole versetzen lassen? Das bricht ihm nicht nur das Herz, das …«

»Die Sache war vielleicht ein wenig übereilt und nicht

bis zum Ende durchdacht«, unterbrach Hannah gequält. »Und glauben Sie mir: Wenn ich es rückgängig machen könnte, würde ich sofort …«

»Was?«, bohrte Ralf, denn es ging nicht weiter.

Hannah zeigte abermals durch die Eingangstür ins Innere der Villa. »Lassen Sie uns arbeiten! Der Anschiss kommt noch früh genug.«

»Da war bereits jemand vor uns hier.« Mit dieser Information empfing einer der SpuSi-Mitarbeiter die Ermittler im Wohnzimmer der Knoops. »Wobei wir bis jetzt keinerlei Hinweise auf ein gewaltsames Eindringen gefunden haben.«

»Dann hatte wohl jemand einen Schlüssel«, übersetzte Hannah mit ruhiger Stimme. Sie drehte sich einmal im Kreis. Sämtliche Schranktüren standen offen, die Schubladen waren größtenteils herausgerissen und deren Inhalt lag am Boden verstreut.

»Sieht im Prinzip im ganzen Haus so aus«, fuhr der Kieler Kollege fort.

Hannah ignorierte den Mann zunächst und wandte sich an Ralf. »Wir müssen unbedingt herausfinden, wer alles einen Schlüssel zur Villa hat. Dabei denke ich insbesondere an Frau Böhme, deren Sohn und die Kinder der Knoops.«

»Wird erledigt, Chefin.«

»Ich weiß nicht, ob die gefunden haben, wonach sie auf der Suche waren«, ging es unaufgefordert weiter. »Wir sind gerade mit der Küche beschäftigt, ansonsten könnt ihr euch gerne ein bisschen umsehen.«

»Seid ihr schon auf was Interessantes gestoßen?«, fragte Hannah, während sie sich erneut umschaute. Die Einrichtung der Knoops sah teuer, jedoch altmodisch aus.

Das letzte neue Möbelstück hatte seinen Weg in dieses Wohnzimmer vermutlich vor zwanzig Jahren gefunden.

»Ist wie im Museum«, erklärte der Kieler Kollege, der anscheinend Gedanken lesen konnte. »Das Arbeitszimmer ist wahrscheinlich was für euch, weil dort haufenweise Ordner rumstehen. Ich kann noch nichts Genaueres über deren Inhalt sagen, aber es sind ziemlich viele aktuelle Papiere dabei.«

Hannah verzichtete auf Worte, winkte Ralf hinter sich her und stand kurz darauf im Arbeitszimmer, das am Ende des Flurs lag. Empfangen wurden sie von stickiger Luft, einer gigantischen Bücherwand und Dutzenden Aktenordnern, die in verschiedensten Farben überall kreuz und quer herumstanden.

»Soll ich mir mal einen ersten Überblick verschaffen und Sie leisten den Kollegen ein wenig Gesellschaft?«, bot Ralf an.

Einer dieser Kollegen meldete sich lautstark: »Ich glaube, das solltet ihr euch mal ansehen!«

Hannah bremste Ralf, der schon losmarschieren wollte, mit einer Handbewegung aus. »Wir machen es, wie Sie eben vorgeschlagen haben.« Im nächsten Augenblick stand sie in der Küche. Ein rustikales Kunstwerk aus Massivholz, wie man es heutzutage gar nicht mehr kaufen kann. Die Sockelleisten lehnten an der Spüle, gleich zwei Männer knieten vor dem Geschirrspüler und zogen gerade einen weiteren Aktenkoffer darunter hervor. Der erste lag mit geöffnetem Deckel auf dem Küchentisch, wobei Hannah vom Inhalt nichts erkennen konnte. Aber etwas anderes fiel ihr auf. »Kaum Staub – der kann noch nicht lange dort gelegen haben.«

Jetzt schnappten die Schlösser des anderen, ebenso sauberen Koffers auf. »Der nächste Goldschatz«, übersetzte ein hagerer Rotschopf dessen Inhalt. Ein Mitarbeiter der SpuSi, den Hannah nicht kannte. »Wieder *Krügerrand*«, fügte der grinsend hinzu.

»Wie viel insgesamt?«, wollte Hannah wissen.

»Dafür müssen wir erst mal zählen. Schätze, das sind locker zwei Millionen Euro.«

»Oder zweieinhalb«, nuschelte Hannah, die sich natürlich sofort an die Informationen der Versicherung erinnerte. Sie kehrte ohne Umwege ins Arbeitszimmer zurück, wo Ralf eifrig Akten wälzte. »Haben Sie mitgehört?«

»Irgendwas von *Krügerrand* und zwei Millionen«, erwiderte Ralf mit hochrotem Kopf. »Was hat das zu bedeuten?«

Hannah ließ sich vorsichtig auf einem der Stühle nieder, die vor dem Schreibtisch standen. Ralf hatte seinen Arbeitsplatz auf der anderen Seite eingerichtet und verschwand beinahe hinter einem Stapel Aktenordner. »Spontan würde ich auf Versicherungsbetrug tippen«, kam Hannah nach kurzem Überlegen zu einem Ergebnis.

»Wer lässt denn seinen eigenen Laden überfallen und …?«

»Das kommt häufiger vor, als Sie denken. Nur, dass in diesem Fall die Knoops nichts mehr davon haben.«

»Das war niemals geplant«, ergriff Ralf Partei für ein totes Ehepaar. »Wobei …« Er deutete auf einen Aktenordner, der aufgeschlagen direkt vor ihm lag. »… wenn ich das hier lese, hatten Sie wohl recht, was die finanziellen Probleme angeht.«

Hannah erhob sich, umrundete den Schreibtisch und linste über Ralfs Schulter. Da sie aus dem Zahlenwust nicht schlau wurde, blieb ihr nur die logische Frage: »Was ist das?«

»Nun … Herr Knoop hat sich offenbar an der Börse verzockt. Ich muss das noch mal überprüfen, aber auf den ersten Blick sieht es so aus, als wären dabei Millionen verraucht.«

»Deshalb waren die plötzlich auch so knauserig«, dachte Hannah laut nach. Sie verpasste Ralf von hinten eine angedeutete Kopfnuss. »Und Sie wollen ernsthaft behaupten, dass da jemand in solchen Momenten nicht über Versicherungsbetrug nachdenkt? In welcher Traumwelt leben Sie eigentlich, Herr Jansen?«

Der drehte sich um und sah zu seiner Chefin auf. »Falls Sie Recht haben, ist da aber was gründlich schiefgelaufen.«

»Richtig! Und jetzt müssen wir nur noch herausfinden, was genau ...«

34

Ole saß schon seit Stunden wie paralysiert hinter seinem Schreibtisch. Fortwährend tauchten Bilder der letzten Jahre vor seinem inneren Horizont auf. Dabei handelte es sich in erster Linie um Erlebnisse mit Hannah. Angefangen beim Kennenlernen, das holpriger nicht hätte verlaufen können. Gefolgt von zahlreichen gemeinsamen Fällen, die Hannah und ihn – zumindest für seinen Geschmack und bis zum heutigen Tag – immer fester zusammengeschweißt hatten. Aus einer Arbeitsbeziehung war Freundschaft geworden, aus anfangs vorsichtigem Beschnuppern eine Vertrautheit, die nicht mehr auf Worte angewiesen war. Und jetzt das! Diese geplante Versetzung war nicht nur ein Vertrauensbruch, es war auch gleichermaßen der Todesstoß für alles, was gewesen war.

Es klopfte an die Bürotür.

»Herein!«, rief Ole, ohne seine eigene Stimme zu erkennen.

Einen Atemzug später stand der Kollege Rohwedder mitten im Raum. »Hast du einen Moment? Ich dachte, wir reden mal über einen gründlichen Neuanfang. Wird wohl höchste Zeit …«

Ole hätte sich am liebsten seinen Locher geschnappt und den Störenfried damit vertrieben. Dennoch schaffte er es, verhältnismäßig freundlich zu bleiben. »Nicht jetzt … bitte. Vielleicht später. Okay?«

Die Tür hatte sich kaum wieder geschlossen, da klingelte das Telefon. Ole erkannte die Nummer sofort. Da er auf einen Anruf der *Netz AG* wartete, nahm er den Hörer ab und meldete sich, als wäre zuvor nichts geschehen. »Friedrichsen, danke für Ihren Rückruf.«

»Sie wollten Informationen über einen Stromanschluss auf Sylt«, fing eine junge Frau am anderen Ende der Leitung an. »Dann gleichen wir zunächst noch mal die Adresse ab.«

Nachdem das passiert war, fuhr Ole fort: »Können Sie mir sagen, wer zuletzt Daten über den Anschluss angefordert hat?«

»Das darf grundsätzlich nur der Eigentümer oder jemand, der eine Vollmacht hat.«

»Und wie war es in diesem Fall?«

»Ich habe hier zwei Notizen meiner Kollegin, die beide Male mit einer Vera Böhme gesprochen hat.«

»Und Frau Böhme hatte eine Vollmacht?«

Im Hintergrund raschelte es. »Ja. Die stammt vom Eigentümer, Rudolf Knoop und liegt mir vor. Soll ich die Ihnen schicken?«

»Gerne.« Ole wollte das Gespräch schon beenden, als es auf der anderen Seite munter weiterging:

»Ich sehe gerade in meinen Unterlagen, dass die Baustelle in Kampen erst vor sechs Wochen abgeschlossen wurde.«

»›Vor sechs Wochen‹?« Oles Neugier war geweckt, obwohl sich sein Kopf noch immer und in erster Linie mit anderen Dingen beschäftigte.

»In der *Strandstraße* haben wir etliche Anschlüsse neu

gelegt. Damit dort mehr Ladesäulen aufgestellt werden können.«

Ole dachte an die Flut der elektrisch betriebenen Luxuskarossen, die inzwischen auch auf Sylt zu hunderten umherkurvten. Irgendwann – so viel war sicher – würden sich deren Besitzer um das letzte verfügbare Ladekabel prügeln.

»Sind Sie noch dran?«, fragte die junge Frau mit leicht verwirrtem Unterton.

»Ja, natürlich … und vielen Dank für die Info. Sie haben uns sehr geholfen.«

Nach dem Auflegen saß Ole erneut wie gelähmt da. Er hatte ganz bewusst weder Hannah noch Ralf kontaktiert und überlegte zum ersten Mal, ob er es jetzt tun sollte, oder angesichts der neuen Erkenntnisse sogar musste. Doch er entschied sich fürs Gegenteil. Manche Sachen konnte man eben nur Auge in Auge besprechen. Und Hannah – auch das stand fest – durfte sich auf einiges gefasst machen …

»Ich hab hier einen Haufen Rezepte«, erklärte Ralf, der nun mit einem anderen Ordner beschäftigt war. »Die Knoops waren privat versichert und haben alles fein säuberlich abgeheftet.«

Hannah, die ebenfalls in verschiedenen Ordnern stöberte, hielt inne. »Haben Sie was über dieses rezeptpflichtige Beruhigungsmittel gefunden?«

»*Diazepam* … hat er regelmäßig verschrieben bekommen. Dazu Betablocker, Blutverdünner, Cholesterinsenker – die übliche Mischung.« Ralf blätterte weiter und tippte auf einer Seite herum, deren Inhalt er bereits kannte.

»Rudolf Knoop war auch bei einem Therapeuten in Behandlung. Ich muss die Rechnungen noch mal genauer checken, aber klar ist, dass er seit Längerem unter Angststörungen und Panikattacken litt.«

»Der hatte Panik, weil er sein Vermögen an der Börse verzockt hat«, mutmaßte Hannah. »Wir können sie nicht mehr fragen, aber ich wüsste zu gerne, wie er das seiner Frau erklärt hat.«

»Wahrscheinlich gar nicht.«

»Ich hab hier den Versicherungsordner«, murmelte Hannah, während sie darin blätterte. »Aktuell war der Inhalt des Tresors mit über sechs Millionen Euro versichert. Allein die *Krügerrand* Münzen mit zweieinhalb.«

»Und dann finden wir die ausgerechnet unterm Geschirrspüler«, fuhr Ralf kopfschüttelnd fort. »Oder das sind andere. Wir wissen schließlich nicht, wie viel Gold sich da im Laufe der Jahrzehnte angesammelt hat.«

»Die beiden Koffer sehen blitzblank aus und haben noch nicht lange unter dem Geschirrspüler gelegen. Vielleicht sollten wir …« Hannah verstummte, denn Ralfs Smartphone klingelte.

»Ole«, flüsterte er, als könne der ihn im weit entfernten Niebüll hören.

Hannah hätte am liebsten Reißaus genommen, doch irgendetwas hielt sie an Ort und Stelle gefesselt. »Dann gehen Sie eben ran! Aber verraten Sie ihm nicht, dass ich auch hier bin.«

Ralf meldete sich mit einem knappen: »Was gibts?«

Hannah – zur Zuhörerin degradiert – war auf das Mienenspiel ihres jungen Kollegen angewiesen, um jetzt schon nähere Informationen über den Gesprächsinhalt zu bekommen.

Zunächst heuchelte Ralf Überraschung, dann Entrüstung: »Nein, weiß ich nicht, woher denn?« Er schwieg für einen Augenblick. »Das ist bestimmt alles nur ein Irrtum. Die Chefin würde dich niemals …«

Diese Chefin bewegte sich zentimeterweise nach hinten und fiel auf einen der Stühle. Inzwischen wünschte sie sich, sie hätte am heutigen Morgen verschlafen und den Termin in Kiel somit verschwitzt.

»Lass uns später drüber reden!«, schlug Ralf vor. »Sag mir lieber, was du für uns hast!« Erneut eine kurze Pause. »Okay … ist das sicher?« Oles Stimme war zu hören, denn er brüllte. Dann war Ralf wieder an der Reihe: »Entschuldige bitte, dass ich gefragt habe! Ja … wir sehen uns nachher noch.«

»Klang doch einigermaßen entspannt«, urteilte Hannah grinsend, als das Gespräch beendet war.

»Ich glaube, er ist nicht auf hundertachtzig, sondern dreihundertachtzig. Aber er hat auch was Neues unseren Fall betreffend.«

»Dann raus mit der Sprache, Herr Jansen!« Hannah kam die Ablenkung ganz gelegen, denn bei einem anderen Thema gab es momentan ohnehin nichts zu gewinnen.

»Wir haben uns doch gefragt, woher Axel Böhme die Unterlagen über das Juweliergeschäft hatte. Da war ja einiges dabei, wo man nicht einfach mal so rankommt.«

»Und?«

»Zumindest einen Teil davon hat Vera Böhme angefordert. Laut *Netz AG* mit Vollmacht des Eigentümers … ist gar nicht lange her. Damit wussten die Räuber haargenau, wie sie die Stromversorgung lahmlegen.«

Hannah musste zunächst ihre Gedanken sortieren. Danach schickte sie ein Grinsen in Ralfs Richtung. »Vielleicht lag ich mit meinem Verdacht, was Rudolf Knoop angeht, tatsächlich falsch. Für mich sieht es so aus, als hätte Vera Böhme alles eingefädelt und ihren Sohn mit reichlich Informationen versorgt.«

»Wäre denkbar«, flüsterte Ralf und lächelte gequält. »Das macht die Geschichte allerdings nicht einfacher.«

»Was Sie nicht sagen, Herr Jansen!«

35

Nach seinem spontan beschlossenen Kurswechsel und dem Telefonat mit Ralf hockte Ole noch eine Weile unschlüssig hinter seinem Schreibtisch. Inzwischen war es Nachmittag und er konnte ebenso gut Feierabend machen. Nach weiterer Arbeit war ihm keineswegs zumute. Vielmehr hätte er im Büro alles kurz und klein schlagen, Hannah einen bitterbösen Brief hinterlassen und die Flucht antreten können. Aber wohin?

Bei diesem ganzen Irrsinn durfte er sich nur einer Verbündeten restlos sicher sein: Hannahs Mutter. Die hatte ohnehin ein gespaltenes Verhältnis zu ihrer Tochter und wusste besser als jeder andere, zu welchen Auswüchsen deren soziale Inkompetenz manchmal führte.

Aber was half es ihm? Hannah wollte ihn offensichtlich loswerden. Ein Umstand, den sein Verstand entweder leugnete oder ihn nicht wahrhaben wollte. Noch! Irgendwo in seinem Hinterkopf freundete man sich bereits mit einem Dasein in Husum und einer Beförderung an. Zumindest das klang verlockend. Nach Voraussetzungen, die möglicherweise für einen halbwegs normalen Dienstalltag sorgen würden, denn die Arbeit an Hannahs

Seite konnte man als alles, nur nicht als normal bezeichnen.

Mittlerweile hatte Ole sein Hab und Gut in verschiedene Taschen gestopft und wollte sich gerade aus dem Staub machen, da klingelte das Telefon erneut. Auf dem Display blinkte eine Stuttgarter Nummer. *Probier's morgen wieder!*, empfahl Ole gedanklich dem unbekannten Anrufer. Im nächsten Moment war er durch die Tür verschwunden …

»Die Prägedaten der *Krügerrand* Münzen sind allesamt älter. Manche sind über zwanzig Jahre alt«, fing ein SpuSi-Mann an, als Hannah und Ralf in der Küche auftauchten. Ein Fingerzeig auf die beiden Koffer folgte. »Wir haben mal gezählt und den aktuellen Goldkurs zugrunde gelegt. Das sind über zweieinhalb Millionen Euro.«

»Dann fehlt ja anscheinend nichts«, kommentierte Hannah in erster Linie an Ralf gerichtet. Ihre nächsten Worte galten wieder den Kieler Kollegen: »Warum findet ihr den Goldschatz und jemand anderes übersieht ihn?«

»Weil die meisten nicht richtig suchen«, kam es auf giftige Weise vom hageren Rotschopf, den Hannah bisher nicht kannte.

Sie wollte nicht gleich Antipathie erzeugen, deshalb mühte sie sich um ein verbindliches Lächeln. »Man darf doch noch fragen, oder?«

»Wir sind jetzt mit allen Räumen durch«, mischte sich ein anderer ein, vermutlich, um zu schlichten. »Falls ihr uns nicht mehr braucht, wartet schon die nächste Adresse in Flensburg auf uns. Dort hat einer seine Freundin mit

’nem Messer kaltgemacht und hinterher die Wohnung angezündet.«

»Euren Job möchte ich auch nicht haben«, stöhnte Hannah. »Und … nochmals danke, Leute. Ich hoffe, hier bleibt es ab sofort friedlich und wir sehen uns so schnell nicht wieder.«

Kurz darauf stand sie mit Ralf allein in der Küche. Der Kühlschrank erwachte summend und ließ dadurch ein paar Gläser leise klirren, die in einem Regal daneben auf ihre Nutzung warteten.

»Willkommen in der Welt des Wahnsinns«, murmelte Hannah. »Bis vor ein paar Tagen ging hier wahrscheinlich alles ganz normal zu. Und nun …«

»... machen Sie sich Sorgen wegen Ole«, mutmaßte Ralf, angesichts der trüben Stimmung seiner Chefin.

Die lehnte am Küchenbuffet und verschränkte die Arme vor der Brust, als könnte sie das vor dem Schlimmsten bewahren. Dennoch hob sie zu einem Geständnis an: »Ich hab wirklich gedacht, das wäre ’ne gute Idee. Ole wird befördert, kriegt einen Posten als Dienstgruppenleiter und … ja … wir bleiben einfach Freunde.«

»Aber mit gesundem Abstand«, ergänzte Ralf.

»Genau! Jetzt stellen Sie sich doch mal vor, ich bin verheiratet und – was Ole angeht – für alle Zeit vom Markt. Da kommt er niemals mit klar.«

Ralf nickte zwar, nur seine nächsten Worte passten nicht dazu: »Sie können ihm nicht vorwerfen, dass er in Sie verliebt ist. Ich bin überzeugt, Ole würde alles für Sie tun.«

»Das ist es doch! Ich will nicht, dass er alles für mich tut! Und erst recht nicht, wenn er dabei ständig dummes Zeug anstellt.«

»Vielleicht hätten Sie sich mal mit ihm aussprechen

sollen. Ihm sagen, wie Sie zu ihm stehen und … keine Ahnung. Manchmal hilft es, wenn man miteinander redet.«

»Mit Ole?«, vergewisserte sich Hannah schräg grinsend.

»Na ja, er macht es einem nicht leicht, aber … das kommt schon alles wieder in Ordnung, Chefin.«

»Und wie, Sie Schlaumeier?«

Ralf kramte sein Smartphone aus der Tasche. »Er war eben erst online. Soll ich ihn mal anmorsen und fragen, wo er steckt?«

»Sie wollen doch hoffentlich kein spontanes Treffen arrangieren?«

Ralf sah Hannah an, als würde er an ihrem Verstand zweifeln. »Was denn sonst?«

»Aber Sie sind dabei! Egal, was Ole sagt!«

Ralf tippte eine kurze Nachricht. Es dauerte nur ein paar Sekunden, bis eine Antwort folgte. »Er steht auf dem Autozug und kommt jeden Moment in Westerland an.«

»Dann fährt er bestimmt nach Hause, um sich bei meiner Mutter auszuheulen. Schlimmer gehts gar nicht.«

Ralf lächelte verschmitzt. »Wollen wir uns trotzdem in die Löwenhöhle wagen?«

Hannah überlegte kurz. »Könnten Sie nicht einfach allen erzählen, ich wäre im Dienst erschossen worden? Und sorgen Sie bitte für ein schönes Heldenbegräbnis, mit allem Drum und Dran.«

»Auf Dauer ist das auch keine Alternative, fürchte ich.«

»Okay, dann eben Löwenhöhle. Aber wenn Sie ebenfalls gebissen werden, jammern Sie hinterher nicht rum und heulen sich bei mir aus ...«

36

»Ich hätte einiges drauf gewettet, dass Sie zuerst noch Vera Böhme einen weiteren Besuch abstatten wollen«, fing Ralf im Auto an, als Hannah in Kampen nicht in Richtung List, sondern nach Westerland abbog.

»Sie haben doch gesagt, dass wir auf die angebliche Vollmacht warten. Sobald die eintrudelt, geht sie direkt zum Graphologen beim LKA. Oder glauben Sie, ich setze mich der verlogenen Schlange wieder mit leeren Händen gegenüber und lass mich an der Nase herumführen?«

»Deshalb haben Sie auch die ganzen Papiere aus dem Versicherungsordner eingesteckt. Zum Schriftvergleich.« Ralf machte eine Pause, nahm wahr, wie Dünen und Heidekraut am Seitenfenster vorbeiflogen. Als er seine Chefin neben sich schwer atmen hörte, ergriff er die Initiative. Vorerst weiter dienstlich: »Ich würde sagen, Vera Böhme hat einen Schlüssel für die Villa der Knoops und davon Gebrauch gemacht. Wenn man unserer SpuSi glaubt, waren da Amateure am Werk.«

»Im Prinzip kommt jeder infrage – noch! Wobei es jemand gewesen sein muss, der etwas vom geplanten Versicherungsbetrug wusste.«

»Und solange wir im Dunkeln tappen, kommt auch dafür jeder infrage. Schließlich wissen wir nicht, wer ...«

»Ja, verdammt!«, platzte Hannah grimmig dazwischen.

Was Ralf nicht von einem gefühlvollen Themenwechsel abhielt. »Ich helfe Ihnen gleich, so gut ich kann, obwohl ich nicht weiß, wie Ole reagiert und …«

»Ich sag ihm einfach die Wahrheit!«, unterbrach Hannah erneut. »Falls er ausnahmsweise mal zuhört, müsste er kapieren, dass ich es nur gut mit ihm meine.«

»Und wenn er Ihnen gar nicht erst zuhören will?«

»Dann hab ich es wenigstens versucht und alles dauert wahrscheinlich etwas länger.«

In der Lambert-Villa am Rande von Rantum ließ ein Krisengespräch am Küchentisch nicht auf schnelle Deeskalation hoffen. Vielmehr redete sich Ole zunehmend in Rage. »Können Sie sich das vorstellen, Frau Lambert? Hannah will mich abservieren, lässt mich versetzen, ohne vorher mit mir zu reden und …« Er verstummte mitten im Satz.

Gertrud Lambert ergriff die Gelegenheit beim Schopf, um einen ersten Kommentar loszuwerden: »Ich habe nie verstanden, was Hannah treibt und wieso sie es auf Dauer mit niemandem aushält. Der Einzige, der sie auch mal zur Ruhe bringen konnte, war ihr Vater.« Inzwischen schimmerten Tränen in den Augen der alten Frau. »Mein Mann war eigentlich das genaue Gegenteil von Hannah. Er konnte mit jedem, und wenn er irgendwo reinkam, hat er sofort den ganzen Raum gefüllt – dafür musste er nicht mal etwas sagen.«

Ole nickte gedankenversunken. Jetzt hob er in ganz

anderer Sache an. »Wenn es für mich wirklich nach Husum geht … na ja … ich befürchte, dann trennen sich auch unsere Wege. Hier auf Sylt wohnen und hauptsächlich in Niebüll arbeiten, ist ja gerade noch okay. Aber zig Kilometer weiter ist auf Dauer nicht machbar.«

In Gertrud Lamberts Gesicht machte sich ein Anflug von Traurigkeit breit. Der musste sich jedoch einer Welle von Lebenserfahrung ergeben, die für ein schwaches Lächeln sorgte. »Warten wir erst mal ab, wie sich die Dinge entwickeln. Hannah muss uns zumindest erklären, was sie da wieder angerichtet hat. Und falls nötig, werde ich ihr mit Vergnügen den Kopf waschen …«

Auf der Fahrt von Kampen nach Rantum war Ralf die meiste Zeit mit seinem Smartphone beschäftigt. Es war nicht mehr weit bis zur sogenannten Löwenhöhle, da ließ er es in seinen Schoß fallen und drehte sich zur Seite. »Die Vollmacht ist angekommen, und ich hab sie gleich nach Kiel weitergeleitet. Die Gegenprobe hab ich mit hoher Auflösung fotografiert und eben hinterhergeschickt. Und ich hab sogar schon 'ne Antwort: Mit Glück wissen wir spätestens morgen früh, ob die Vollmacht echt oder gefälscht ist.«

»Bleibt die Frage, inwieweit uns das hilft. Nehmen wir mal an, sie ist echt und wurde vom Knoop unterschrieben. Ist das dann im Wissen passiert, dass mit den entsprechenden Unterlagen ein Raubüberfall besser geplant werden kann? Oder hat er am Ende gar nicht gewusst, was er da unterschreibt?« Hannah lachte kurz auf. »Denken Sie mal an uns zwei! Es gibt Tage, an denen Sie mir Dutzende Schriftstücke vorlegen und ich mache – in der Regel, ohne zu fragen – einfach meinen Kringel drunter. Wer sagt denn, dass es bei Rudolf Knoop und Vera Böhme anders war?«

Ralf zuckte mit den Schultern. »Niemand.«

Hannahs Stimme wurde lauter: »Viel interessanter wird es allerdings, wenn die Vollmacht gefälscht ist. Dann hat uns Frau Böhme nämlich einiges zu erklären.«

»Trotzdem könnte sie sich rausreden oder einfach dummstellen – wie bisher auch.«

»Jetzt machen Sie mir den Spaß doch nicht gleich wieder kaputt!«, echauffierte sich Hannah künstlich.

»Fakt ist, dass die Tante mit allen Wassern gewaschen ist und ich fürchte, allein mit 'ner gefälschten Vollmacht locken wir sie nicht aus der Reserve«, erwiderte Ralf energisch.

»Dann warten wir mit weiteren Plänen, bis wir wissen, ob sie einen Schlüssel für die Villa der Knoops hat.«

Inzwischen bog Hannah mit beinahe unverminderter Geschwindigkeit nach rechts ab und steuerte auf das Domizil der Familie Lambert zu. Als sie nach einer Vollbremsung stand, stellte sie den Motor ab, machte jedoch keine Anstalten, sich abzuschnallen. Stattdessen folgte ein ungewohnt sanftes Geständnis: »Wenn ich nicht die ganze Zeit an unseren Fall denke, lande ich zwangsläufig bei Ole.« Sie zeigte zur Eingangstür, die ihr wie das Tor zur Hölle vorkam. »Ich wette, er hockt dort drinnen und wetzt bereits die Messer.«

»Nicht ganz unberechtigt«, flüsterte Ralf und zog danach den Kopf ein.

»Ja … Sie haben wahrscheinlich recht. Aber das ändert auch nichts daran, dass ich Schiss hab.«

Ralf machte sich neben Hannah gerade. »Ich werde nicht zulassen, dass er Ihnen was tut. Wenn er …«

»Darum gehts doch gar nicht! Ich hab in erster Linie Schiss vor mir selbst.« Hannah sah erneut hinüber zur

Eingangstür. »Haben Sie noch einen Tipp für Ihre Chefin?«

»Am besten geben Sie mir Ihre Dienstwaffe.«

»Und wie soll ich mich dann wehren, falls Ole über mich herfällt?«

»Das kann ja heiter werden«, stöhnte Ralf und zog am Türöffner. Als er neben dem Wagen stand und Hannah immer noch keine Anstalten machte auszusteigen, beugte er sich nach vorne, um sie direkt anzusehen. »Soll ich einen auf Vorhut machen und ihm zumindest die Sache mit der bevorstehenden Hochzeit stecken? Nur zur Sicherheit?«

Hannah überlegte kurz und sah aus, als wollte sie zustimmen. Doch dann schüttelte sie entschlossen den Kopf und erwiderte Ralfs Blick. »Ich hab schon ganz andere Nüsse geknackt. Stehen Sie mir da drinnen bloß nicht im Weg, sonst kriegen Sie noch was ab …«

37

Die letzte Adresse auf seiner Liste konnte er ebenfalls abhaken, allerdings nicht im positiven Sinne. Er war kreuz und quer durch Deutschland gefahren, hatte am Ende dieser Reise über zweitausend Kilometer auf der Uhr und nicht mal dasselbe in Euro in der Tasche. Ein Hehler in Duisburg bot ihm für den kompletten Schmuck läppische hundert Riesen und berief sich darauf, dass längst Fotos der Ware im Umlauf wären und die Polizei schon überall neugierige Fragen stelle. Laut dem Fettsack, der offiziell eine Pfandleihe betrieb und grinsend hinter seiner schusssicheren Scheibe hockte, war der Schmuck inzwischen so heiß, dass man ihn zunächst mindestens ein Jahr liegen lassen müsse, um einzelne Stücke daraus weiterzuverticken.

Zum Schluss hatte er dem Blödmann lediglich eine aufwendig gearbeitete Brosche verkauft. Um wenigstens Bargeld zu haben, das auf dem Weg für billige Hotels, etwas im Bauch und den Sprit nach Hause reichte. Tagein tagaus machte er sich Gedanken, wo wohl das Gold geblieben sein mochte. Mittlerweile glaubte er nicht mehr daran, dass die beiden Typen aus Großenwiehe es irgendwo versteckt hatten. Dafür waren die Idioten nicht schlau genug und auf der anderen Seite viel zu gierig, um einen Goldschatz leichtfertig und derart schnell wieder aufzugeben.

Als er am Autobahndreieck Hamburg-Nordwest auf die A23 in Richtung Itzehoe abbog, ging ihm – wie schon tausende Male an diesem Tag – erneut eine Frage durch den Kopf: Was jetzt? Wie sollte es weitergehen?

In seiner Not langte er nach seinem Smartphone, das in der Mittelkonsole lag. Er wischte eine Weile auf dem Display herum und wäre im zähen Feierabendverkehr auf der Autobahn beinahe jemandem hinten reingekracht. Er fluchte und wollte schon aussteigen, um dem Opa vor sich den Schädel einzuschlagen. Schließlich hatte der mit einem Sicherheitsabstand gehalten, dass vermutlich zwei Sattelzüge zwischen ihn und seinen Vordermann gepasst hätten.

Doch anstatt hier den Revolverhelden zu mimen, wischte er weiter und hörte es kurz darauf aus den Lautsprechern der Freisprecheinrichtung tuten. Dreimal, dann meldete sich jemand: »Ja?«

»Wo bist du?«

»Das werde ich dir gerade erzählen! Bist du völlig bekloppt? Ich hab gehört, was in Großenwiehe passiert ist.«

»Die beiden haben sich nicht an unsere Absprachen gehalten.« Am anderen Ende der Leitung herrschte Schweigen und er glaubte schon, das Gespräch sei beendet, als es über die Lautsprecher schnarrend weiterging.

»Sag endlich, was du willst!«

»Wissen, wo das Gold ist. Hast du es dir untern Nagel gerissen?«

»Dann wäre ich wohl kaum rangegangen.«

»Es sollte doch im Tresor liegen«, sagte er so beiläufig wie möglich.

»Und woher willst du wissen, dass es nicht dort war? Ich bin eigentlich davon ausgegangen, dass du dich längst mit dem Schatz abgesetzt hast und ich nie wieder von dir höre.«

Ernüchterung machte sich in ihm breit. Von einem Ausmaß, wie er es selbst in den letzten Tagen nicht erlebt hatte. Weil ihm nichts mehr einfiel, betätigte sein Daumen das rote Telefonhörersymbol und sorgte für Ruhe. Inzwischen ging es auf der Autobahn weiter. Als er kurz darauf den Opa überholen konnte, zeigte er ihm zuerst einen Vogel und dann den Mittelfinger. Selbst einige Zeit später sah er dicht hinter sich noch immer eine Lichthupe aufblitzen. Gut so, denn der Opa schien endlich das Gaspedal gefunden zu haben …

In Rantum hatte Hannah die Haustür kaum aufgeschlossen, da tauchte Barbie auf. Seines Zeichens Cockerspaniel und Überbleibsel eines der vergangenen Fälle. Während sich Hannah zu ihm hinunterbückte und ihn streichelte, hörte sie aus der Küche Oles Stimme. Ob Zufall oder nicht: Dort fiel gleich mehrmals ihr Name, und das nicht gerade in besonders freundlichem Tonfall.

Ralf schob sich an seiner Chefin vorbei und einen Augenblick überlegte sie, ob sie die Gunst der Stunde nutzen und einfach die Flucht antreten sollte. Nach Hause fahren, dort Frank in die Arme fallen und alles erst mal für einen Abend vergessen. Wer wusste denn, ob sich die Gemüter am nächsten Tag nicht längst abgekühlt hätten?

»Alles in Ordnung, Chefin?«, fragte Ralf, der ein paar Meter weiter im Begriff war, in die Küche abzubiegen.

Hannah nickte und setzte sich schwerfällig in Bewegung, aber dann nahmen ihre Schritte an Tempo zu. In der Küche machte sie vor der Essecke eine Vollbremsung, sah zuerst ihre Mutter und dann Ole an.

Letzterer hatte sicher nicht so schnell mit einem Treffen gerechnet und saß mit offenem Mund am Tisch.

»Guten Abend«, murmelte Hannah. »Seid ihr mit dem Prozess fertig? Steht das Urteil schon fest?«

Gertrud Lambert wollte etwas sagen, doch Ralf vollbrachte es, sie mit einer Handbewegung auszubremsen.

»Wir sollten wohl reden«, knurrte Ole und deutete mit Blicken zum Flur. »Wenn's nach mir geht, lieber unter vier Augen.«

Ralf hob bereits an, doch dieses Mal schaffte es Hannah, ihn zu stoppen. »Ist schon okay, Herr Jansen.« Sie packte Ole am Hemdsärmel und zog ihn hinter sich her. Diese Reise endete im früheren Arbeitszimmer von Hannahs Vater. Wie gewohnt fiel sie dort hinter dessen Schreibtisch, der auch heute noch so aussah, als hätte er ihn am gestrigen Abend verlassen.

Ole ließ sich ebenfalls auf seinen Stammplatz nieder, einem kleinen Sessel, der neben der Tür stand. Er schlug die Beine übereinander und mühte sich um ein Lächeln, was halbwegs gelang. Was Worte betraf, wollte er anscheinend Hannah den Vortritt lassen.

Die nahm die Einladung an und ging gleich in die Offensive: »Frank und ich heiraten übernächsten Monat. Ich möchte dich fragen, ob du mein Trauzeuge werden willst – war schließlich so abgemacht.«

Ein paar Meter entfernt entglitten Ole sämtliche Gesichtszüge. »Das ist ein Witz, oder?«

»Welcher Teil davon?«

Ole stieß den Atem geräuschvoll aus. »Du willst ernsthaft heiraten? Und dann ausgerechnet Frank?«

Hannah fühlte in sich hinein und fand dort ehrliches Erstaunen vor. »Wieso denn nicht? Ich hab mich noch nie so gut mit einem Mann verstanden, wie mit …«

»Er betrügt dich mit ’ner anderen«, platzte Ole aufgeregt dazwischen.

»Darf ich erfahren, wie du darauf kommst?«

»Jemand hat ihn gesehen, mit ’ner Blondine … einer gewissen Andrea Petermann. Zwischen den beiden soll es angeblich viel zu vertraut hergegangen sein.«

Hannah lachte aus vollem Halse. Nachdem sie sich wieder einigermaßen beruhigt hatte, war sie in der Lage zu sprechen: »Ich kenne Andrea. Sie ist verheiratet und hat drei Kinder!«

»Was noch niemanden von irgendwas abgehalten hat!«, hielt Ole vehement gegen. »Kannst du mir erklären, wieso sich dein Frank mit anderen Frauen trifft?«

»Sie ist seine Tanzpartnerin. Er will unbedingt einen perfekten Walzer draufhaben, bevor wir heiraten.«

»Und das ist alles? Was ist denn, wenn die trotzdem was miteinander haben und du läufst blindlings ins Unheil?«

Hannah tat, als würde sie sich Oles Bedenken ausführlich durch den Kopf gehen lassen. »Vielleicht heuer ich lieber einen Privatdetektiv an, man weiß ja nie.«

»Eben! Wenn du willst, dann übernehm ich das gerne und …«

»Das war ein Scherz! Ich vertraue Frank zu hundert Prozent. Okay … wir sind nicht mehr verliebt wie am ersten Tag, aber insgesamt passt es einfach. Geht das nicht in deine Birne rein?«

Ole wechselte spontan das Thema: »Willst du mich deshalb abschieben? Weil du Angst hast, dass ich mit deinen privaten Plänen nicht umgehen kann?«

Hannah zögerte, beließ es dann bei einem Nicken, garniert von einem gequälten Lächeln.

Es klopfte leise an die Tür. Weder Hannah noch Ole reagierten und vermutlich gerade deshalb steckte Ralf den Kopf herein. »Alles in Ordnung?«

»In bester Ordnung, Herr Jansen. Aber wir brauchen hier noch ein paar Minuten …«

»Du glaubst gar nicht, was ich dir alles an den Kopf werfen wollte«, fing Ole von Neuem an, nachdem die Tür wieder geschlossen war. »Willst du mich wirklich als Trauzeugen haben? Oder ist das nur ein Gnadenakt, damit ich Ruhe gebe?«

Hannah erhob sich, umrundete den Schreibtisch und blieb direkt vor Ole stehen. Sie schnappte seine Hände, zog ihn hoch und umarmte ihn dann mit aller Kraft. »Ich will dich und nur dich als Trauzeugen! Immerhin bist du der zweitwichtigste Mann in meinem Leben.«

Ole löste sich aus der Umklammerung und schob Hannah ein Stück von sich. Er sah sie prüfend an, in seinen Augen schimmerte es. »Meinst du das wirklich ernst?«

»Todernst! Mit solchen Dingen macht man keine Späße.«

38

»Fassen Sie doch mal mit an, Herr Jansen!«, forderte Hannah Ralf am nächsten Morgen in Niebüll auf. »Ich hab vorhin mit meiner Mutter telefoniert: Ole ist unterwegs und müsste gleich hier eintrudeln.«

»Deshalb das sensationelle Frühstück«, rekapitulierte Ralf, während er den kleinen Tisch, den Hannah aus der Teeküche des Reviers stibitzt hatte, allein durch die Tür manövrierte. »Wohin damit?«

»Vors Fenster! Damit unser Lieblingskollege beim Mampfen rausgucken kann.«

»Und es herrscht tatsächlich wieder Frieden?«, vergewisserte sich Ralf, in dessen Stimme Misstrauen lag. »Ich kann gar nicht glauben, dass sich Ole so schnell beruhigt hat und …«

»Die Sache mit der Versetzung ist endgültig vom Tisch. Er wird mein Trauzeuge und hat hoch und heilig versprochen, nicht mittendrin aufzuspringen, um in letzter Sekunde alles zu verhindern.«

»Ist das eigentlich möglich? Ich meine, in der Praxis?«

»Keine Ahnung. Wenn Sie Lust haben, können Sie mir gerne helfen, den Aufschnitt auf Teller zu verteilen.

Außerdem brauchen wir noch ’ne Brötchensäge und Besteck.«

Dafür war es zu spät, denn Ole platzte herein. »Moin«, erklang es müde. Erst als sein Blick das neue Möbelstück und die Köstlichkeiten darauf fand, wurde er munterer. »Hab ich was versäumt, gibts was zu feiern?«

Hannah winkte ab. »Du setzt dich jetzt schön hin, lässt dich bedienen und genießt die Aussicht auf den Revierparkplatz. Herr Jansen und ich …«

»Herr Jansen müsste mal eben schnell telefonieren«, unterbrach selbiger. »Wir haben drei entgangene Anrufe aus Stuttgart und ich will hören, was da unten los ist.«

Als Ralf hinter seinem Schreibtisch saß, gesellte sich Ole an Hannahs Seite. »Du musst dich nicht verbiegen, um mir irgendwas zu beweisen. Wir haben uns ausgesprochen, alles ist okay und …« Er deutete auf den fast fertigen Frühstückstisch. »… stell dir mal vor, ich gewöhn mich an sowas.«

»Setz dich hin und halt die Klappe!«, knurrte Hannah. »Ich hab allein für die Brötchen ’ne Viertelstunde angestanden.«

»Ganz die Alte«, kommentierte Ole grinsend. »Habt ihr schon was vom LKA gehört? Die wollten doch Bescheid sagen, ob die Vollmacht vom Knoop echt oder gefälscht ist.«

Ein paar Meter entfernt wurde Ralf am Telefon zunehmend lauter. Während Hannah mit einem Ohr zuhörte, kümmerte sie sich um Ole, der sie erwartungsvoll ansah. »Das Teil ist gefälscht. Ich habe Martin beauftragt, Vera Böhme vorläufig festzunehmen und sie herzubringen. Wenn wir mit dem Frühstück fertig sind, knöpfen wir sie uns gemeinsam vor.«

Just in diesem Moment verabschiedete sich Ralf am Telefon und kämpfte daraufhin noch mit dem Gehörten.

»Was ist denn los? Hat Böhme junior in Stuttgart noch 'ne Tanke überfallen?«

»Viel besser! Die Frau, die beim Überfall an der Kasse stand, ist am nächsten Tag spurlos verschwunden. Das kam den Kollegen natürlich seltsam vor, also haben die ein bisschen recherchiert.«

»Und?«

»Es handelt sich um eine gewisse Tatjana Ullmann. Klingelt da was?«

Ole übernahm die Reaktion, denn Hannah war noch mit dem Verdauen der Neuigkeiten beschäftigt: »Ist das zufälligerweise die Schwester von unserem toten Gero?«

»Haben die in Stuttgart schon geprüft und … Bingo!«

»Das ist doch niemals Zufall!«, kam es nun von Hannah. »Aber wieso fährt Axel Böhme extra nach Stuttgart, überfällt dort 'ne Tankstelle, in der zufällig eine – vermutlich – alte Bekannte arbeitet und verschwindet danach spurlos?«

»Von der Beute aus dem Juweliergeschäft kann er nichts dabeihaben. Das passt vom zeitlichen Ablauf her nicht«, ergänzte Ole.

»Und in dem Zusammenhang war bestimmt nicht geplant, dass Gero Ullmann und Volker Asmussen direkt nach dem Raubüberfall dran glauben müssen.« Hannah musterte den gedeckten Frühstückstisch. In ihr kämpfte Tatendrang gegen Hunger.

Wie bestellt platzte Martin Clausen herein. »Moin zusammen!« Er schaute zu Hannah und grinste. »Auftrag ausgeführt. Ich hab gerade Vera Böhme in eurer Arrestzelle geparkt.«

»Danke, Martin! Setz dich, hier steht erst mal Frühstück an.«

· · ·

Eine Dreiviertelstunde später waren sämtliche Bäuche gut gefüllt und zahllose Becher Kaffee Vergangenheit. Hannah klatschte in die Hände. »So … Vera Böhme sitzt inzwischen im Verhörraum und wird sich dieses Mal nicht so leicht rausreden. Wer von euch hat denn Lust, Mutti zu begleiten?«

Ole lag fast auf einem der Stühle, rieb sich den Bauch und stöhnte. »Bist du böse, wenn ich passe? Außerdem ist Ralf im Taschetragen viel besser.«

Der hinterließ noch immer giftige Blicke, als er kurz darauf seiner Chefin aus dem Büro folgte.

Die Tür hatte sich kaum geschlossen, da holte Martin Clausen zu einer Frage aus: »Was ist denn heute mit Hannah los? Ist sie in einen Kessel mit Weichspüler gefallen – ähnlich wie *Obelix*?«

»Bei dem war's Zaubertrank!«

»Egal! Sag endlich, was Sache ist!«

Ole berichtete haarklein vom Gespräch am vergangenen Abend und ließ dabei kein Detail aus. Sein Fazit klang denkbar unbekümmert: »Hannah heiratet, ich werde Trauzeuge und der liebe Herr Bürgermeister nimmt nur Tanzstunden, um sich nicht zum Affen zu machen.«

Auch Clausen wirkte erleichtert. Seine Sorgen während Oles Bericht galten jedoch nicht dessen möglicher Versetzung, sondern einem ganz anderen Thema: »Glaubst du, Hannah lädt mich zu ihrer Hochzeit ein?«

»Logisch! Ihr kennt euch doch schon ewig.«

»Und wenn Sie's trotzdem vergisst oder ... einfach nicht will?«

»Dann schmuggle ich dich als Begleitung rein«, schlug Ole grinsend vor. »Aber du rasierst dir vorher artig die Beine und kaufst dir 'n hübsches Kleid. Ich will mich schließlich auch nicht blamieren.«

»Was hat denn Hannahs Mutter zu alldem gesagt?«

Plötzlich verfinsterte sich Oles Miene. »Die weiß noch gar nichts von ihrem Glück und ich musste Hannah schwören, die Klappe zu halten. Hast du ’ne Ahnung, wie schwierig das ist, wenn dich ’ne alte Frau permanent mit Fragen löchert?«

»Gerade eine wie Gertrud Lambert. Da weiß man sofort, von wem Hannah ihre Marotten geerbt hat.«

»Du sagst es!«

39

»Verraten Sie mir bitte mal, was das alles zu bedeuten hat?«, fing Vera Böhme an, noch bevor Hannah und Ralf ihr richtig gegenübersaßen. »Wieso werde ich verhaftet und wieso …?«

»Sie wurden vorläufig festgenommen«, korrigierte Ralf. »Das ist ein erheblicher Unterschied.«

»Und trotzdem verstehe ich nicht, was Sie von mir wollen!«

Noch blieb Hannah ganz bewusst stumm. Sie stieß Ralf von der Seite an. Kurz darauf lag ein Schriftstück auf dem Tisch, das Hannah eiskalt lächelnd über die Platte schob, bis es direkt vor Vera Böhmes Nase lag. »Kommt Ihnen das bekannt vor?«

Erst nach einigem Zögern beugte sich die Frau ein Stück nach vorne, beäugte missmutig das Blatt und fiel dann schulterzuckend gegen die Stuhllehne.

»Na gut! Dann erzähle ich Ihnen eben, wie es tatsächlich war«, beschloss Hannah und redete gleich weiter: »Als Ihr Sohn vor ein paar Monaten wieder auf freien Fuß kam, ist Ihnen wahrscheinlich schnell klar geworden, dass ihm als Ex-Knacki keine sagenhafte Karriere bevorsteht.

Und weil sich seine zweifelhafte Qualifikation bestens für einen Raubüberfall im großen Stil eignete, haben Sie fleißig Hilfestellung geleistet. Sie waren diejenige, die sich detaillierte Informationen über das Juweliergeschäft der Knoops beschafft und das räuberische Trio entsprechend versorgt hat.« Hannah schwieg einen Moment, musterte Vera Böhme eindringlich, aber noch wies deren Fassade nicht mal einen Kratzer auf. »Sie fälschen also die Unterschrift Ihres Chefs, sorgen damit für ideale Voraussetzungen und – ja – was sollte anschließend eigentlich mit der Beute passieren? Sollte die gerecht aufgeteilt werden? Oder haben Sie auch etwas mit dem Tod zweier Männer in Großenwiehe zu tun, weil es sich viel leichter teilt, wenn es weniger Anspruchsteller gibt?«

»Habe ich nicht das Recht auf einen Anwalt?«, fragte Vera Böhme. »Ihr Kollege, der mich hergebracht hat, sagte sowas in der Art.«

»Sie wollen also weiter Verstecken spielen?« Hannah fluchte innerlich. Dieses Gespräch entwickelte sich in die völlig falsche Richtung. Trotzdem wurde es Zeit für eine Antwort: »Natürlich haben Sie das Recht auf einen Anwalt. Aber vielleicht so viel: Wenn Sie glauben, deshalb ungeschoren davonzukommen, muss ich Sie enttäuschen. Dafür ist die Beweislage zu erdrückend.«

Weil es seine Chefin offenbar zunächst dabei belassen wollte, übernahm Ralf. Er deutete auf das Blatt, das unverändert vor Vera Böhme lag. »Hierbei handelt es sich definitiv um Urkundenfälschung. Die wird mit einer Freiheitsstrafe zwischen sechs Monaten und zehn Jahren geahndet.«

»Und wir werden Ihnen noch mehr nachweisen!«, schob Hannah hinterher. »Alles, was wir in Ihrer Wohnung gefunden haben, beweist eindeutig, dass dort der Raubüberfall auf die Knoops minutiös geplant wurde.

Ich bin mir absolut sicher, dass ein Richter und die Staatsanwaltschaft in Ihrem Fall auch Beihilfe mutmaßen werden. Wenn Sie allerdings mit uns reden, und womöglich helfen, weitere Verantwortliche dingfest zu machen, bin ich gerne bereit, Ihnen …«

»Wie funktioniert das denn jetzt mit diesem Anwalt?«, unterbrach Vera Böhme. Sie klang ruhig, völlig beherrscht und ein Außenstehender hätte den Eindruck gewinnen können, dass hier gerade ein Rollentausch stattfand.

Schließlich kam Hannah immer aufgebrachter daher und ihr Gesicht leuchtete rot vor Aufregung. »Sie bekommen Ihren Anwalt, Frau Böhme! Aber glauben Sie bloß nicht, dass ich dem auch nur eine Minute zuhöre, wenn der Ihre Lügenmärchen wiederholt.«

»Was soll denn jetzt mit ihr passieren?«, fragte Ralf, nachdem Hannah und er den Verhörraum verlassen und ein paar Meter hinter sich gebracht hatten. »Ich kann gerne versuchen, einen Haftbefehl zu kriegen, aber …«

»Wir lassen sie laufen«, knurrte Hannah dazwischen. »Aber warten Sie gefälligst, bis ich hinter meinem Schreibtisch hocke und nichts davon mitkriege.« Hannah blieb unvermittelt stehen, wirbelte herum und zeigte mit wutentbrannter Miene zum Ende des Flurs. »Die falsche Schlange hat uns eiskalt auflaufen lassen! Sie weiß ganz genau, dass wir nicht mehr als die gefälschte Vollmacht haben und mit solchen Rohrkrepierern die Wände in unserem Büro tapezieren könnten.«

Ralf nickte zwar, konnte sich jedoch eine Frage nicht verkneifen: »Wieso haben Sie die Frau nicht auf Tatjana Ullmann angesprochen?«

»Weil ich ihr keine Informationen zuspielen will, die

sie bisher vielleicht nicht hat. Haben Sie es immer noch nicht kapiert, Herr Jansen?«

»Was denn?«, fragte Ralf schüchtern.

»Bei der Geschichte ist alles faul! Denken Sie mal an den Ablauf unmittelbar nach dem Raubüberfall auf die Knoops. Vera Böhme mimt die fleischgewordene Unschuld, streut so viel Gift wie nur möglich und wir Idioten beißen prompt an. Das hat sie nicht ohne guten Grund getan – sie brauchte Zeit, um irgendwas zu vertuschen oder jemandem zu helfen. Und diese Zeit haben wir ihr mit Kusshand verschafft.«

Ralf ließ sich die Worte seiner Chefin kurz durch den Kopf gehen und kam dann zu einem knappen Resümee: »Die war genauso scharf auf den Goldschatz wie alle anderen.«

»Und ich wette, sie hat die Villa der Knoops auf den Kopf gestellt.«

»Dafür müsste sie aber eingebrochen sein, was laut unserer SpuSi nicht der Fall war. Außerdem handelt es sich um eine Sicherheitsschließanlage und seit heute Morgen steht fest, dass alle registrierten Schlüssel vorhanden sind und Frau Böhme keinen davon hatte. Hab ich selbst doppelt gecheckt.«

»Müssen Sie mich daran erinnern?«, maulte Hannah.

»Und wenn es ganz anders war?«, sinnierte Ralf nach einer ausgedehnten Denkpause.

»Wovon reden Sie?«

»Sie kann mit ihrem Sohn unmöglich unter einer Decke gesteckt haben, sonst hätte sie doch nicht dessen Zimmertür aufbrechen müssen, um an nähere Infos heranzukommen. Es wäre auch denkbar, dass die Knoops ihr erzählt haben, die Kinder seien alle enterbt und sie hätte eine gute Chance auf ein Stück vom Kuchen. Da gibt es etliche Leute, die im fortgeschrittenen Alter ständig mit der Wurst winken, und die ganze Familienbande trottet mit leuchtenden Augen hinterher, bevor der Tag der Wahrheit ansteht.«

Hannah musterte Ralf skeptisch. »Haben Sie am Kurs *Philosophie für Anfänger* teilgenommen? Reden Sie Klartext, Herr Jansen!«

»Okay ... ich würde mich an Ihrer Stelle nicht darauf versteifen, dass die Böhme wirklich was mit der Sache zu tun hat. Wer hat denn dann zum Beispiel die zwei Männer in Großenwiehe erschossen? Zu dem Zeitpunkt saßen Sie mit Frau Böhme in …«

»Ich hab nie behauptet, sie hätte es eigenhändig getan. Aber können Sie ausschließen, dass der Auftrag nicht von ihr stammt?«

»Mit welchem Ziel? Wie es aussieht, wurde ja auch die Beute in Großenwiehe verteilt und ist seither spurlos verschwunden.«

Hannah schenkte Ralf ein ehrliches Lächeln. »Da will mir wohl einer meine schöne Geschichte kaputtmachen. Sehen Sie lieber zu, dass Sie weitere Munition sammeln. Wen wir am Ende damit erlegen, ist mir sowas von egal …«

40

»Wir gehen zum Angriff über!«, posaunte Hannah heraus, als sie ins Büro der Mordkommission zurückkehrte.

Dort waren Ole und Martin Clausen noch mit den Resten des Frühstücks beschäftigt und wirkten beinahe wie in Fressnarkose.

Das hielt Hannah jedoch nicht von Anweisungen ab, die sie im Stakkato präsentierte: »Ole, du findest alles über Tatjana Ullmann heraus! Sprich mit ihren Eltern, Freunden, Bekannten … von mir aus auch mit Klassenkameraden aus der Grundschule. Ich will wissen, was die Frau nach Stuttgart verschlagen hat und wie ihr Verhältnis zu Axel Böhme und ihrem Bruder war.«

»Klingt, als hätte euch Mutter Böhme auflaufen lassen«, rekapitulierte Ole nach einem geräuschlosen Aufstoßen. »Willst du sie jetzt wieder auf freien Fuß setzen?«

»Ich will nicht, ich muss!« Hannah klang wütend und genervt dazu. »Wir werden wohl kaum einen Haftbefehl kriegen, nur, weil die hinterhältige Krähe die Unterschrift ihres Chefs gefälscht hat. Da laufen ganz andere Kaliber frei herum.«

Martin Clausen erhob sich. »Soll ich die Frau mit zurück nach Sylt nehmen?«

»Von mir aus kann sie zu Fuß gehen oder auf dem Autozug surfen.«

Ralf kehrte ins Büro zurück und gab gleich Hannahs nächstes Opfer ab. »Sie, Herr Jansen, nehmen sich erneut alle Beteiligten ausführlich vor. Lebensläufe, finanzielle Situation, Auftreten in sozialen Netzwerken … und ich will endlich wissen, ob man die *Krügerrand* Münzen – abgesehen vom Prägedatum – irgendwie identifizieren kann.«

»Und was hast du vor?«, fragte Ole, der sich ebenfalls erhob. Aus gutem Grund, denn Hannah stand mitten im Raum, inzwischen hingen ihre Arme schlapp herunter und verdeutlichten ihren Gemütszustand.

»Ich unterhalte mich nacheinander noch mal mit den Kindern der Knoops. Wir müssen mehr über deren Eltern und sämtliche Zusammenhänge erfahren. Ich bin mir ziemlich sicher, dass da einer mit gezinkten Karten spielt.«

»Und ich mach mich wieder vom Acker«, vermeldete Martin Clausen, der bereits Oles Hand schüttelte. Nachdem das auch mit Ralf und Hannah passiert war, blieb er an der Tür kurz stehen und drehte sich um. »Auf mich wartet 'ne Frau, die behauptet, ihr Ex-Freund wäre schon zum dritten Mal in ihre Gartenlaube eingebrochen und hätte jedes Mal Grillkohle mitgehen lassen. Da muss ich endlich mehr über die Zusammenhänge herausfinden und ob da jemand mit gezinkten Karten spielt«, schob er grinsend hinterher und trat danach eilig die Flucht an.

Hannah huschte ein Lächeln übers Gesicht. »Mit Martin möchte ich auch nicht tauschen.«

»Willst du ihn eigentlich zu deiner Hochzeit einladen?«, fragte Ole.

»Wenn ich jeden Kollegen einlade, muss ich zum Feiern 'ne Sporthalle mieten.«

»Du sollst ja auch nicht jeden Kollegen einladen! Ich hab dich gefragt, was mit Martin ist – ihr kennt euch doch schon seit zig Jahren.«

»Statt an meiner Gästeliste zu arbeiten, sollten wir uns lieber um den Fall kümmern. Ihr wisst, was ihr zu tun habt und am besten …« Hannahs Handy sorgte für eine Unterbrechung. Sie zog es aus der Hosentasche und nahm das Gespräch an. »Lambert!«

»Hier ist Denise Knoop. Haben Sie einen Moment?«

»Selbstverständlich, Frau Knoop! Ich hätte Sie auch gleich angerufen, um einen Termin mit Ihnen zu vereinbaren. Falls Sie spontan Zeit haben, wäre ich in 'ner Viertelstunde bei Ihnen. Passt das?«

Kurzes Zögern am anderen Ende der Leitung. »Ja, klar … ist vielleicht auch besser, wenn wir das persönlich besprechen.«

»Was wollte sie?«, fragte Ole, nachdem das Gespräch beendet war.

Hannah zuckte mit den Schultern. »Keine Ahnung, aber ich mach mich direkt auf den Weg. Und ihr zwei Hübschen dreht jeden Stein um, bis wir endlich was Handfestes haben.«

»Ich hab mir Rudolf Knoop und dessen Börsengeschäfte mal näher angesehen«, berichtete Ralf, der über einem von etlichen Ordnern hing. Hannah hatte sich längst verabschiedet, am Schreibtisch gegenüber war Ole ebenfalls in Recherchearbeit vertieft.

»Und?«, fragte er wenigstens halbwegs interessiert, ohne den Blick von seinem Bildschirm abzuwenden.

»Das sind seine Depotauszüge. Wenn das alles ist, hat

er allein im letzten Jahr über vier Millionen Euro an der Börse verbrannt. Mit Optionsscheinen, Termingeschäften … da sind auch Investments dabei, von denen ich noch nie was gehört habe und über die ich mich selbst erst mal schlaumachen muss.«

»Aber nicht, dass du auch noch damit anfängst, deine paar Kröten zu verzocken.«

Ralf fuhr kopfschüttelnd fort: »Es geht mir doch nur darum, dass der alte Knoop womöglich einige Gründe hatte, um beispielsweise seine Versicherung zu betrügen.«

»Jaja … die alte Geschichte, die du mit Hannah gestrickt hast. Euch zufolge hat der sein Juweliergeschäft absichtlich überfallen lassen und ist dabei rein zufällig ums Leben gekommen. Getreu dem Motto: Unrecht gut gedeihet nicht.«

»Hast du was getrunken?«, fragte Ralf und tauchte vorsichtshalber wieder in den Ordner vor sich ein.

»Oha! Ist ja interessant«, murmelte Ole. »Axel Böhme und Tatjana Ullmann waren mal ein Paar oder sind es immer noch.«

Ralf hob den Kopf. »Wie kommst du darauf?«

»Ich hab hier haufenweise Fotos von den beiden Turteltauben … den sozialen Netzwerken sei Dank.«

»Und von wann stammen die?«

Ole war eine Weile mit seiner Maus beschäftigt, scrollte rauf und runter. »Volltreffer! Das letzte wurde vor sechs Wochen gepostet und stammt vom *Depeche Mode* Konzert in Düsseldorf.« Erneut waren Maus und jetzt auch Tastatur im Einsatz. »Hier sind Bilder, auf denen die beiden nach dem Konzert rumknutschen, als würden sie ernsthaft Nachwuchs planen.«

»Dann war das aber nur ein Ausflug nach Düsseldorf und erst Wochen später folgte die Flucht nach Stuttgart?«

Als wollte der helfen, gab Oles Computer einen Ton

von sich, der eine neu eingegangene Mail meldete. »Die ist von Tatjana Ullmanns Chef. Es wird immer besser: Die Gute hat drei Tage vor dem Überfall auf die Tankstelle gekündigt und stand ihre letzte Woche hinter der Kasse.«

»Was bedeutet, das war alles genauso geplant«, fuhr Ralf nachdenklich fort.

»In dem Fall hätte Axel Böhme nie vorgehabt, sich aktiv am Überfall auf die Knoops zu beteiligen.«

»Und stattdessen macht er sich vorher mit leeren Händen aus dem Staub, erbeutet bei seiner Freundin ein bisschen Wechselgeld und Kippen? Das kann doch unmöglich der Plan gewesen sein. Was hat es mit dem ganzen Scheiß auf sich und wieso verhält sich Axel Böhme wie ein Vollidiot?«

»Da hätten wir also die große Preisfrage.« Ole gab ein animalisches Stöhnen von sich und zeigte auf einen Schreibblock, von dem er die oberste Seite herunterriss und faltete. »Ich muss los, der nächste Irrsinn wartet …«

Ralf runzelte die Stirn. »Wovon redest du?«

»Tatjana und Gero Ullmann sind Vollwaisen und bei ’ner Pflegefamilie in Risum-Lindholm aufgewachsen, ganz hier in der Nähe.«

»Geht die Geschichte noch weiter?«

»Ich hab vorhin mit Bürgermeister Detlefsen telefoniert. Die Familie haust wohl schon seit jeher in so ’ner Art Ruine. Der Pflegevater ist vergangenes Jahr an ’nem Herzinfarkt gestorben und dessen Frau soll nicht erst seitdem ziemlich schräg drauf sein. Detlefsen meinte, bis vor ein paar Jahren hätten die älteren Dorfbewohner einen großen Bogen ums Haus gemacht, weil es hieß, dort würde es spuken.«

Ralf lächelte gequält und deutete auf den Zettel, den Ole inzwischen mindestens fünfmal gefaltet hatte. »Und jetzt will sich der *Ghostbuster* direkt auf den Weg nach Risum-Lindholm machen?«

»Was bleibt mir denn anderes übrig?«

»Soll ich mitkommen? Zwei Geisterjäger sind vielleicht besser als einer.«

»Du bleibst schön hier und kümmerst dich um alles andere. Reicht, wenn einer von uns seine Zeit mit unnötigem Blödsinn vergeudet.«

41

Als Hannah gegen Mittag auf den Biohof in Trollebüll rollte, wurde sie dort bereits von Denise Knoop erwartet. Die Bäuerin stand vor ihrer Haustür, die Hände in den Taschen vergraben. Trotzdem strahlte sie eine erhebliche Unruhe aus.

»Moin!«, rief Hannah schon aus einiger Entfernung. »Was gibts denn so Dringendes … und wo ist Leo?«

»Liegt drinnen und pennt wie ein Toter. Ich weiß gar nicht, ob ich …«

»Ob Sie was?«, fragte Hannah, denn es ging nicht weiter.

»Ich fange wohl besser vorne an«, erklang es nach neuem Zögern. »Wollen Sie reinkommen und was trinken?«

Hannah deutete in die Runde. »Das Wetter ist gar nicht wie vorhergesagt und hier oben bei uns ist es selten so warm. Wenn Sie nichts dagegen haben, dann …«

»Wir können uns auch auf die Terrasse hinterm Haus setzen.«

Nachdem das passiert war und ein Becher Kaffee vor Hannah stand, begann Denise Knoop von Neuem: »Es geht um meinen Freund … Markus. Ich hatte Ihnen doch erzählt, dass er es nicht so mit der Arbeit auf dem Hof hat und in letzter Zeit häufig unterwegs war.«

»Jaaa«, erwiderte Hannah gedehnt und zückte ihr Notizbuch. »Hat Ihr Freund auch einen Nachnamen?«

»Brandt, mit *dt* … und Markus mit *k*.«

»Stammt er von hier?«

»Wir kennen uns erst ein paar Monate. Ich weiß nur, dass er gebürtiger Münsteraner ist. Er hat hier oben 'ne Weile als Unternehmensberater gearbeitet und ist dann …« Denise Knoop verstummte mitten im Satz.

Was Hannah auf den Plan rief. Mit solchen Situationen war sie bestens vertraut. »Ist was?«

Das erste Resultat war geräuschvolles Atmen. Vom Tonfall her stellten die nächsten Worte einen Offenbarungseid dar: »Markus hat früher sehr gut verdient und nebenbei wohl intensiv gekokst. Irgendwann wurde das Geld schlagartig weniger und der Stoff immer schlechter – hat er mir so erklärt. Mit diesem Zeug hab ich nichts am Hut«, kam es eilig hinterher.

»Und wie ging die Geschichte weiter? Das ist doch nicht alles, oder?«

»Für Markus endete es vorerst in Breklum, geschlossene Psychiatrie ... Burnout, Depressionen und was alles so dazugehört.«

»Reden Sie von Suizidgedanken?«, fragte Hannah und erhielt ein schwaches Nicken als Antwort. »Wie haben Sie ihn denn kennen gelernt?«

»Auf 'ner Party. Da war er schon wieder raus und hat bei Freunden in Husum gewohnt.« Denise Knoop schluckte schwer. »Ich weiß nicht, ob Ihnen das auch schon mal passiert ist. Als er da so vor mir saß und mich angelächelt hat – ich wollte ihm einfach nur helfen und …«

»Sie müssen sich vor mir nicht rechtfertigen«, sagte Hannah, weil plötzlich Schweigen herrschte. »Aber kommen wir vielleicht mal zum Grund Ihres Anrufs. Worum genau dreht es sich?«

»Markus kam gestern Abend ziemlich spät nach Hause. Er war fürchterlich schlecht gelaunt und ist nach dem Duschen sofort ins Bett. Ich saß in der Küche, hab die ganze Zeit gegrübelt und dann meldete sich mein Stallalarm. Eine von meinen Kühen ist überfällig und müsste jeden Tag kalben.«

Hannah nickte, nahm einen Schluck aus ihrem Kaffeebecher und stellte ihn lächelnd auf den Tisch zurück.

»Drüben im Stall hab ich allerdings gleich gemerkt, dass es noch nicht losgeht. Auf dem Rückweg bin ich dann an Markus' Wagen vorbei und der war nicht abgeschlossen.«

»Klingt, als hätten Sie einen Blick hineingeworfen«, lieferte Hannah eine Steilvorlage.

Die bei Denise Knoop anscheinend für regelrechte Qualen sorgte. Warum auch immer, flüsterte sie beinahe: »Im Kofferraum lagen zwei Taschen. In einer waren nur Klamotten und in der anderen …«

»Jaaa?«, kam es erneut gedehnt von Hannah.

»… Schmuck und Uhren. Ich wollte ihn beim Frühstück fragen, was es damit auf sich hat, aber als ich heute Morgen aufgestanden bin, war er schon wieder verschwunden.«

Hannah spürte es in ihren Eingeweiden rumoren. »Ist Ihnen klar, was Sie da vermutlich entdeckt haben?«

»Sie meinen, das war die Beute von …?«

»Natürlich! Oder glauben Sie etwa an solche Zufälle?«

Kopfschütteln. Zu weiteren Worten war Denise Knoop vorerst nicht imstande.

Hannah zog ihr Telefon aus der Tasche. Bereits nach dem ersten Klingeln meldete sich Ralf. »Hallo, Chefin!«

»Notieren Sie sich mal den Namen Markus Brandt! Vorname mit *k* und Nachname mit *dt* ... angeblich hat er als Unternehmensberater gearbeitet und war bis vor ein paar Monaten Gast in der geschlossenen Psychiatrie in Breklum. Am besten rufen Sie dort an und bitten um nähere Informationen. Falls man sich querstellt, sorgen Sie mit einem Gerichtsbeschluss für Rückenwind!«

»Was ist denn mit dem Mann?«, traute sich Ralf zu fragen.

»Sobald Sie die Personendaten verifiziert haben, schreiben Sie ihn umgehend zur Fahndung aus. Sekunde mal …« Hannah wandte sich an Denise Knoop. »Was für ein Auto fährt Ihr Freund und mit welchem Kennzeichen?«

»Puh! Er hat einen silbernen Mercedes, ziemlich neu. Aber das Kennzeichen – beginnt mit *MS*, mehr weiß ich nicht.«

»Ich hab mitgehört, Chefin«, sagte Ralf. »Silberner Mercedes, Münsteraner Kennzeichen.«

Hannah hört es im Hintergrund tippen.

»Bingo!«, erklang es kurz darauf. »Ich hab hier Namen, Geburtsdatum und eine Adresse in Münster.«

»Wie ging das denn so schnell?«, staunte Hannah.

»Mit der Schreibweise der Namen hab ich hier auf Anhieb nur zwei Männer, die infrage kommen. Ihren Markus Brandt und einen, der Anfang achtzig ist. Der heißt mit erstem Vornamen Wilhelm und …«

»Reicht mir schon, danke. Melden Sie sich sofort, wenn irgendwelche Ergebnisse vorliegen! Und unsere Kollegen sollen aufpassen, der Mann ist mit der Beute aus dem Raubüberfall unterwegs und vermutlich bewaffnet.«

»Denken Sie dabei an Großenwiehe?«

»Ich denke, die Kollegen sollen einfach nur vorsichtig sein! Nun fangen Sie schon mit der Arbeit an, Herr Jansen!«

Aus dem Gesicht von Denise Knoop verabschiedete sich jegliche Farbe. »Glauben Sie wirklich, dass Markus … also … er ist kein schlechter Mensch – glaube ich zumindest.«

Hannah runzelte die Stirn. »Sie kennen ihn doch erst seit ein paar Monaten. Ich habe von Fällen gehört, da hat jemand erst nach Jahrzehnten sein wahres Gesicht entblößt.«

»Und wie geht es jetzt hier weiter? Stellen Sie sich mal vor, er kommt zurück und tut so, als wäre nichts gewesen. Was mache ich denn dann?«

Hannah ließ sich mit ihrer Antwort Zeit und klang dann um einiges energischer. »Ich werde Sie ganz bestimmt nicht allein lassen. Aber wenn ich ehrlich sein darf, wünsche ich mir gerade nichts mehr, als dass er zurückkommt.« Hannah erhielt ein dankbares Lächeln, aber sie war noch nicht fertig. »Sie sollten mal nachsehen, ob Herr Brandt etwas mitgenommen hat.«

»Sie meinen, er hat mich zum Abschied bestohlen?«

Hannah zuckte mit den Schultern. »Ich weiß nicht, aber sowas soll schon vorgekommen sein …«

42

»Er hat alles mitgenommen!«, stellte Denise Knoop Minuten später fassungslos fest. Die Bio-Bäuerin stand mitten in der Wohnküche und hielt in ihrer Rechten eine Zuckerdose, die den eigentlichen Bestimmungszweck wohl nie erfüllt hatte.

»Wie viel Geld war da etwa drin?«, fragte Hannah.

»Um die zweitausend Euro … vom Geschäftskonto. Ich muss ein paar meiner Lieferanten bar bezahlen; außerdem ist einer meiner Helfer in der Privatinsolvenz und da hilft ihm das Geld nur, wenn ich ihn …«

»Schon gut«, unterbrach Hannah. »Was ist mit Wertgegenständen?«

Zuerst sah es so aus, als wäre Denise Knoop zur Salzsäule erstarrt. Dann jedoch verließ sie die Küche im Laufschritt und fluchte dabei vor sich hin.

Hannah war kaum in der Lage, der Frau zu folgen. Erst vor der Tür zum Büro, das am anderen Ende des Hauses lag, holte sie die Bäuerin ein.

Die langte gerade mit zitternder Hand zur Klinke. Bestimmt zum ersten Mal an diesem Tag, denn der Anblick des Zimmers ließ sie erneut erstarren.

Hannah schob sich an der Frau vorbei und fand auf einem Schreibtisch einige Kabel, aber keine Geräte mehr, zu denen die gehörten. »Was genau fehlt?«, fragte sie flüsternd.

»Ich hab letzten Monat alles neu angeschafft. Einen *Mac* und ein *MacBook*, weil ich auch gerne auf der Terrasse arbeite … insgesamt über sechstausend Euro.« Ohne ein Wort wirbelte Denise Knoop herum und raste durch den Flur davon.

Hannah fand sie im Schlafzimmer, besser gesagt: in einem begehbaren Kleiderschrank. Dort standen bereits ein paar Schubladen offen.

Ein zutiefst verbittertes Gesicht erklärte eigentlich schon alles, dennoch hob Denise Knoop keuchend zu einer Erklärung an: »Hier hatte ich den Schmuck meiner Oma.« Sie lächelte, auch wenn das nicht zur Situation passte. Das hing sicherlich mit angenehmen Erinnerungen an die Großmutter zusammen. »Ich habe ihn nie getragen – war mir viel zu altmodisch. Aber …« Schluchzen. »Wie konnte er mir sowas nur antun?« Ein von Tränen verschleierter Blick traf Hannah. »Was geht bloß in solchen Menschen vor? Können Sie mir das erklären?«

Hannah zuckte mit den Schultern. Im Laufe ihres Berufslebens hatte sie vermutlich die meisten Abgründe menschlichen Fehlverhaltens kennen gelernt. Trotzdem gab es immer wieder Ausschläge nach unten, die selbst ihr die Sprache verschlugen.

»Glauben Sie, ich bekomme die Sachen zurück?«, fragte Denise Knoop nach langem Schweigen.

»Da will ich Ihnen keine falschen Hoffnungen machen. Aber falls Sie vertrauliche Daten auf Ihren Rechnern hatten – Passwörter, Logins und dergleichen –, sollten Sie zuallererst mit Ihrer Bank telefonieren und alles sperren lassen.«

»Heißt das, Sie denken, Markus würde auch …?«

Mit einer Handbewegung sorgte Hannah für eine Unterbrechung und deutete auf eine Schublade, in der nur noch ein winziger Granat-Ohrstecker lag, den jemand in der Eile übersehen hatte.

»Hab schon verstanden. Ich ruf sofort meine Bank an.«

Die Gemeinde Risum-Lindholm grenzt fast direkt an Niebüll, für Ole also lediglich ein Katzensprung, bis er vor seinem Ziel in der *Dorfstraße* stand. Bürgermeister Detlefsen hatte am Telefon von einer Ruine gesprochen, aber nach Oles Dafürhalten noch untertrieben. Die Reste von einem Zaun, der das Grundstück umgab, neigten sich in alle Himmelsrichtungen, falls sie nicht vollständig von Grünzeug überwuchert oder komplett verschwunden waren. Früher einmal hatte vermutlich ein gepflasterter Weg zur Haustür geführt, doch der war unter Moos und Unkraut gar nicht mehr als solcher zu erkennen.

Ole musterte das baufällige Gebäude von außen und kam zu dem Ergebnis, dass hier garantiert niemand mehr wohnte.

Rechts von ihm raschelte es. Eine Katze – offenbar trächtig und kurz vor dem Werfen – schlängelte sich an heruntergefallenen Ästen vorbei und strich bereits um seine Beine. Das Schnurren war so laut, als hätte jemand nicht weit entfernt einen Presslufthammer angeworfen.

»Na, Miezemaus … hast du Kohldampf?« Ole bückte sich hinunter und kraulte der graugetigerten Katze den Rücken. Weil sie das unverändert schnurrend zuließ, tastete er vorsichtig ihren Bauch ab und spürte dort eine gewaltige Wölbung. »Ist ja kein Wunder, schließlich musst du für 'ne ganze Familie fressen.«

Während sich Ole aufrichtete, sah er hinter einem der Fenster ein Gesicht verschwinden.

»Da ist wohl doch jemand zu Hause«, murmelte er an die Katze gerichtet, die auch auf dem Weg zur Tür gar nicht von seiner Seite weichen wollte.

Er drückte den Klingelknopf. Nichts geschah. Also versuchte es Ole mit Klopfen, wobei er Angst um die Haustür bekam, denn die hing vermutlich nur noch aus alter Gewohnheit in ihren Angeln.

Nach dem dritten Versuch hörte er eine Stimme, die ohne Weiteres zu einer Hexe gepasst hätte. Vielleicht hatte der Bürgermeister recht und es spukte hier tatsächlich. Als längere Zeit nichts passierte, klopfte Ole ein viertes Mal.

»Ich komm ja schon, Himmelherrgott!« Diese Ankündigung stammte zweifellos aus dem Inneren des Hauses.

Ein Schlüssel drehte sich mehrfach im Schloss. In puncto Anblick war Ole auf so gut wie alles gefasst, aber was ihm kurz darauf die Haustür öffnete, übertraf selbst seine schlimmsten Erwartungen. Das – mit sehr viel Fantasie – weibliche Wesen, das nun vor ihm stand, verkörperte Hexe, Kobold und Ork zugleich. Von einem Buckel, knöchrigen Fingern und warzenübersäter Haut abgesehen, sprießten die Haare auf dem Kopf wie Unkraut. Dieser Wildwuchs hatte auch vor einem Gesicht nicht Halt gemacht.

Bevor Ole etwas sagen konnte, ging es fluchend weiter. Allerdings nicht an ihn, sondern an die trächtige Katze gerichtet, die immer noch um seine Beine herumstrich: »Verschwinde, du Scheißvieh!«, geiferte die Frau, begleitet von einer Speichelfontäne. Sie holte mit einem Fuß, an dem ein zerfledderter Pantoffel hing, aus und versuchte, der werdenden Mutter einen Tritt zu verpassen. Glücklicherweise erfolglos.

»Das reicht!«, knurrte Ole und stellte sich der Frau in den Weg, um eine erneute Attacke auf die Katze zu verhindern. »Mein Name ist Friedrichsen, Kripo Niebüll. Sind Sie Frau Hansen?«

»Wer will das wissen?«, krächzte es ihm unverändert giftig entgegen.

»Habe ich doch eben gesagt! Friedrichsen, Kripo Nie…«

»Und was willst du? Mein Mann ist tot, hier gibts schon seit Ewigkeiten nichts mehr zu holen.«

Ole war mit solchen Urgesteinen, die es wohl in jeder kleineren Gemeinde Schleswig-Holsteins gab, bestens vertraut. Nebenbei war er froh, dass derlei absonderliche Fehltritte der Evolution nach und nach ausstarben.

»Erinnern Sie sich an Tatjana und Gero Ullmann?«

»Wer soll das sein?«, kam es wie aus der Pistole geschossen.

Wobei Ole im von Haaren um- und überwucherten Gesicht eine seltsame Veränderung registrierte. Die Frau war alles, aber nicht so begriffsstutzig, wie sie nach außen hin tat. Ole schwieg ganz bewusst, denn erfahrungsgemäß löste nichts eine Zunge schneller.

Das bestätigte sich umgehend: »Kann sein, dass die im Laufe der Jahre bei uns gewohnt haben.« Ein Hauch von Wehmut erfüllte das heisere Krächzen. »Glaub mir, Jungchen … hier sind so viele gekommen und gegangen. Wie soll ich mich da an jeden Einzelnen erinnern?«

Auch wenn Ole nicht an den Erfolg glaubte, musste er nachhaken: »Haben Sie vielleicht noch irgendwelche Unterlagen über Ihre Schützlinge oder können mir irgendwas Genaueres über die Ullmann-Kinder sagen?«

Die Frau beugte sich nach vorne. Weil sie Ole immer

näher kam, wich er instinktiv zurück. Selbst aus der Distanz schlug ihm eine hochprozentige Fahne entgegen, als sie den Mund öffnete: »Hauptsächlich hat sich mein Mann um die Blagen gekümmert …« Ein hämisches Grinsen machte sich in ihrem Gesicht breit. »… aber den können Sie nicht mehr fragen und auch für nichts mehr zur Rechenschaft ziehen.«

Davon, was dieser Nachsatz bedeutete, hatte Ole bereits eine klare Vorstellung. Und da er hier und jetzt absolut nichts erreichen würde, was die Ermittlungen auch nur einen Millimeter voranbrächte, verabschiedete er sich halbwegs freundlich und trat den Rückweg zu seinem Auto an. Als er davor stehen blieb, strich die Katze erneut um seine Beine herum und schnurrte noch lauter als zuvor.

»Ich wünsch dir und deinem Nachwuchs alles Gute«, flüsterte Ole und spürte, wie er von Schwermut erfüllt wurde. Was er dann tat, hätte er schon eine Minute später niemandem mehr erklären können …

43

»Auf mein Konto bei der *Sparkasse* hat er nicht zugegriffen. Ab sofort ist alles gesperrt und ich bekomme in den nächsten Tagen neue Passwörter und alles, was dazugehört«, berichtete Denise Knoop erleichtert, als sie ihre Küche betrat.

Hannah saß am Esstisch und klang zufrieden. »Dann konnten Sie das Schlimmste ja gerade noch verhindern. Wie wär's, wenn Sie sich setzen und wir unterhalten uns etwas ausführlicher über Ihren Freund.«

»Ab sofort Ex-Freund!«, hob die Bäuerin hervor, während sie sich auf dem Stuhl gegenüber niederließ. »Was möchten Sie denn über Markus wissen? Ich kann inzwischen nicht mehr mit Sicherheit sagen, was für ein Mensch er eigentlich ist.«

Auf eine derartige Reaktion war Hannah gedanklich vorbereitet und präsentierte gleich die erste ihrer Fragen: »Kann es sein, dass er hier auf dem Hof Kontakt zu Gero Ullmann hatte?«

»Wenn Gero wirklich mal da war, hat er häufiger mit Markus gesprochen. Die meiste Zeit haben die beiden über die Zustände in diesem Land diskutiert und …«

»… waren damit nicht zufrieden?«, fragte Hannah, denn es ging nicht weiter.

»Wer ist das schon? Ich halte mich beim Thema Politik gerne raus – man ändert doch ohnehin nichts.«

»Nun gut, dann etwas genauer: Alles deutet darauf hin, dass Ihr Ex-Freund …«, betonte Hannah ganz bewusst, »... an der Planung und Ausführung des Raubüberfalls auf Ihre Eltern beteiligt war. Wissen Sie zufällig, ob er an dem Tag …?«

»Er war die letzten vierzehn Tage fast nur unterwegs«, unterbrach Denise Knoop, gefolgt von verbittertem Lachen. »Mir hat er einreden wollen, es ginge um was Geschäftliches und wir bräuchten uns demnächst keine Sorgen mehr um Geld zu machen. Das muss man sich mal vorstellen: Der Scheißkerl plant einen Überfall auf meine Eltern, bringt sie um und schwärmt von rosigen Zeiten.«

»Nachdem er die Beute zu Geld gemacht hat«, fügte Hannah flüsternd hinzu. Jetzt wurde sie wieder lauter. »Was ist er denn ansonsten so für ein Mensch?«

»Nach dem, was er angerichtet hat? Für mich ist Markus kein Mensch mehr, er ist ein ... Monster. Nichts anderes!«

Hannah holte hörbar Luft. »Ich würde Ihnen gerne etwas erzählen, aber das müssen Sie für sich behalten, weil es unsere aktuellen Ermittlungen betrifft. Kriegen Sie das hin?«

Denise Knoop, die noch mit ihrem Groll beschäftigt war, sah auf und wirkte leicht empört.

Da Hannah diese Reaktion als *Ja* übersetzte, fuhr sie nahtlos fort: »Wir haben in der Küche Ihrer Eltern zwei Aktenkoffer gefunden, unter dem Geschirrspüler. Wissen Sie etwas darüber?«

»Mein Vater hatte schon immer einen Spleen und litt unter Verfolgungswahn. Die beiden sind in den letzten dreißig Jahren nur einmal im Urlaub gewesen. Hinterher meinte meine Mutter, sie hätten keine ruhige Minute gehabt, weil er ständig bei den Nachbarn angerufen hat.«

»Aus Angst vor Einbrechern?«

Denise Knoop nickte. »Ist ja bei den meisten so: Wir besitzen die Dinge nicht – die Dinge besitzen uns.«

Hannah dachte an ihre eigenen Lebensumstände und kam zu dem Schluss, dass diese Weisheit auf sie nicht zutraf. Ganz im Gegenteil: Ihr war jede Form von übertriebenem Luxus zuwider. Statussymbole brauchte sie keine, um glücklich zu sein.

»Mein Vater konnte sich für jeden Kunden stundenlang Zeit nehmen«, setzte die Bäuerin leise fort. »Aber wenn meine Brüder oder ich was von ihm wollten, dann hat er in der Regel nach meiner Mutter gerufen oder nicht mal richtig geantwortet. Nach dem Motto: Was gehen den Bock die Lämmer an.«

»Ihre Eltern waren auf Sylt sehr beliebt, hatten einen exzellenten Ruf«, hielt Hannah gegen.

»Weil sie sich jahrelang um jeden und alles gekümmert haben – nur nicht um ihre eigenen Kinder.«

Kaum hatte Ole die Beifahrertür seines Dienstwagens vorsichtig geschlossen, da ertönte hinter ihm eine empörte Stimme: »Hallo! Dürfte ich erfahren, was Sie mit der Katze vorhaben?«

Ole drehte sich um und sah sich einer Frau gegenüber, die das perfekte Abbild einer *Grünen* aus den frühen Achtzigern verkörperte. Vor ihrem Bauch baumelte ein Sack, in dem bei näherem Hinsehen ein Säugling zu erkennen war.

Es wurde Zeit für eine Antwort, denn die Frau

musterte Ole wutentbrannt und schien zum gewaltbereiten Flügel der *Grünen* zu gehören. »Ich wollte sie mitnehmen«, gestand er leise.

»Mitnehmen und was dann?«, fauchte es ihm katzengleich entgegen.

»Na ja … erst mal zum Tierarzt, schauen, ob alles in Ordnung ist und dann – ehrlich gesagt, weiß ich es noch gar nicht so richtig.«

Inzwischen hatte sich die Frau ein Stück weit heruntergefahren, denn ihre Körperspannung ließ sichtbar nach, was nicht auf eine unmittelbar bevorstehende Attacke deutete. »Sagen Sie mir erst mal, wer Sie sind und weshalb Sie sich um die Katze von Frau Hansen kümmern!«

Ole fischte seinen Dienstausweis aus der Tasche. »Friedrichsen, Kripo Niebüll …« Er zeigte zur Ruine, die er zuvor im Laufschritt hinter sich gelassen hatte. »… ich musste mit Frau Hansen reden. Beruflich!«

»Die Alte ist doch nicht mehr ganz dicht«, erklang es nach einem abschätzenden Blick in Richtung Haustür. »Mal davon abgesehen, dass sie sich nicht um ihre Katze kümmert … letzten Monat hat sie sich mit meinem Mann am Zaun gestritten, weil er vom Apfelbaum einen Ast abgesägt hat, der auf ihr Grundstück ragte.«

»Da hat sich wohl jemand Hoffnungen auf 'ne gute Ernte gemacht«, erwiderte Ole grinsend.

Die Frau schüttelte den Kopf. »Unseren beiden Großen haben wir verboten, auch nur einen Fuß auf das Grundstück der alten Krähe zu setzen.«

Ole witterte seine Chance. »Können Sie mir mehr über Frau Hansen erzählen?«

»Ich muss wieder rein und nach dem Essen sehen. Was wollen Sie denn wissen?«

»Alles«, langte Ole nach seinem ersten Gedanken. Er

wollte sich schon in Bewegung setzen, da fiel ihm die Katze ein, die es sich auf dem Beifahrersitz gemütlich gemacht hatte. »Glauben Sie, ich kann …?«

»Klar! Ansonsten pennt sie manchmal den halben Tag mitten auf der Straße und rührt sich keinen Millimeter. Ist ja verständlich, oder? Bei der Hexe nebenan würde ich auch schnell Reißaus nehmen.«

Die alternative Dame des Hauses stellte sich als Carola vor, verzichtete auf einen Nachnamen und kredenzte Ole in der Küche ungefragt einen Becher Tee. Ein entsetzlich stinkendes Gebräu, an dem er unauffällig schnupperte und es dann ein Stück von sich schob. Er sah sich um. Überall standen Glasgefäße herum, in denen Kräuter lagerten. Auf dem Herd brodelte etwas, das vom Geruch her entfernt an Spaghettisoße erinnerte.

»Das Meiste über die Hansen hab ich bloß vom Hörensagen. Typischer Dorfklatsch, wie das eben so ist, wenn jeder jeden kennt – oder zu kennen glaubt«, erklärte Carola und rührte dabei im Topf.

»Mit Dorfklatsch kenne ich mich bestens aus«, entgegnete Ole lächelnd. »Aber vielleicht sagen Sie mir, was der über die Familie Hansen zu berichten weiß.«

»Die haben sich jahrzehntelang um Pflegekinder gekümmert … um Dutzende, die gekommen und gegangen sind.«

In Ole machte sich ein Hoffnungsschimmer breit. »Haben Sie jemals von Tatjana oder Gero Ullmann gehört? Die beiden sind Anfang dreißig, müsste also schon ein bisschen her sein.«

Diese Carola, bis eben noch intensiv mit dem Topf auf dem Gasherd beschäftigt, drehte sich kopfschüttelnd um.

»Ich weiß nur, was man sich allgemein so erzählt, und das ist nichts Gutes ...«

Ole beschlich eine düstere Vermutung, doch die wurde mit den nächsten Worten der Frau noch um einiges übertroffen: »Das Jugendamt muss wohl Stammgast bei den Hansens gewesen sein. Hauptsächlich, weil deren Pflegekinder humpelnd, mit blauen Augen oder im günstigsten Fall mit Kopfläusen zur Schule gekommen sind. Vor ein paar Jahren – bevor wir das Haus hier gekauft haben – war dann endgültig Schluss. Einige der Pflegekinder haben Anzeige erstattet und sich alles von der Seele geredet. Sie können sich bestimmt vorstellen, was für Grausamkeiten da nach und nach ans Licht kamen. Folter, sexuelle Nötigung … manche Kinder haben ausgesagt, sie hätten mitunter eine Woche lang nichts zu essen bekommen.«

Ole nickte schwerfällig. Er hatte diese oder vergleichbare Geschichten schon viel zu häufig gehört und jedes Mal übertraf eine die andere. Trotzdem wollte und musste er Partei für all die anständigen Pflegeeltern in diesem Land ergreifen. »Das ist nicht überall so, glauben Sie mir. Aber es ist eben leider gängige Praxis, dass nur die negativen Dinge breitgetreten werden.«

»Ist wohl so«, murmelte Carola leicht unzufrieden und warf einen Blick zur Küchenuhr, auf deren Zifferblatt für jede volle Stunde ein Tier zu sehen war. »Kurz vor zwei, die Kinder kommen jeden Moment aus der Schule. Ich muss bloß noch Nudeln aufstellen, dann ist das Essen fertig. Haben Sie Hunger?«

Ole schielte in den Becher vor sich, wo das Gebräu mit dem allmählichen Erkalten einen graugrünen Farbton annahm. »Ich hab heute noch einiges auf dem Zettel«, log er unverfroren. »Es riecht köstlich und ich würde natürlich zu gerne, aber … sorry, die Arbeit kann nicht warten.«

Carola langte zu einem Tongefäß, öffnete dessen Deckel und hielt es Ole entgegen. »Dann nehmen sie wenigstens ein paar Kekse mit.«

Ole beugte sich nach vorne, sah in das Gefäß und konnte nur mit aller Kraft verhindern, dass sich seine Nase wie von allein rümpfte. »Die sehen aber lecker aus«, log er erneut und griff hinein, um eins der seltsamen Gebilde ans Tageslicht zu befördern. Dass das Teil nicht mit ihm sprach, um ihn über die behördlich überwachten Bio-Zutaten zu informieren, war ein Wunder.

»Nehmen Sie ruhig ein paar mehr!«, ermunterte ihn Carola. »Heute oder morgen backe ich neue.«

Zögerlich langte Ole nach einem weiteren Keks und bedankte sich höflich. »Das mit der Katze ...«, brachte er in Erinnerung. »... glauben Sie, es ist eine gute Idee, wenn ich sie mitnehme und irgendwo unterbringe?«

»Besser als bei der alten Hexe hat sie es überall. Ich hätte das arme Tier schon lange aufgenommen, aber unsere Murle läuft jedes Mal Amok, wenn sie ihre Rivalin nur sieht.«

Ole stand bereits an der Tür, durch die es nach hinten in den Garten ging. »Sie haben ja meine Visitenkarte. Melden Sie sich, falls Ihnen noch was einfällt?«

Carola nickte. »Und Sie, wenn die Mieze gut untergekommen ist?«

»Hat sie eigentlich einen Namen?«, fragte Ole.

Das sorgte zunächst für ein Lachen. »Es hilft Ihnen wahrscheinlich nicht, aber die Hansen schreit immer nur *Scheißvieh*.«

»Dann denke ich mir wohl lieber ganz schnell einen neuen Namen aus ...«

44

»Falls Sie nichts dagegen haben, richten wir uns hier bei Ihnen für 'ne Weile häuslich ein«, stellte Hannah in Aussicht. Sie war Denise Knoop bis in den Stall gefolgt, denn dort lag Arbeit an. Eine Kuh namens Martha brüllte schon seit einer Stunde, als ginge es um ihr nacktes Leben.

Die Bäuerin sah besorgt aus und klang auch genauso: »Sie hat Probleme mit dem Kalben und meine Tierärztin ist im Urlaub. Ihre Vertretung hat zwei andere Notfälle und kann frühestens mitten in der Nacht herkommen – wenn überhaupt.«

Hannah musste mit ansehen, wie sich Denise Knoop einen Gummihandschuh überzog, der ihr bis zum Schultergelenk reichte. »Bedeutet das, Sie wollen selbst als Hebamme fungieren?«

»Was bleibt mir denn anderes übrig? Im schlimmsten Fall sterben Kalb und Mutter.«

Es gab wenige Momente, in denen Hannah die Fassung verlor. Womöglich mit ansehen zu müssen, wie eine Kuh unter entsetzlichsten Schmerzen verendete, weckte alte Erinnerungen in ihr. Sie war noch ein Kind gewesen, höchstens vier oder fünf, da hatte die Hündin der Rantumer Nachbarn ein ganz ähnliches Problem gehabt. Am Ende waren das bildschöne Tier – ein zweijähriges Labradorweibchen – und vier ihrer Welpen gestorben. Ein fünfter Welpe hatte überlebt und von da an der Familie viele Jahre Trost gespendet, nachdem man ihn mühsam mit der Flasche aufgezogen hatte.

»Vielleicht gehen Sie lieber ...«, schlug die Bäuerin vor, »... das könnte ziemlich eklig werden.« Sie war im Begriff, ihren Arm – zweifellos in ganzer Länge – von hinten in die immer lauter brüllende Kuh zu schieben.

Hannah wandte sich ab, suchte krampfhaft nach einer Lösung. Anfangs dachte sie über ihren Hausarzt nach, von dem sie wusste, dass er viele Jahre auf einer Entbindungsstation tätig gewesen war. Dann verwarf sie den Gedanken wieder und hatte eine hoffentlich bessere Idee. »Ich geh mal raus«, entschuldigte sie sich und stand nach ein paar fluchtartigen Sätzen vor dem Stall, wo sie zum ersten Mal seit langer Zeit tief Luft holte. Mit zitternden Fingern wischte sie auf ihrem Smartphone herum, wählte eine Nummer und wurde mit jedem Klingeln wütender.

Bis sich Ole irgendwann meldete. »Kann ich gleich zurückrufen?«

»Kannst du nicht! Wir haben ein Problem … wo bist du?«

»Bei einem Tierarzt in Breklum, hat mir Martin empfohlen.«

»Du willst mich verarschen, oder?«

»Eine Sekunde!« Hannah hörte Oles gedämpfte Stimme, hastige Schritte, dann war er wieder klar zu verstehen. »Wieso sollte ich dich verarschen? Ich hab einen tierischen Notfall eingesammelt und dachte, es wäre gut …«

Hannah platzte dazwischen: »Kannst du den Tierarzt

fragen, ob er Zeit hat? Er müsste allerdings nach Trollebüll kommen, weil sein Patient nicht verlegungsfähig ist.«

»Sagst du mir bitte mal, was los ist! Warum soll ich …?«

Hannah unterbrach Ole erneut und klärte ihn in knappen Worten über ihr aktuelles Dilemma auf.

Seine Reaktion klang jedoch nicht nach großer Zuversicht: »Hier ist das Wartezimmer proppenvoll. Ich hatte Glück und bin einer der Ersten gewesen.«

»Frag ihn einfach!« Nach dieser lautstarken Aufforderung vernahm Hannah erneut Schritte, ein Klopfen und das Knarren einer Tür. Von dem, was Ole sprach, konnte sie kaum etwas verstehen, wohl aber einen Teil der Antwort. »Ich hab's gehört«, schnaubte sie verzweifelt, als er sich kurz darauf meldete. Dann durchfuhr sie der nächste Geistesblitz. »Du prahlst doch immer damit, dass du in der Landwirtschaft großgeworden bist. Also schwing dich ins Auto und komm her, bevor wir demnächst noch zwei weitere Tote zu beklagen haben.«

»Gibt es denn niemanden außer mir, der helfen kann?«

»Glaubst du, dann würde ich dich fragen?«

»Wahrscheinlich nicht.«

Zurück im Stall verkündete Hannah: »Hilfe ist unterwegs.«

Und die war auch dringend vonnöten, denn mittlerweile steckte Denise Knoop mit beiden Armen in der bemitleidenswerten Martha, die von vorne aussah, als wüsste sie gar nicht, wie ihr geschah.

»Das Kalb liegt nicht richtig«, erklärte die Bäuerin halb keuchend, halb weinend. »Es müsste eigentlich mit den Vorderbeinen und dem Kopf in meine Richtung liegen, aber da stimmt was nicht. Ich kann bloß hoffen, dass die Nabelschnur nicht abgedrückt wird, dann ist ohnehin alles zu spät.« Ein erwartungsvoller Blick traf Hannah. »Haben Sie einen Tierarzt erreicht?«

»Sowas Ähnliches. Machen Sie sich keine Sorgen, das wird schon …«

Nach seiner Flucht aus Trollebüll letzte Nacht hatte Markus Brandt lange darüber nachgedacht, was er tun sollte. Seine Lage war fatal und absurd zugleich. Der Schmuck im Kofferraum war Millionen wert, nur dass ihn niemand haben wollte oder bereit war, wenigstens einen halbwegs angemessenen Preis dafür zu bezahlen. Der ganze Plan basierte von Anfang an auf einem Goldschatz, den man schnell hätte zu Geld machen können. Vermutlich sogar zum exakten Preis einer Feinunze, der sich im Zeitalter des Internethandels täglich einige Dollar nach oben oder unten bewegte. Und jetzt fuhr er mit nicht mal viertausend Euro in der Tasche durch die Gegend und wusste nicht, wohin. Der Start in ein neues Leben – so, wie er ihn beabsichtigt hatte – war gründlich misslungen. Noch schlimmer: Inzwischen bahnte sich eine Katastrophe an, die er sich nicht mal hätte ausmalen können.

Gedanken daran, gepaart mit dem Drang, endlich etwas zu tun, ließen ihn ein paar Minuten zuvor zum Telefon greifen. Das Resultat war ein Gespräch, dessen Verlauf bei ihm zusätzliche Verwirrung stiftete, aber auch einen Haufen neuer Wut entfachte. Es wurde also Zeit für ein weiteres Telefonat, auf das er sich innerlich lange vorbereitet hatte. Seine Finger strichen über das Display. Als es kurz darauf am anderen Ende tutete, meldete sich Axel Böhme, und das nicht gerade freundlich: »Was willst du denn schon wieder?«

»Ich hab eben mit deiner Mutter geredet.«

»Und?«

»Sie ist zwar stinksauer auf dich, meinte aber, du hättest dir deinen Anteil redlich verdient.«

Zunächst herrschte Schweigen am anderen Ende. »Also habt ihr das Gold endlich gefunden?«

»Sonst würde ich dich wohl kaum anrufen. Der alte Knoop hatte es gut versteckt – aber nicht gut genug.« Eine ausgemachte Lüge und gleichermaßen ein Bluff, der hoffentlich Wirkung zeigte.

»Und wieso wollt ihr plötzlich mit mir teilen?« Böhme klang misstrauisch.

Deshalb heuchelte Brandt Demut. »Deine Mutter und ich dachten am Anfang eben, dass ein Verräter wie du leer ausgehen sollte. Aber wie ich schon sagte: Wir haben noch mal drüber geredet. Immerhin hast du den größten Teil geplant und … ohne dich hätte es niemals funktioniert.«

Schweigen. Markus Brandt wollte schon nachhaken, doch dann war Böhme wieder zu hören: »Wie viel habt ihr denn für mich?«

»Gold für beinahe ’ne Million und Schmuck, der noch viel mehr wert ist.« Brandt dachte an das klägliche Ergebnis seiner Rundreise durch Deutschland, schaffte es aber trotzdem, für seinen Geschmack verhältnismäßig glaubhaft zu lügen: »Ich hab meinen Anteil längst verkauft, die Leute reißen sich drum. Und ich kenne ein paar Adressen, wo du deinen Kram auch locker loswirst.«

»Wo sollen wir uns treffen?«, kam es unverändert kurz angebunden.

»Deine Mutter meinte, man hätte dich zuletzt in Stuttgart gesehen. Wie lange brauchst du denn hier hoch?«

Bei seinen nächsten Worten war Axel Böhme anzuhören, wie schwer sie ihm fielen: »Ich bin zurück. Also … wo treffen wir uns?«

Innerlich jubilierte Brandt. Auf derartige Nachrichten hätte er nicht mal zu hoffen gewagt. Aber er wollte seinen Gesprächspartner – der zum ersten Mal einigermaßen vernünftig klang – nicht weiter in die Enge treiben. Deshalb lieferte er bewusst beiläufig ein Angebot: »Kannst du dir aussuchen, ich bin flexibel.«

»Gib mir 'ne Stunde, höchstens anderthalb, dann sag ich dir, wo und wann wir ...«

»Du bringst am besten 'ne große Tasche mit«, unterbrach Brandt und spürte dabei, wie sich ein falsches Grinsen in seinem Gesicht breitmachte. Teil zwei seines Plans schien geglückt. Teil drei, der mit mindestens einem weiteren Toten enden würde, war hoffentlich nur noch Routine …

45

»Das wird vorerst unser neues Hauptquartier«, erklärte Hannah, als Ralf am späten Nachmittag in Trollebüll eintraf. Gemeint war ein kleiner Pausenraum, der an den Stall grenzte und dessen Einrichtung lediglich aus einem Tisch und sechs Stühlen bestand. Hier sah zwar alles relativ sauber aus, doch der Geruch vom Bauernhof steckte vermutlich viel zu tief in sämtlichen Ritzen, um sich von herkömmlichen Putzmitteln vertreiben zu lassen.

Wie bestellt brüllte Kuh Martha nebenan im Stall und selbst ein Unerfahrener in Sachen Nutztierhaltung hörte, dass da etwas nicht stimmte.

»Gibts Probleme?«, fragte Ralf, der seiner Chefin ansah, dass hier nicht alles nach Wunsch lief.

»Bei Martha steht Nachwuchs an und die Geburt verläuft wohl nicht so glatt wie gewöhnlich«, stöhnte Hannah. »Ich hoffe, Ole ist gleich hier, um Mutter und Kind zu retten.«

»Unser Ole?«

»Wer sonst? Er prahlt doch immer mit seiner Zeit auf dem Bauernhof. Außerdem steht momentan kein Tierarzt zur Verfügung.«

»Das kann ja heiter werden«, flüsterte Ralf und platzierte seinen Laptop auf dem Tisch. »Können wir nebenbei auch über unseren Fall reden?«

Hannah schaute ihn unverwandt an. »Legen Sie los!«

»Ist ohnehin nicht viel Neues. Tatjana und Gero Ullmann sind Vollwaisen und bei Pflegeeltern in Risum-Lindholm aufgewachsen. Ole ist hingefahren, um sich mit denen zu unterhalten. Mehr weiß ich bis jetzt nicht. Ansonsten haben meine Recherchen nur das bestätigt, was wir längst wissen: Rudolf Knoop war definitiv in Geldnot. Es gibt jedoch keinerlei Anzeichen, dass er an der Planung des Raubüberfalls auf sein Juweliergeschäft beteiligt war.«

»Glaube ich mittlerweile auch nicht mehr. Trotzdem müssen wir …« Hannah verstummte, weil draußen, zwischen Anbau und Stall, Reifen knirschten. Gleich darauf stürmte sie wortlos hinaus.

Ralf folgte ihr und musste mit ansehen, wie seine Chefin Ole in die Arme fiel, als wäre er der Heiland höchstpersönlich. Bevor sich dieses seltsame Duo in Richtung Stall aufmachen konnte, öffnete Ole die Beifahrertür seines Wagens und hatte plötzlich eine kugelrunde Katze in den Armen.

»Hab ich irgendwas versäumt?«, fragte Ralf, der sich dem – jetzt – Trio vorsichtig näherte.

»Das ist Käthe«, stellte Ole seine getigerte Freundin vor. »Sie ist trächtig und kerngesund, sagt der Tierarzt.«

Inzwischen hatte Hannah ihren Tatendrang offenbar vergessen und kraulte Käthes riesigen Bauch. Dieses Gesicht seiner Chefin kannte Ralf noch gar nicht. Sie sah aus, als hätte sie kurz zuvor ihren Verstand verloren und klang auch fast genauso: »Wann soll's denn losgehen, Muschilein?«

»Nicht mehr lange«, gab Ole stellvertretend Antwort.

»Ich hab auch ’nen Ultraschall machen lassen. Es werden wohl sieben bis acht neue Fellzwerge.«

Hannah nickte und zeigte hinüber zum Stall. »Bist du bereit?«

»Ist denn der Tierarzt schon da?«

Hannah sah Ole entrüstet an. »Ich hab dir doch erzählt, dass keiner verfügbar ist.«

»Und ich dachte, ich soll nur mit anpacken, helfen oder …«

»Vielleicht ist die Geburt ja gar nicht so kompliziert und das Kalb ... keine Ahnung ... flutscht einfach so raus.«

Ole klang fassungslos. »Warst du schon mal dabei, wenn ’ne Kuh kalbt? Das ist Schwerstarbeit! Für Mutter, Kind und Helfer!«

Hannah wechselte einen Blick mit Ralf, der sich ein Grinsen nicht verkneifen konnte. Sie klopfte Ole aufmunternd die Schulter. »Dann bist du genau der Richtige für den Job.«

Diese Überzeugung schien Ole keineswegs zu teilen, als er wenig später im Stall vor einer brüllenden Kuh und deren Hebamme stand.

Die begann in besorgtem Ton zum aktuellen Status: »Das Kalb liegt irgendwie auf der Seite und kriegt vermutlich die Beine nicht ausgestreckt. Ich weiß nicht, was ich tun soll. Wahrscheinlich hab ich nicht genug Kraft.«

Ole sah über die Schulter. Hinter ihm stand Hannah und forderte ihn gestenreich auf, endlich ins Geschehen einzugreifen.

»Wie lange schreit sie denn schon so?«, fragte Ole und dachte dabei an ein paar Tipps, die ihm der Tierarzt vor dem fluchtartigen Aufbruch aus dessen Praxis mit auf den Weg gegeben hatte. »Ist die Fruchtblase noch intakt?«

»Die ist längst geplatzt, und so richtig brüllt sie erst seit ’ner guten Stunde«, antwortete Denise Knoop nach kurzem Überlegen. »Das Kalb hat eben noch gestrampelt wie ein Weltmeister.«

»Folglich ist die Nabelschnur nicht abgedrückt«, kommentierte Ole. Er erinnerte sich an einen ähnlichen Fall, bei dem ein Tierarzt – ein bärtiger Mann von mindestens siebzig – zum selben Ergebnis gekommen war. Er drehte sich um und nahm zufrieden die bewundernden Blicke seiner Chefin zur Kenntnis. Dann galt seine Aufmerksamkeit wieder Denise Knoop. »Ich hab als Kind immer davon geträumt, Bauer zu werden«, berichtete er freimütig. »Erst als ich gehört habe, dass sich damit kein Geld verdienen lässt, hab ich den Traum begraben und bin zur Polizei.«

Hinter ihm hatte Hannah eine Frage und wies dabei auf ein weiteres Paar endlos langer Gummihandschuhe, die über einem Gatter hingen. »Musst du nicht langsam mal …?« Sie tat, als würde sie sich selbst die Handschuhe überstreifen und dann, als wäre es das Normalste der Welt, seine kompletten Arme in den Geburtskanal einer Kuh zu schieben.

»Aber ihr wartet gefälligst draußen!«, knurrte Ole. »Oder glaubt ihr vielleicht, ich lege Wert auf Fotos, die ab morgen an der Pinnwand im Revier hängen?«

Keiner seiner Kollegen fand Gelegenheit für eine Antwort, weil sich die Katze zwischen ihnen hindurchschob und plötzlich um Oles Beine herumstrich.

»Wer ist das denn?«, fragte Denise Knoop erstaunt.

»Käthe … ich suche zufällig nach einem neuen Zuhause für das kleine Fellbündel und – schätzungsweise – sieben oder acht Junge.«

Ein Anliegen, das bei der Bäuerin auf spontane Begeisterung stieß. »Meinen Kater musste ich vorigen Monat einschläfern lassen, mit knapp achtzehn. Zuletzt sind die Mäuse hier meist an Altersschwäche gestorben. Ich könnte also gut ein bisschen frischen Wind auf dem Hof gebrauchen.«

»Dann sind wir uns ja einig«, jubelte Ole beinahe. Nun deutete er auf Martha, die am Boden im Stroh lag und sich gerade besonders laut über Schmerzen beklagte. »Ans Werk, Frau Knoop! Ich hab schon ganz andere Sachen versaut …«

»Das kann ich bestätigen«, fügte Hannah hinzu, bevor sie eilig den Rückwärtsgang einlegte.

46

»Also ich vermute mal, Ole wurde von Außerirdischen entführt. Die haben ihn 'ner Gehirnwäsche unterzogen und …« Ralf zeigte zum Stall, den er gerade erst nebst seiner Chefin fluchtartig verlassen hatte. »… ab sofort ist er 'ne Mischung aus Tierarzt, Alleinunterhalter und Weltverbesserer.«

»Und ein außerirdischer Playboy. Haben Sie gesehen, wie Denise Knoop ihn angestarrt hat? Wir können nur hoffen, dass die da drinnen nicht gleich für den nächsten Nachwuchs sorgen und nebenbei geht 'ne Kuh vor die Hunde.«

Ralf schüttelte resigniert den Kopf. »Mich kriegen da keine zehn Pferde wieder rein. Wenn ich allein die Handschuhe sehe …«

Hannah kam nicht dazu, etwas zu erwidern, denn ihr Handy klingelte. Sie starrte auf das Display, ihre Stirn lag in Falten. »Sylter Nummer.«

»Vielleicht gehen Sie lieber mal ran«, schlug Ralf vor.

»Lambert!«

»Vera Böhme hier. Haben Sie kurz Zeit?«

»Sekunde!« Hannah setzte sich eilig in Bewegung und

machte erst im provisorischen Hauptquartier der Mordkommission halt. Dort fiel sie auf einen der Stühle, Ralf nahm gegenüber Platz. Jetzt aktivierte sie den Lautsprecher und platzierte ihr Smartphone mitten auf dem Tisch. »Was gibts denn so Dringendes, Frau Böhme?«

»Axel hat sich gemeldet.«

Hannah warf Ralf einen vielsagenden Blick zu. Der kramte sein Notizbuch aus der Tasche und signalisierte Schreibbereitschaft. »Und was wollte Ihr Sohn?«

»Na ja … anscheinend ist er wieder hier oben.«

»Wo genau?«, erkundigte sich Hannah bewusst kurz angebunden.

»Keine Ahnung, aber er will sich hier mit jemandem treffen.«

»Mit wem?« Hannah wunderte sich über die Kälte in ihrer Stimme. Sie war auch nicht in der Lage, diesen Unterton abzustellen. »Hören Sie auf, mich mit Häppchen zu füttern, Frau Böhme! Ich will wissen, wo Ihr Sohn steckt und warum er plötzlich Sehnsucht nach seiner Heimat hat.«

»Wie gesagt: Er will sich mit jemandem treffen«, erklang es leise. »Ich habe Angst, dass derjenige ihm was antut.«

Hannah schlussfolgerte wie aus der Pistole geschossen: »Handelt es sich bei diesem ominösen Jemand zufälligerweise um Markus Brandt?«

»Woher wissen Sie von Ma…?«

»Das spielt keine Rolle! Wissen Sie, wo sich Ihr Sohn mit ihm treffen will?«

»Nein, nur, dass es bald passieren soll und …«

»Was?«, setzte Hannah nach, weil ihr das abrupte Schweigen am anderen Ende missfiel. Und weil die Fortsetzung auf sich warten ließ, kam sie noch um einiges giftiger daher. »Jetzt passen Sie mal gut auf, Frau Böhme:

Sie rufen doch nicht an, um Ihre Sorgen mit mir zu teilen. Sie wollen irgendwas, so viel steht fest. Und wenn Sie nicht endlich mit der Wahrheit herausrücken, werde ich überhaupt nichts für Sie oder Ihren Sohn tun. Keinen Finger rühre ich, bevor …«

»Und wenn ich Ihnen alles erzähle?«

»Wirklich alles?«

»Was bleibt mir denn anderes übrig?«, kam es stöhnend zurück. »Ich hoffe, Sie sitzen.«

»Ich hab ein Vorderbein zu packen«, vermeldete Ole, als hätte er das Allheilmittel gegen Krebs gefunden. »Jetzt noch das andere und dann flutscht es einfach raus.«

Angesichts dieser Wortwahl konnte sich Denise Knoop ein Lachen nicht verkneifen. »Also … flutschen habe ich es bisher nie gesehen. Außerdem ist Martha ziemlich schwach, sie presst schon länger nicht mehr – hat wohl aufgegeben.«

»Kommt gar nicht infrage!«, widersprach Ole, der Zuversicht verströmen wollte. Erneut tauchte er mit beiden Armen gleichzeitig in einen Geburtskanal ein, als hätte er nie etwas anderes getan. Er klang angestrengt und das nicht ohne Grund. »Nur noch das zweite Bein …«, keuchte er, »… und dann zieh ich den kleinen Racker einfach heraus.«

Denise Knoop gesellte sich an seine Seite und fragte: »Wollten Sie tatsächlich mal Bauer werden?«

»In erster Linie war das der Wunsch meiner Eltern. Und weil ich genau wusste, was alles mit Landwirtschaft verbunden ist, hab ich lieber die Flucht ergriffen.«

»Schon klar. Bei mir war es genau andersrum: Meine Eltern haben fürchterlich geflucht, als sie erfahren haben, dass ich Agrarwirtschaft studieren will. Angeblich hat mein Vater getobt, dass man ihn sogar auf dem Festland hören konnte.«

Ole, der immer noch in einer Kuh steckte, drehte den Kopf zur Seite. »Ich denke, die meisten Eltern meinen es bloß gut mit ihren Kindern und vergessen dabei, dass man niemanden zu etwas zwingen kann.«

»Und warum ist es am Ende die Polizei geworden?«

»Frag ich mich auch manchmal«, gestand Ole und widmete sich wieder voll seiner Tätigkeit als Aushilfstierarzt.

Derweil fuhr Denise Knoop mit ihren Gedanken fort: »Ich nehme an, mit Ihrer Chefin ist nicht immer gut Kirschenessen, oder?«

»Das ist die Untertreibung des Jahrhunderts!«, lachte Ole aus vollem Halse. »Aber sie hat auch ihre guten Seiten – man muss nur etwas länger danach suchen.«

Die Bäuerin winkte ab. »Falls Sie irgendwann doch Interesse haben, Ihr Geld auf dem Bauernhof zu verdienen, sind Sie herzlich eingeladen. Wer Tiere liebt, ist hier genau richtig.« Sie zeigte hinunter zur trächtigen Katze, die in regelmäßigen Intervallen auftauchte, um nachzuschauen, ob Ole noch da war. »Wieso eigentlich Käthe?«

»Beim Tierarzt hing ein Foto an der Wand, mit 'ner uralten Katze, die ihr irgendwie ähnlich sah. Ich hab gedacht, das passt.«

»Und was denken Sie über mein Angebot?«

Ole drehte erneut den Kopf. In seinem Gesicht war abzulesen, wie seine Hände auf der Suche nach etwas waren und in diesem Moment fündig wurden. Mit der frohen Kunde ließ er sich jedoch Zeit. »Welches Angebot?«

»Das mit der Landwirtschaft«, erwiderte Denise Knoop lächelnd.

»Wäre es ein Problem, wenn hinterher alle Tiere nur noch an Altersschwäche sterben?«

»Ich fürchte, ja.«

»Dann bleibe ich lieber Polizist. Und falls es Sie interessiert: Ich habe das zweite Bein gefunden und das Gefühl, gleich gehts richtig los …«

47

Ein paar Meter weiter drang Vera Böhmes Stimme aus einem Lautsprecher. Der Beginn einer Offenbarung: »Angefangen hat das Ganze, als Axel auf Bewährung rauskam. Ich wollte ihn davon abhalten, aber er ist gleich am nächsten Tag zu den Knoops marschiert und hat die um Hilfe gebeten.«

»Inwiefern?«, fragte Hannah.

»Na ja … er brauchte einen Job und hat ihnen vorgeschlagen, im Geschäft auszuhelfen. Botengänge erledigen, Post … was eben so anfällt. Herr Knoop hat im Hinterzimmer lange mit Axel geredet. Danach stand fest, dass er wenigstens den Garten der Knoops machen durfte. Privat, in Kampen.«

»Ist klar!«, bestätigte Hannah, die sich noch ein Stück weiter über den Tisch beugte, um besser hören zu können.

»Erst als Axel mit 'nem neuen Auto ankam, hab ich gemerkt, dass da was nicht stimmt. Ich hab ihn gefragt, ob er im Lotto gewonnen hätte. Da musste er ja irgendwas antworten.«

»Und zwar?« Hannah ging es nicht schnell genug, deshalb wurde es Zeit für eine Ermahnung. »Sie sollten sich lieber beeilen, Frau Böhme! Wenn ich Sie richtig verstanden habe, ist Ihr Sohn in höchster Gefahr.«

»Das mit dem Auto war nicht alles. Plötzlich hat Axel mit Geld nur so um sich geworfen. Neues Handy, neuer Computer … da hab ich ihn zum ersten Mal auf den Pott gesetzt und ihm gesagt, dass er endlich mit den Märchengeschichten aufhören soll.«

»Das Talent hat er wahrscheinlich von Ihnen geerbt«, kommentierte Hannah beiläufig und konzentrierte sich dann wieder aufs Zuhören.

»Ich hatte im Juweliergeschäft schon einiges mitbekommen. Besonders, wenn sich der Chef zum Telefonieren ins Hinterzimmer verdrückt und ewig nur geflüstert hat. Mir war schon vor Axels Haftentlassung klar, dass da irgendwelche Probleme im Anflug sind. Vermutlich hat er ihn deshalb um Hilfe gebeten.«

»Wer hat wen um Hilfe gebeten?«, fragte Hannah. Gegenüber machte auch Ralf einen verdutzten Eindruck.

»Rudolf Knoop meinen Axel! Mein Sohn hat mir erzählt, dass die fast jeden Tag über einen fingierten Raubüberfall gesprochen und erste Pläne geschmiedet hätten.«

»Aber Sie wollen mir doch hoffentlich nicht einreden, dass alles wie geplant gelaufen ist, oder?«

»Irgendwann ist Herr Knoop ausgestiegen und meinte, das wäre auch keine Lösung. Axel war furchtbar wütend, weil er ja schon so viel Zeit und Arbeit investiert hatte und …«

»Ja?«

»Er hat den anderen von seinen Plänen berichtet und die haben dann zusammen einfach weitergemacht.«

»Mit Ihrer Hilfe!«, betonte Hannah. »Schließlich haben Sie mit einer gefälschten Vollmacht Informationen angefordert. Und das ist wahrscheinlich nur die Spitze des Eisbergs.«

»Was sollte ich denn tun? Außerdem stand von Anfang an fest, dass niemandem etwas passieren sollte und … ich wollte doch nicht, dass jemand zu Schaden kommt.«

»Das hätten Sie sich früher überlegen müssen. Und jetzt erzählen Sie mir, was Ihren Sohn zu seinem Sinneswandel bewegt hat und warum er auf einmal wieder hier oben ist!«

»Ich habe keine Ahnung.«

»Hört sich an, als hätten Sie nicht persönlich mit ihm geredet.«

»Bei mir meldet er sich nicht, ich weiß alles von Markus. Der hat …«

»Und das soll ich Ihnen glauben?«, fuhr Hannah aufgebracht dazwischen. Plötzlich fiel ihr ein Detail ein, das nicht zum Rest der Geschichte passte. Sie servierte es mit eiskalter Stimme: »Wenn Sie über alles Bescheid wussten, wieso haben Sie dann die Zimmertür Ihres Sohnes aufbrechen müssen, um an nähere Informationen heranzukommen?«

Eine Frage, die am anderen Ende für langes Schweigen sorgte.

Nachdruck war erforderlich, beschloss Hannah. »Nicht vergessen, Frau Böhme: Ich will die ganze Wahrheit, sonst rühre ich keinen Finger!«

»Ich wusste nicht, dass er im letzten Moment ganz aussteigt und sich nach Stuttgart zu seiner Tatjana absetzt. Das sollte erst direkt nach dem Überfall passieren, ehrlich!«

»Weiter!«

»Zwei Tage vor dem Überfall hat sich Markus bei mir

gemeldet und war fuchsteufelswild, weil Axel uns alle im Stich gelassen hatte und nicht mehr erreichbar war.«

Hannah ließ sich die letzten Worte eine Weile durch den Kopf gehen. »Dann hat Ihnen also Markus Brandt beim Aufbrechen der Tür geholfen und nicht Ihr Nachbar!«

»Wir wollten bloß nachsehen, ob Axel vielleicht irgendwelche Hinweise hinterlassen hat. Hatte er aber nicht«, folgte es zutiefst frustriert.

»Dann haben Sie all die falschen Fährten also nur gelegt, um Zeit für Ihre eigene Suche zu gewinnen?«

Ein Grunzen drang aus dem Lautsprecher, das Hannah als Zustimmung wertete. »Und wieso das plötzliche Treffen? Da steckt doch auch mehr dahinter!«

»Markus hat mich angerufen und meinte, er wäre sich sicher, dass – wenn überhaupt – nur Axel weiß, wo das Gold geblieben ist. Da haben wir uns zusammen was ausgedacht ...«

»Nämlich?«, bohrte Hannah.

Von nun an klang Vera Böhme, als wäre sie dem Tode näher als dem Leben. »Markus sollte Axel am Telefon weismachen, dass wir es längst gefunden hätten und mit ihm teilen wollen.«

»Mit anderen Worten: Sie waren damit einverstanden, Ihren eigenen Sohn in eine Falle zu locken, die auch tödlich enden könnte, wenn sie zuschnappt. So in etwa, Frau Böhme?«

Die war jetzt kaum zu verstehen: »Ich hab's mir doch inzwischen anders überlegt und Sie deshalb angerufen.«

»Dann wollen wir mal hoffen, dass es für diese Kehrtwende nicht längst zu spät ist.«

Weil seine Chefin plötzlich schwieg, mischte sich Ralf zum ersten Mal ein. Dafür lag er fast quer über dem Tisch. »Das ergibt alles keinen Sinn, Frau Böhme!«

»Wer ist denn da?«, fragte die postwendend.

Hannah übernahm die Antwort: »Mein Kollege, Herr Jansen. Lassen Sie ihn einfach reden!«

Diese Einladung nahm Ralf lächelnd an. »Wenn Sie und Herr Brandt tatsächlich davon ausgehen, dass Ihr Sohn im Besitz des Goldes ist oder weiß, wo er es findet – warum sollte er sich dann mit einem von Ihnen treffen?«

Auf der anderen Tischseite nickte Hannah und zog symbolisch den Hut vor ihrem jungen Kollegen. Weil es ihr mit der Reaktion zu lange dauerte, erneuerte sie ihre Mahnung: »Wir warten, Frau Böhme! Und denken Sie mal ausnahmsweise nicht an sich selbst, sondern an Ihren Sohn.«

»Da ist noch etwas«, erklang es im Flüsterton. »Der ursprüngliche Plan sah vor, dass Herr Knoop vor dem fingierten Überfall das ganze Gold Axel gibt und der es irgendwo versteckt.«

Hannah dachte an den Fund unter einem Geschirrspüler. Garantiert hatte der gemeinsame Plan nicht dieses Versteck vorgesehen. Hinweise darauf wollte sie aber keinesfalls streuen, daher vergewisserte sie sich mit einer Frage: »Das war dann also, bevor Herr Knoop ausgestiegen ist, richtig?«

»Markus und ich haben eben gehofft, dass Axel vielleicht weiß, wo … deshalb will er sich mit ihm treffen. Falls die bei ihrem alten Plan geblieben sind, kann schließlich nur mein Sohn sagen, ob …«

»Schon verstanden! Ich frage noch mal: Wissen Sie, wo dieses Treffen stattfinden soll?«

»Axel wollte Markus zurückrufen. Das ist aber bislang nicht passiert – glaube ich wenigstens.«

»›Glauben Sie‹«, wiederholte Hannah gedehnt. »Dann hoffen wir mal, dass Ihr Glaube reicht.«

»Und was passiert jetzt?«, wollte Vera Böhme wissen.

»Jetzt werden wir alle verfügbaren Kräfte mobilisieren, um Ihren Sohn zu finden. Aber da ist noch etwas, Frau Böhme …« Die schwieg, was Hannah jedoch nicht von einer Fortsetzung abhielt: »Wir sind noch lange nicht fertig. Bei unserer nächsten Unterhaltung – das sollten Sie sich besser merken – will ich die ganze Wahrheit hören!“ Hannahs rechter Zeigefinger fand das rote Telefonhörer-Symbol und kappte die Verbindung kurzerhand.

»Die führt uns doch immer noch an der Nase herum«, waren Ralfs erste Worte.

»Worauf Sie Gift nehmen können!«, spie Hannah heraus, als würde sie eine gehörige Ladung davon versprühen. »Aber verlassen Sie sich drauf, beim nächsten Mal ist Tante Vera überfällig!«

48

»Das wäre geschafft!«, keuchte Ole zufrieden, während er seine Arme vorsichtig von den endlos langen Gummihandschuhen befreite. Zu seinen Füßen lag im Stroh ein braunes Kälbchen, das Denise Knoop gründlich abgerieben hatte, um es von Resten der Fruchtblase, Blut und Schmiere zu befreien. Jetzt war ein wenig Hilfe erforderlich, damit es das prallgefüllte Euter seiner Mutter fand, um schnellstmöglich das lebenswichtige Colostrum in Hülle und Fülle aufzunehmen. Ein Wundermittel, das sich die Natur ausgedacht hat und auf das heutzutage auch immer mehr Menschen zurückgreifen, um ihr Immunsystem nachhaltig zu stärken.

»Lass noch was dran!«, mahnte die Bäuerin lachend, denn es sah aus, als wollte das Kalb seine Mutter am liebsten auffressen.

»Davon werde ich noch meinen Enkelkindern erzählen«, schwärmte Ole mit leuchtenden Augen und betrachtete sein Wunderwerk. »Und ganz ehrlich: Ich hab nicht dran geglaubt, dass alles so einfach über die Bühne geht.«

Denise Knoop hob schon zu einer Antwort an – ihrer

Miene nach zu urteilen, ein ausgewachsenes Dankeschön –, aber Oles Handy hielt sie zunächst davon ab.

Seine Handschuhe hingen bereits über einem Gatter, deshalb konnte er das Gespräch problemlos annehmen. Zu fortgeschrittener Stunde meldete er sich nur mit: »Friedrichsen!«

»Carola hier, Moin!«

Im Geiste ging Ole die Liste seiner Ex-Freundinnen durch und kam erleichtert zu dem Schluss, dass dieser Name darauf nicht vorkam.

Weil ihr die Reaktion vermutlich zu lange dauerte, legte diese Carola nach: »Aus Risum-Lindholm, Sie waren heute hier, haben die Katze mitgenommen.«

»Richtig! Ich hab hier gerade ein ziemliches Abenteuer hinter mir und bin noch nicht wieder ganz bei Sinnen. Sorry!«

An diesem Abenteuer schien Carola keinerlei Interesse zu haben, denn sie fuhr in eigener Sache fort: »Ich habe vorhin mit meinem Mann über Ihren Besuch heute gesprochen. Er ist eben erst von der Arbeit nach Hause gekommen, dann gabs Abendessen und …«

»Kommen Sie bitte auf den Punkt, ich bin fix und fertig«, gestand Ole.

»Stefan meinte, er hätte nebenan bei der alten Hansen Leute gesehen, einen Mann und eine Frau.«

»Stefan ist Ihr Mann?«

»Ja! Und die beiden haben sich eilig verzogen, als sie ihn bemerkt haben.«

Ole, der vor lauter Ambitionen in Sachen Tierschutz bis jetzt nichts über die Rückkehr von Axel Böhme und dessen Freundin Tatjana in nördliche Gefilde wusste, kam denkbar unbekümmert daher. »Vielen Dank für die Info, Frau … Carola. Ich schau mal, ob wir heute Abend noch ’ne Streife vorbeischicken oder erst morgen früh.«

»Da wäre noch was ...«

»Und zwar?«

»Mein Mann ist sich sicher, dass die beiden vorhin weggefahren sind. Zusammen!«

»Vielleicht gehen Sie mal in den Stall und schauen nach, was unser Aushilfs-Supermann für Wunder vollbringt«, schlug Hannah vor. »Ich kümmere mich inzwischen um die Suche nach Axel Böhme und Markus Brandt. Irgendwo müssen die beiden ja stecken.«

Ralf hob abwehrend die Hände. »Ich gehe da erst wieder rein, wenn alles vorbei ist. Schlimmstenfalls muss ich noch mit ansehen, wie Ole bis zur Hälfte in 'ner Kuh steckt. Die Bilder werde ich doch zeitlebens nicht mehr los!«

»Dann seh ich eben selbst nach«, knurrte Hannah.

Das wurde überflüssig, denn Supermann persönlich gab sich die Ehre. Mit einem Gesicht, als hätte er soeben in einem Stall in Bethlehem dem Heiland auf die Welt geholfen. »Alles klar bei euch?«

»Jetzt red schon!«, drängelte Hannah und sank zurück auf ihren Stuhl. »Mutter und Kind wohlauf?«

»Hast du was anderes erwartet?«, konterte Ole wie ein Revolverheld. »Ich überlege, ob ich den Dienst quittieren und Tierarzt werden soll. Du willst mich doch eh loswerden«, folgte es mit einem Seitenblick auf Hannah.

»Und ich dachte, das zwischen uns wäre geklärt.«

»Ist es auch! Ich bin nur kurz her, weil ich eben einen seltsamen Anruf hatte.« Ole berichtete seinen Kollegen in knappen Sätzen von dessen Inhalt und nahm erstaunt zur Kenntnis, dass deren Mienenspiel immer absurdere Ausmaße annahm.

Hannah klang ungewohnt nervös: »Und du bist absolut sicher? Ein Mann und eine Frau, die anscheinend nicht gesehen werden wollten?«

»Jaaa … keine Ahnung, wer das gewesen ist.«

»Garantiert Axel Böhme und dessen Freundin Tatjana«, kam es von Ralf.

Was Ole so nicht hinnehmen wollte. »Ich weiß nicht, ob ihr mir zugehört habt. Ich war in Risum-Lindholm, nicht in Stuttgart!«

»Wie es aussieht, sind unsere zwei Ausreißer zurück im Norden.« Hannah fischte ihr Smartphone aus der Tasche. Bevor sie aus dem Anbau stürmte, hatte sie allerdings noch eine Anweisung parat, die Ralf galt: »Sie informieren Ole über alles! Ich kümmere mich um 'ne Streife, die gleich zu dieser Frau Hansen fährt und vor Ort bleibt, bis einer von uns eintrifft.«

Ole stoppte seine Chefin mit Worten: »Hast du vergessen, dass sich die beiden angeblich vor 'n paar Minuten verkrümelt haben?«

»Hab ich nicht!«, fauchte Hannah zurück. »Aber wenn uns überhaupt jemand sagen kann, wo die zwei hinwollten, dann ist das diese Frau Hansen! Oder hat unser Supermann 'ne bessere Idee?«

Ole beließ es bei einem Kopfschütteln.

»Und Mutter und Kind gehts wirklich gut?«, fing Ralf an, als die Männer unter sich waren.

»Bestens. Ich hätte nie geglaubt, dass ich das wirklich hinkriege. Und jetzt erzähl!«

Dafür brauchte Ralf nicht lange. Angefangen beim Geständnis einer Frau Böhme ging es über die Beteiligung eines toten Juweliers zu Markus Brandt und endete mit einem Treffen, das in Kürze stattfinden sollte.

»Dann jagen also alle dem Gold hinterher«, resümierte Ole. »Die alte Geschichte: Gier frisst Hirn.«

»Die Chefin und ich gehen davon aus, dass Axel Böhme die Sache nicht überleben wird. Immerhin hat dieser Markus Brandt vermutlich schon mindestens zwei andere auf dem Gewissen.«

Ole schaute fragend.

»Großenwiehe!«, vervollständigte Ralf kopfschüttelnd. »Wer soll die zwei schrägen Vögel denn sonst erschossen haben?«

Hannah platzte herein. »Abmarsch! Eine Streife ist auf dem Weg nach Risum-Lindholm und ich will hier keine Zeit mehr verschwenden«, erklärte sie. Da sich keiner ihrer Kollegen rührte, setzte sie gleich nach: »Was ist? Seid ihr festgewachsen?«

»Und wer passt dann auf Denise Knoop auf?«, traute sich Ole zu fragen.

»Stimmt! Herr Jansen, Sie bleiben hier und fordern Unterstützung an. Supermann und ich fliegen nach Risum-Lindholm.«

Ole, der immer noch wie angewurzelt mitten im Anbau stand, beschwerte sich lautstark: »Jetzt hör endlich mit dem Scheiß auf, Hannah! Ich kann nicht fliegen!«

»Dann schnapp dir wenigstens deinen Umhang und los! Zum Glück weißt du, wo wir hinmüssen.«

49

Die Fahrt von Trollebüll nach Risum-Lindholm dauerte keine zehn Minuten. Da es sich zum Abend hin zuzog – laut Wetterbericht war Regen im Anmarsch –, dämmerte es bereits.

»Was du da getan hast, war übrigens echt der Hammer«, lobte Hannah Ole, der gerade hinter einem Streifenwagen in der Dorfstraße stoppte. »Dass du so ganz und gar in eine Kuh eintauchst … alle Achtung!«

»Falls du irgendjemandem davon erzählst, überleg ich mir die Sache mit Husum noch mal. Außerdem kannst du dich dann nach 'nem anderen Trauzeugen umsehen.«

Hannah tat entrüstet. »Das war sensationell! Und dass du nebenbei auch noch die Katze gerettet hast ... wusste gar nicht, was für ein gutes Herz du hast.«

Ole verzichtete auf eine Antwort, stieg aus und begann stöhnend, als seine Chefin zu ihm aufschloss: »Ich muss dich warnen! Die alte Hansen ist nicht nur optisch 'ne echte Hexe. Wenn wir nicht aufpassen, reitet sie gleich auf 'nem Besen durch die Haustür und fliegt in die Nacht davon.«

»Hoffe, das können unsere Kollegen verhindern.«

Hannah deutete auf zwei Uniformierte, die wie begossene Pudel vor der Tür der Ruine standen.

Ein Polizeihauptmeister, vermutlich kurz vor der Pensionierung, lieferte unaufgefordert eine Erklärung: »Wir mussten x-mal klopfen, bis Erna überhaupt aufgemacht hat. Sie hat kein Wort gesagt und uns einfach hier stehen lassen. Wir wussten nicht, was wir tun sollen und haben lieber auf euch gewartet.«

Hannah schüttelte den Männern die Hand und fixierte sich dann auf den älteren. »Das klang eben so, als würdest du die Frau länger kennen.«

»Ich bin eine Straße weiter aufgewachsen.« Ein raues Lachen folgte. »Wir haben schon als Kinder 'nen großen Bogen um das Gemäuer der Hansens gemacht. Eine Zeit lang hieß es sogar, hier würde es spuken.«

»Siehst du!«, betonte Ole. »Die Alte ist total verrückt.«

Davon wollte sich Hannah selbst überzeugen. Sie drängte sich zwischen ihren Kollegen hindurch und baute sich mit ihrem fragwürdigen Gardemaß von knapp eins sechzig vor der Haustür auf. Ihre Faust donnerte mehrfach dagegen. Nichts passierte. Also wiederholte sie diesen Vorgang und rief dazu aus voller Kehle: »Machen Sie auf, Frau Hansen!« Und weil sich immer noch nichts tat, sah sie ihren älteren Streifenkollegen leicht verzweifelt an und fragte: »Gibts 'nen Hinterausgang?«

Die Antwort kam grinsend: »Jaaa, aber die Terrasse ist derart vollgemüllt … wenn sie da raus will, müsste sie fliegen können.«

Jetzt bekam Ole einen von Hannahs Blicken ab. Ihr war anzusehen, dass sie an den erwähnten Besen dachte, bevor sie erneut klopfte. Dieses Mal wesentlich heftiger und mit beiden Fäusten. »Öffnen Sie, Frau Hansen, sonst treten wir die Tür ein!«

Die flog buchstäblich im nächsten Moment nach innen auf. Im Halbdunkel des Flurs stand eine Gestalt, der man nur mit viel Fantasie eine menschliche Herkunft unterstellen konnte.

»Was ist denn los?«, ertönte es krächzend.

»Noch mal Moin, Erna!«, raunte der ältere Streifenbeamte. »Das ist die Kollegin, von der ich dir eben erzählt habe.« Er deutete auf Hannah.

Die lehnte sich ein Stück zur Seite, versuchte, an der buckligen Alten vorbeizulinsen, doch das gelang ihr nicht. Stattdessen rümpfte sie die Nase, da ihr ein unbeschreiblicher Gestank entgegenschlug. »Wir müssen mit Ihnen reden, Frau Hansen. Geht auch ganz schnell, wenn Sie uns von Anfang an die Wahrheit sagen.«

»Welche ›Wahrheit‹?«, kam es mit hörbarem Misstrauen.

»Ihre Nachbarn meinten, Sie hätten heute Besuch gehabt. Stimmt das?«

»Warum wollen Sie das wissen?«

»Frau Hansen«, hob Hannah schwer atmend von Neuem an. »Erstens stelle ich hier die Fragen und zweitens wird es doch hoffentlich nicht so schwer sein ...«

»Tatjana war 'n paar Tage hier, mit so 'nem seltsamen Typen. Der konnte nicht mal ordentlich guten Morgen sagen.«

Hannah bemerkte, wie Ole neben ihr bereits sein Smartphone zückte. Zweifellos, um diesen erwähnten Typen möglichst sofort identifizieren zu lassen. Doch vorher wollte sie es mit einer weiteren Frage probieren: »Ist es richtig, dass die beiden kürzlich weggefahren sind?«

»Mhm.«

»Wissen Sie auch, wohin?«

Bevor Frau Hansen hätte antworten können, hielt ihr

Ole sein Smartphone entgegen. »Ist das der seltsame Typ, der nicht guten Morgen sagen kann?«

»Wäre möglich – ja, das ist er wohl. Wieso wollen Sie überhaupt …?«

Hannah fuhr dazwischen. »Immer schön dran denken: Ich stelle die Fragen! Haben die zwei Ihnen gesagt, wo es hingehen sollte?«

»Nö.«

»Und können Sie mir dann vielleicht verraten, was Ihre Besucher hier wollten?«

Offenbar nicht, denn das Gesicht der alten Frau verzog sich auf der Suche nach einer Antwort angestrengt. Jetzt öffnete sich ihr Mund viel weiter und offenbarte eine Handvoll schwarzer Stummel. »Falls Sie mit meinem Mann drüber reden wollen, der ist tot.«

In diesem Moment wurde Hannah klar, dass jede weitere Frage nur noch absurdere Reaktionen zur Folge hätte. Sie wollte schon aufgeben, sich frustriert abwenden, als die Frau doch noch etwas auf krächzende Weise von sich gab: »Die haben ständig von so 'nem Laden geredet.«

»Von was für einem Laden?«, fragte Ole, weil Hannah nicht reagierte.

»Woher soll ich das denn wissen?«

»Ein Laden?«, wiederholte Ole abermals auf dem Rückweg zum Auto. Inzwischen war es fast dunkel und fing zu nieseln an.

»Ich hab 'ne Vermutung«, flüsterte Hannah, als sie auf dem Beifahrersitz saß.

Ole hatte keine Zeit nachzufragen, denn sie wählte bereits auf ihrem Smartphone eine Nummer und gleich nach dem ersten Klingeln meldete sich jemand.

»Böhme?«

»Ich habe nur eine Frage«, begann Hannah, ohne sich vorzustellen. »Hat Ihr Axel einen Schlüssel für das Juweliergeschäft der Knoops?«

»Sie meinen, er ist auf dem Weg dorthin und …?«

»Was ich meine, spielt keine Rolle, Frau Böhme! Kann es sein, dass Axel …«

»Ja, wäre möglich.«

»Und woher?«

»Meiner ist weg«, erklang es leise.

»Seit wann?«

»Seit Axel verschwunden ist.«

»Und das sagen Sie mir erst jetzt! Hätte ich früher davon gewusst, dann …« Hannah verstummte mitten im Satz und beendete das Gespräch.

»Ich hab alles mitgehört. Auch ohne Lautsprecher«, kommentierte Ole.

»Dann starte den Motor und gib ordentlich Gas!«

Ole machte keinerlei Anstalten. Stattdessen deutete er auf die Uhr im Armaturenbrett. »Weißt du, wie spät es ist?«

Hannah folgte seinem Blick und stöhnte nur genervt.

»Genau! Fast zehn und der letzte Autozug ist vor 'ner Dreiviertelstunde abgefahren.«

»Dann sag mir bitte, dass du neuerdings doch fliegen kannst«, knurrte Hannah und krachte gegen die Rückenlehne.

»Das nicht, aber …«, Ole fischte sein Telefon aus der Mittelablage und wedelte damit, »… vielleicht kann ich jemanden auftreiben, der fliegen kann.«

50

»Sobald er auftaucht, machst du alles, wie wir's besprochen haben«, wies Axel Böhme seine Freundin Tatjana an. Die saß auf einem Stuhl im unbeleuchteten Juweliergeschäft, das die Spurensicherung zumindest von eventuellen Wertgegenständen vollständig befreit hatte. Überall lagen kleine Schilder herum, mit denen man Beweismittel markiert hatte. Sämtliche Glasvitrinen waren von Rußpulver bedeckt, womit auch heute noch Fingerabdrücke auf glatten Flächen sichergestellt wurden.

»Bist du sicher, dass er kommt?«, fragte Tatjana leise.

»Er kommt, glaub mir! Schließlich macht er sich Hoffnungen auf fette Beute.«

»Wie kommst du eigentlich darauf? Und was versprichst du dir von diesem bekloppten Treffen?«

Zunächst antwortete Axel Böhme auf die zweite Frage: »Ich will wissen, wo er den Schmuck gelassen hat. Verkauft hat er ihn bestimmt noch nicht. Er müsste verrückt sein, wenn er damit hausieren geht und die Bullen auf sich aufmerksam macht.« Da seine Freundin weiterhin fragend schaute, musste auch eine Antwort auf die erste Frage her: »Ich hab den Knoop am Tag des Überfalls angerufen und ihn gewarnt, dass er Besuch bekommt. Da meinte er, das Gold wäre längst in Sicherheit. Und wir zwei Hübschen werden herausfinden, wo er seinen Schatz versteckt hat.«

Tatjanas Stirn lag unverändert in Falten. »Wenn der Knoop von dem Überfall wusste, wieso hat er dann nicht die Polizei gerufen oder …?«

»Vermutlich hat er sich an unseren ursprünglichen Plan erinnert«, platzte Axel dazwischen. »Wäre doch für ihn zu schön gewesen. Er wird überfallen – okay, der Schmuck ist weg –, aber hinterher streicht er die komplette Versicherungssumme ein. Und das, obwohl er das Gold längst irgendwo gebunkert hat. Kapierst du's jetzt endlich? Der Scheißkerl hat uns alle gelinkt!«

»Und ist tot«, fügte Tatjana flüsternd hinzu. Womöglich hätte sie noch mehr dazu gesagt, aber plötzlich tauchte im Dunkeln ein Schatten auf, der vor dem verhängten Schaufenster des Juweliergeschäfts stehen blieb.

»Mach dich unsichtbar und denk dran, was wir besprochen haben!«, zischte Axel. »Und egal, was passiert: Du schlägst erst zu, wenn ich dir ein Zeichen gebe ...«

»Sandra hat das Okay von der Einsatzleitstelle und holt uns in spätestens 'ner Viertelstunde auf dem Revierparkplatz in Niebüll ab«, berichtete Ole, nachdem er das letzte von etlichen Telefonaten beendet hatte.

»Mit Verstärkung an Bord?«, fragte Hannah, die neben dem Auto im Nieselregen ebenfalls die ganze Zeit telefoniert hatte.

»In Flensburg ist auf die Schnelle zwar nur ein halbes

Einsatzkommando verfügbar, aber das dürfte wohl reichen. Vielleicht hörst du jetzt mal auf zu meckern und gibst zu, dass ich es wirklich mit Supermann aufnehmen könnte.«

Hannah reckte sich auf dem Beifahrersitz und stieß dabei mit dem Ellbogen gegen die Seitenscheibe. »Aua … soll ich dir etwa ’nen Orden verleihen, weil du von jeder Braut die Telefonnummer einsackst?«

»Ich verdiene einen Orden, weil ich hier gerade innerhalb von ein paar Minuten das Unmögliche möglich gemacht habe!« Ole winkte ab und drehte den Zündschlüssel. »Ich geb mal Gas, dann sind wir lange vor dem Hubschrauber in Niebüll.«

»Was ist denn, wenn wir in Sachen *Laden* auf dem Holzweg sind? Wenn die alte Hexe halluziniert oder ein ganz anderer Laden gemeint ist?«

»Dann kriegen wir ’nen weiteren kostenlosen Hubschrauberflug«, erwiderte Ole unbekümmert. »Außerdem ist mir ziemlich wurscht, was aus den Beteiligten wird – mal abgesehen von dieser Tatjana Ullmann. Die ist doch nur bis über beide Ohren in einen Idioten verliebt und tanzt nach dessen Pfeife.«

Hannah blickte kurz zur Seite und stierte dann wieder nach vorne. Rechts und links flogen in der Dunkelheit Bäume und Sträucher vorbei. »Das war echt nicht schlecht«, gestand sie grinsend. »Ohne deine Hilfe hätten wir wahrscheinlich Verstärkung in Kiel anfordern müssen. Dort dauert es in der Regel mindestens anderthalb Stunden, bis ein Hubschrauber überhaupt abhebt.«

Ole grinste ebenfalls. »Falls du Interesse hast, darfst du gerne das erste Mitglied in meinem Fanclub werden. Oder besser noch: erste Vorsitzende!«

»Verzichte … und pass lieber auf, da vorne müssen wir nämlich links ab!«

Der Schatten hatte sich inzwischen bis zur Eingangstür des Juweliergeschäfts vorgekämpft. Weil die verschlossen war, klopfte es gegen die Panzerglasscheibe.

»Keinen Mucks!«, zischte Axel Böhme, bevor er sich in Bewegung setzte.

Tatjana hatte sich unterdessen direkt links neben dem Eingang in der Auslage des Schaufensters versteckt und signalisierte nickend Bereitschaft, ihren Teil des Plans zu erfüllen.

Ihr Freund drehte den Schlüssel und musste weiter nichts tun, denn die schwere Tür kam ihm bereits entgegen.

»Mach Platz, du Idiot! Oder willst du, dass mich jemand sieht und die Bullen alarmiert?«, fauchte Markus Brandt.

»Seit 'ner halben Stunde regnet es junge Hunde. Bei dem Mistwetter traut sich niemand auf die Straße.«

Brandt sah sich um, nickte zufrieden und lehnte sich an eine der Vitrinen. Da er nichts sagte, war es an Axel, für den Fortlauf der Unterhaltung zu sorgen. »Und ... hast du meinen Anteil dabei?«

Er erntete ein überhebliches Lächeln. Auch die nächsten Worte strotzten nur so vor Arroganz. »Hast du ernsthaft geglaubt, ich bin hergekommen, um dir 'nen Gefallen zu tun?«

Nein, das hatte Axel wahrlich nicht. Er brachte ebenfalls ein Lächeln zustande, das ähnlich arrogant wirkte. »Du hast dich ausgerechnet mit meiner Mutter zusammengetan. Bist du wirklich so dämlich, zu glauben, dass ...?« Den Rest der Frage verschluckte er, weil er urplötzlich in die Mündung einer Pistole blickte.

Brandts Miene verzerrte sich hasserfüllt. »Hast du das Gold oder weißt, wo es ist?«

»Wäre ich dann hier? Jetzt schalt mal dein Hirn ein … der Knoop hat uns alle verarscht. Wer hat ihn denn kaltgemacht? Du?«

»Ich hatte nie vor, selbst dabei zu sein, du Schlauberger. Dafür war dein Plan nicht gut genug.«

Plötzlich ging Axel ein Licht auf. Er hatte sich in den vergangenen Tagen auf so einiges keinen Reim machen können. Doch das war jetzt anders. »Dann hast du also Volker und Gero die Drecksarbeit überlassen ... und die sind durchgedreht«, war das vorläufige Ergebnis seiner Gedanken.

»Kann sein. Außerdem ist es mir scheißegal!«

»Die Vollidioten haben den beiden alten Leuten das Licht ausgepustet, obwohl alles ganz anders geplant war! Niemand sollte zu Schaden kommen und wir alle hinterher …«

»Ausgerechnet du furzt hier rum?«, ereiferte sich Brandt. »Du hast dich doch in letzter Minute verpisst und hältst dich immer noch für oberschlau.« Die Mündung der Pistole hob sich ein Stück und zeigte nun direkt auf Axels Gesicht. »Deine Mutter meinte, der Knoop hätte das Gold irgendwo versteckt. Hast du 'ne Ahnung, wo?«

Axel reagierte nicht, zumindest nicht auf die Frage. Stattdessen drehte er den Kopf ein paar Millimeter, schielte hinüber zu Tatjana und nickte kaum sichtlich. Um die bevorstehende Aktion zu übertönen, hob er mit dröhnender Stimme an. »Woher soll ich das denn wissen? Ich hab mit dem Knoop einiges abgesprochen, ja. Und am Ende …«, er lachte so laut, wie es angebracht war, »… durfte ich mir in seinem bekloppten Garten 'nen Buckel schuften.«

Unterdessen hatte Tatjana im Halbdunkel die frühere

Auslage des Juweliergeschäfts auf Samtpfoten verlassen und bereits die halbe Distanz hinter sich gebracht.

Axels Verstand berechnete die Zeit, die sie noch brauchen würde, um – wie geplant – Markus Brandt eine schwere Eisenstange über den Schädel zu ziehen. Er sprach ausgiebig weiter, um ihr mit Worten Deckung zu geben. »Meine Mutter ist ’ne gierige Schlange, falls du es noch nicht bemerkt hast. Sie hat mich doch erst auf die Idee gebracht, mit dem Knoop zu reden. Als der abspringen wollte, hat sie ihn mächtig unter Druck gesetzt und ihm sogar gedroht.«

Vielleicht drei, höchstens vier Schritte und Tatjana könnte ihr gewaltsames Werk vollenden. Danach würden sie Brandts Auto suchen. Das musste der irgendwo in der Nähe abgestellt haben – hoffentlich mit der Beute aus dem Raubüberfall. Bis ins letzte Detail ausgefeilt war ihr aktueller Plan nicht, jedoch handelte es sich um die einzige Chance, überhaupt noch auf der Gewinnerseite zu landen.

Aber es kam ganz anders, denn mit ihrem vorletzten Schritt trat Tatjana auf eins der Schilder, mit dem die Spurensicherung ein paar Tage zuvor ein Beweisstück markiert hatte. Das Knacken war, als würde jemand Kirchenglocken läuten. Und es setzte eine Kette von Ereignissen in Gang, die schon sehr bald für ein weiteres Todesopfer sorgen würden …

51

Erneut durfte Ole das nächtliche Nordfriesland von oben bewundern. Wobei die Platzverhältnisse in dem Hubschrauber ganz anders waren als beim letzten Mal. Da auf den unbequemen Sitzen nicht für alle Platz war, hatten sich drei der Elitepolizisten im Fußraum niedergelassen. Oles linkes Bein war wie festgenagelt, sein rechtes konnte er nur mit äußerster Vorsicht bewegen.

Sandra saß heute am Steuerknüppel, ein wesentlich jüngerer Kollege fungierte als Copilot. Nach einem beinahe senkrechten Start in Niebüll erreichte der Hubschrauber die Nordseeküste kaum zwei Minuten später. Unter sich sah Ole mehrere Fischkutter, für deren Mannschaft die auflaufende Flut den Arbeitsbeginn einläutete. Kurz darauf ging es über den *Hindenburgdamm*, der wie ein schnurgerader Strich aussah, den jemand zwischen Festland und Insel gezogen hatte. Ole dachte an den alltäglichen Autozug-Wahnsinn, der am kommenden Morgen von Neuem beginnen würde. Verhältnisse, die das Arbeiten auf Sylt nicht nur für Polizisten umständlicher als nötig machten.

Ole beschloss, den Flug zu genießen, und drehte sich

nach links, wo bereits die Lichter von Kampen auftauchten. Bei strömendem Regen dürften es sich Einheimische und Feriengäste in ihren Quartieren gemütlich gemacht haben. Ein Hubschrauber, der planmäßig auf einem Parkplatz am Ende der *Kurhausstraße* landen sollte, würde zu fortgeschrittener Stunde hoffentlich nicht für allzu viel Aufmerksamkeit sorgen.

»Wir gehen runter«, informierte Hannah ihre Mitstreiter per Funk. Die drei im Fußraum trugen keine Kopfhörer, waren also auf Handzeichen angewiesen. Deshalb tippte sie auf ihrer Armbanduhr herum und hielt zwei Finger hoch.

Eifriges Nicken war die Antwort.

Der Einsatzleiter – zufälligerweise derselbe wie in Großenwiehe – meldete sich über Funk mit einer Frage zu Wort: »Du hast von zwei, vielleicht drei Leuten gesprochen. Bewaffnet?«

Hannah überlegte und nickte dann. Ole warf einen Blick zu ihr hinüber und musste feststellen, dass seine Chefin nervös und angespannt wirkte. Solche Einsätze behagten ihr grundsätzlich nicht, und dieser umso weniger, weil sie kurzfristige Hauruckaktionen absolut nicht mochte.

Ole musterte seine Kollegen und konnte sich ein Grinsen nicht verkneifen. Wer glaubt, MEK-Beamte hätten viel Zeit, um sich auf einen Einsatz vorzubereiten, der irrt gewaltig. Ein Muskelprotz, der zu Hannahs Füßen kauerte, trug bunte Shorts und dazu derbe Stiefel, die für gewöhnlich sein Arbeitgeber bereitstellte. Am rechten Oberschenkel hing ein Holster, in dem eine monströse Pistole steckte. Obenrum trug er ein Polohemd, das die muskulösen Arme noch mehr zur Geltung brachte und darüber eine schusssichere Weste, in deren Taschen allerlei Ausrüstungsgegenstände steckten.

Als der Hubschrauber jetzt in eine Art von Sinkflug ging, die einem Absturz erheblich ähnelte, gingen zwei der Beamten im Fußraum in die Hocke, der dritte erhob sich ganz und blieb in seltsam gebückter Haltung stehen.

Noch ehe die Kufen auf dem Parkplatz aufsetzten, fuhren beide Seitentüren elektrisch auf. Links und rechts sprangen die Elitepolizisten hinaus, zuletzt deren Einsatzleiter. Nachdem auch Hannah und Ole wieder festen Boden unter den Füßen hatten, reichte der Pilotin namens Sandra ein emporgereckter Daumen. Mit dröhnenden Turbinen verabschiedete sich das Monstrum beinahe senkrecht in den Nachthimmel und würde – das war ebenfalls abgesprochen – auf dem Wenningstedter Klinikgelände landen, um dort auf Abruf bereitzustehen.

Zwei Rettungswagen und ebenso viele Streifen standen längst am Ortseingang von Kampen und warteten nur auf einen Anruf, um in Aktion zu treten.

Da man sich endlich wieder auf normale Weise verständigen konnte, wandte sich Hannah an ihre Kollegen, die allesamt hinter einem Lieferwagen vor neugierigen Blicken in Deckung gegangen waren. »Bis zum Juweliergeschäft der Knoops sind es etwa vierhundert Meter. Sobald wir uns hier in Bewegung setzen, sperren unsere Streifenkollegen die Kreuzung zur Hauptstraße und genauso den *Westerweg*, falls dort einer durch die Hintertür verduften will.«

»Und du bist sicher, dass die sich im Juweliergeschäft verschanzt haben?«

Hannah nickte, auch wenn Ole seine Chefin gut genug kannte, um zu wissen, dass diese Reaktion nicht aus vollster Überzeugung erfolgte. Sie wollte gerade fortfahren, da wurde sie von einem Mann unterbrochen. Der stand plötzlich hinter ihr, an seiner Seite eine Französische Bulldogge, die wie bestellt zu kläffen anfing.

»Alles in Ordnung?«, fragte der Mann und starrte die Elitepolizisten an, die als solche eindeutig erkennbar waren. »Ich hab den Hubschrauber gesehen … gehört. Brauchen Sie Hilfe?«

Hannah bat ihre Kollegen per Handzeichen um ein wenig Geduld und wandte sich dann an den neugierigen Störenfried. Dafür musste sie die Stimme erheben, um einen Hund zu übertönen: »Bitte gehen Sie schnell weiter, bleiben Sie nicht stehen und schließen zu Hause die Tür ab.«

»Was ist denn los? Wieso …?«

»Bitte!«, unterbrach Hannah. Auch das zeigte keine Wirkung. Und weil der Hund inzwischen mit dem Bellen aufgehört und viel mehr Interesse an ihren Füßen hatte – wahrscheinlich rochen ihre Sneakers nach einem Jagdhund namens Leo –, schickte sie leise eine Warnung hinterher: »Ich kann nicht für Ihre Sicherheit garantieren, falls hier gleich geschossen wird. Ist das angekommen?«

Musste es wohl, denn der Mann raste los. Dass dabei sein Hund beinahe hinter ihm herflog, schien ihn nicht zu interessieren.

»Was hast du dem denn erzählt?«, fragte Ole grinsend.

»Dass du ihn abknallst, wenn er nicht sofort die Biege macht.« Hannah drehte sich zum Einsatzleiter um. »Seid ihr soweit?«

Ein Daumen wanderte nach oben. Dazu ein »Attacke!«, das wohl für zusätzliche Motivation sorgen sollte.

Bevor Hannah den Marschbefehl gab, schaute sie ihre Kollegen einen nach dem anderen an. Ihre folgenden Worte hätte vermutlich jeder herunterbeten können, doch die gehörten eben einfach dazu: »Wenn überhaupt jemand schießt, sind wir das! Verstanden?«

52

Derweil machte in einem dunklen Juweliergeschäft der Bruchteil einer Sekunde den Unterschied zwischen Erfolg und Misserfolg, zwischen Leben und Tod aus. Tatjana hatte die Eisenstange bereits erhoben und war kurz davor, sie auf den Schädel von Markus Brandt hinuntersausen zu lassen, da wirbelte der herum und drückte ohne zu zögern ab. Anders, als das Fernsehen einen oft glauben lässt, durchschlägt ein normales Projektil den menschlichen Körper mühelos. So auch in diesem Fall, denn es wurde erst von einer der Vitrinen endgültig ausgebremst. Drei Meter hinter Tatjana zerbarst eine der Scheiben, Fingerabdruckpulver stieg in einer kleinen Wolke auf.

Tatjana stand noch einen Augenblick mit weit aufgerissenem Mund einfach nur da. Auf ihrem Hoodie wuchs in Herzhöhe ein blutroter Fleck. Dann schloss sich ihr Mund und sie kippte wie ein gefällter Baum nach hinten. Dabei entglitt ihr die Eisenstange und krachte zu Boden.

Für Axel kam das einem Startschuss gleich. Einem Reflex folgend sprang er nach vorne, landete in Brandts Rücken und umklammerte dessen Hals mit beiden Armen.

Brandt bockte wie ein wildes Pferd und versuchte immer energischer, die rachsüchtige Geißel abzuschütteln. Er drehte sich wie ein Karussell im Kreis. Irgendwann gelang es ihm, Axel zu packen und nach vorne zu zerren.

Der wehrte sich mit unveränderter Intensität, schlug und trat um sich, als wäre er von Sinnen. Plötzlich fand er sich am Boden wieder. Eine Stiefelspitze traf ihn in die Seite, den nächsten Tritt, der von oben erfolgte und sein Gesicht zum Ziel hatte, konnte er gerade so mit den Ellenbogen abwehren.

Brandt machte einen halben Schritt zurück und richtete die Pistole auf ihn.

Auf ein Lebewohl in Hollywood-Manier wollte er offenbar verzichten. Hier gab es keine mitfühlenden oder hämischen Worte, keinen aufwendigen Abschied, der Rettern genug Zeit ließ, um in letzter Sekunde auf der Bildfläche zu erscheinen. Nein! Hier, im richtigen Leben, zog Markus Brandt einfach den Abzug durch.

Allerdings ohne Resultat.

Ebenso wie Axel starrte er verwundert auf die Pistole in seiner Hand, die ihren weiteren Dienst versagte. Ihm blieb keine Zeit, der Sache näher auf den Grund zu gehen, denn von draußen drang blaues Flackern durch die verhängten Schaufenster.

Axel nahm die Ellbogen herunter, wollte die Gunst der Stunde nutzen und zu einer neuen Gegenattacke ausholen, aber er konnte nur noch mit ansehen, wie sein Widersacher spontan die Flucht ergriff. Einen halben Atemzug später riss der bereits an der Eingangstür und war im nächsten Moment verschwunden.

Nach wie vor am Boden liegend drehte sich Axel auf die Seite und schaute hinüber zu Tatjana. Die sah ihn ebenfalls an, mit leeren Augen, aus denen sich jedes

Leben längst verabschiedet hatte. Aus ihrem Mundwinkel lief ein Rinnsal von Blut, ein Tropfen fiel ausgerechnet jetzt zu Boden.

Axel rollte zurück auf den Rücken und schloss die Augen. Gleichzeitig stellten all seine Sinne ihren Betrieb ein. Nur sein Verstand funktionierte noch, weigerte sich allerdings, die Tatsachen als solche zu akzeptieren. Irgendwo in seinem Hinterkopf beschimpfte ihn eine Stimme noch als Versager, als seine Sinne komplett wieder erwachten. Seine Ohren meldeten nacheinander Schreie, jetzt Schüsse, gefolgt von weiteren Schreien. Dann wurde es plötzlich still. Totenstill!

Die etwa vierhundert Meter hatte man eine Weile zuvor im Laufschritt absolviert. Danach postierten sich zwei der Elitepolizisten auf der Rückseite des Juweliergeschäfts, die restlichen vorne.

Der Einsatzleiter kniete hinter einem SUV und zischte in Hannahs Richtung. Die konnte getrost stehen bleiben, weil das Luxusgefährt sie um einiges überragte. »Einer meiner Leute hockt direkt vorm Schaufenster und hört Stimmen aus dem Laden. Du hattest anscheinend recht mit deiner Vermutung.«

»Kann er hören, was da geredet wird?«

Die Antwort wurde überflüssig, denn was als Nächstes geschah, konnten alle hören: Ein Schuss und ein lautes Klirren drangen bis nach draußen.

Das Gesicht des Einsatzleiters veränderte sich auf dramatische Weise. Er stemmte sich aus den Knien hoch und zeigte über die Straße in Richtung Juweliergeschäft. »Die Scheiben sind garantiert schusssicher, Hannah! Ich schicke meine Leute nicht dort rein und lass sie ins offene Feuer laufen!«

»Wie wär's von hinten?«, schlug Ole vor, der im Knien beinahe so groß war wie seine Chefin.

Und auch die Antwort darauf erübrigte sich, weil ein paar Meter entfernt die Tür aufgerissen wurde.

»Ein Mann kommt raus«, vermeldete einer der Elitepolizisten das Offensichtliche über Sprechfunk.

»Stehen bleiben!«, brüllte ein anderer, der sich seitlich postiert hatte.

Ein dritter Mann in voller Einsatzmontur, der bis eben vor dem Schaufenster gekniet hatte, wiederholte die Aufforderung um einen wesentlichen Punkt ergänzt: »Stehen bleiben und Hände hoch!«

Doch die Gestalt, die Hannah jetzt über die Motorhaube des SUV hinweg sehen konnte, machte keinerlei Anstalten, diesen Befehlen Folge zu leisten. Ganz im Gegenteil. Eine Hand, in der eine Pistole steckte, flog ruckartig nach oben. Aber lange, bevor ein Projektil daraus einen der Polizisten hätte treffen können, erklangen zwei Schüsse, die aus der Waffe des nächstbefindlichen Beamten stammten. Seinem Kollegen rechts war das wohl nicht sicher genug, denn er feuerte drei weitere Male. Danach stand fest, dass von einem Flüchtenden keine Gefahr mehr drohte.

»Wir gehen rein!«, beschloss der Einsatzleiter per Sprechfunk.

Zwei Taschenlampen flammten auf. Deren Lichtkegeln folgend, stürmten die beiden Beamten, die der Tür am nächsten waren, in den Laden. Auf dessen Rückseite war eine Explosion zu hören, die dafür sprach, dass sich weitere Polizisten gerade durch die Hintertür Zutritt verschafften.

Hannah vernahm den Status über ihren Ohrhörer.

»Hinterzimmer gesichert!«

»Verkaufsraum auch … keine weitere Gefahr.«

»Wir brauchen sofort einen Arzt!«, rief ein Dritter, der sich kurz darauf selbst korrigierte. »Ich glaube, eher ’nen Leichenwagen.«

53

»Setzen Sie sich, Herr Böhme!«, forderte Hannah den Mann am nächsten Morgen auf, nachdem ihn zwei Beamte in den Verhörraum des Westerländer Reviers begleitet hatten. »Möchten Sie Kaffee?«

Axel Böhme nickte. Ole griff zur Thermosflasche, füllte einen Becher und schob ihn quer über den Tisch. Eventuelle Vorlieben wie Milch und Zucker ignorierte er bewusst. Stattdessen lauschte er weiter seiner Chefin.

»Konnten Sie noch ein bisschen schlafen?«, erkundigte die sich jetzt. Das sorgte nicht nur für einen erstaunten Blick von gegenüber, auch Ole musterte Hannah argwöhnisch von der Seite. Und es ging auf ähnlich einfühlsame Art weiter: »Die Leiche Ihrer Freundin wird zusammen mit der von Markus Brandt ins rechtsmedizinische Institut nach Kiel überstellt. Ich dachte, das interessiert Sie vielleicht.«

Axel Böhme wirkte traurig, wie am Boden zerstört. Doch mehr als Schulterzucken brachte er nicht zustande.

»Sie haben uns ja letzte Nacht schon einiges erzählt und ein paar Ihrer Angaben konnten wir bereits überprüfen. Dass Sie Herrn Knoop am Tag des Überfalls gegen

Mittag angerufen hätten – wie Sie behaupten, um ihn zu warnen – war nicht gelogen. Das Gespräch taucht im Einzelverbindungsnachweis auf und wird Ihnen sicher entlastend zugutekommen.«

Ole grübelte noch immer, was seine Chefin geritten hatte. Man musste annehmen, sie wolle in erster Linie ihr Mitgefühl kundtun und nicht etwa weitere Informationen aus einem Verbrecher herauskitzeln. Und Axel Böhme war nichts anderes!

Endlich – für Oles Geschmack viel zu spät – schien das auch Hannah zu kapieren, denn sie fuhr auf andere Weise fort: »Es wird Zeit für die ganze Wahrheit, würde ich sagen. Am besten erzählen Sie uns einfach die komplette Geschichte von vorne.«

Axel Böhme schaute auf, sein Mienenspiel war eine Mischung aus Hilflosigkeit und Ablehnung. »Als ob das noch einen Unterschied macht!«

»Macht es sehr wohl!«, hob Hannah hervor. »In Ihrem Fall geht es um einige Jahre, die Sie mehr oder weniger hinter Gittern verbringen werden. Wenn Sie uns dabei helfen, sämtliche Hintergründe aufzuklären, dann lege ich mit Vergnügen ein gutes Wort für Sie ein. Andernfalls …«

»Haben Sie meine Mutter schon verhaftet?«, platzte Böhme dazwischen.

»Wieso sollten wir?«

Ein kurzes, nahezu verzweifeltes Lachen erklang. »Weil sie alles geplant hat ... zusammen mit dem alten Knoop.«

»Da hat sie uns aber was ganz anderes erzählt. Angeblich hätten Sie gleich nach Ihrer Freilassung Kontakt mit dem Ehepaar Knoop aufgenommen und sich wohl erst mal nur um deren Garten gekümmert.«

»Das mit dem Garten stimmt, alles andere ist Bullshit! Wollen Sie wissen, wie es tatsächlich war?«

Hannah lehnte sich zurück, demonstrierte auf diese Weise Entspannung. »Fangen Sie an, Herr Böhme! Wir sind ganz Ohr.«

»Nachdem die mich in Neumünster entlassen hatten, bin ich direkt zu meiner Mutter. Wohin auch sonst?« Axel Böhme nahm einen Schluck aus seinem Kaffeebecher und stellte ihn behutsam wieder ab. »Ich saß kaum am Küchentisch, schon hat meine Mutter auf mich eingeredet und meinte, sie hätte 'ne sensationelle Idee.«

»Die mit einem fingierten Raubüberfall auf das Juweliergeschäft der Knoops zu tun hatte und allen Seiten überraschenden Reichtum bescheren würde?«, half Hannah.

»Ursprünglich sollte ich bloß ein paar Komplizen anheuern, die die Drecksarbeit erledigen und mir selbst für den Tag des Überfalls ein narrensicheres Alibi verschaffen.« Wieder folgte ein Lachen, dazu ein ausgedehntes Kopfschütteln. »Sie haben ja keine Ahnung, wie oft meine Mutter im Laufe der Zeit sämtliche Pläne übern Haufen geworfen und neue erfunden hat. Ich glaube, die wusste am Ende nicht mal mehr selbst, was Sache ist.«

»Schöne Geschichte«, lobte Ole voller Ironie. »Können Sie uns wenigstens erklären, wieso am Ende alles derart eskaliert ist und es so viele Tote gab?«

Die spontane Reaktion war Schulterzucken, dann folgte wenigstens ein Erklärungsversuch: »Der alte Knoop wollte plötzlich aussteigen und seine Probleme anders lösen. Wie genau, weiß ich nicht. Da hätten Sie mal erleben müssen, wie meine Mutter getobt hat. Und noch mehr, als ihr die Knoops erzählt haben, dass deren Kinder doch alles erben. Die haben was von *Blut ist dicker als Wasser* gefaselt und meinten, immerhin hätten sie meine Mutter in all den Jahren stets gut bezahlt.«

Weil eine Pause entstand, war Hannah wieder an der

Reihe und vergewisserte sich: »Ihrem Reden nach hat also Ihre Mutter alles von A bis Z geplant?«

Nicken auf der anderen Tischseite.

»Und wieso behauptet sie dann mehr oder weniger das Gegenteil?«

Eine Frage, die bei Axel Böhme nicht etwa für Ratlosigkeit, sondern vielmehr für Genugtuung sorgte, die in seinem Gesicht abzulesen war. »Ich kann meine Version beweisen«, erwiderte er knapp.

Ole sah Hannah an, die zunächst nur die Stirn runzelte. Er selbst suchte nach einer Erklärung und fand sie dieses Mal schneller als seine Chefin. »Hat das was mit der Bodycam zu tun, die Sie im Internet bestellt haben?«

»Meine Mutter kennt sich mit dem Kram nicht aus und hat artig in die Linse geplappert. Sämtliche Filme sind in ’ner Cloud gespeichert. Das Passwort gebe ich Ihnen mit Vergnügen.«

»Sie haben Ihre Mutter gefilmt, um sie womöglich belasten zu können?«, wunderte sich Hannah laut.

»Erst, nachdem sie auch mir gedroht hat. Haben Sie ’ne Ahnung, wie man sich fühlt, wenn einem die eigene Mutter die Tür vor der Nase zuschlägt? Sie meinte, wenn ich nicht mitspiele, soll ich mich zum Teufel scheren. Schließlich hätte sie sich drei Jahrzehnte lang den Arsch für mich aufgerissen und es wäre langsam an der Zeit für ein Dankeschön.«

»Ein ›Dankeschön‹ in Form eines Raubüberfalls? Komische Ansichten hat Ihre Mutter da«, konstatierte Hannah. »Eine Frage hätte ich allerdings noch.«

»Und zwar?«

»Warum sind Sie ohne Ihren Anteil der Beute Hals über Kopf geflohen? Und was weitaus interessanter ist: Wieso sind Sie zurückgekommen?«

Da sich Axel Böhme zum ersten Mal mit der Antwort schwertat, versuchte Hannah, etwas nachzuhelfen. »Nicht vergessen: Nur wenn Sie uns die ganze Wahrheit sagen, sind wir bereit, Ihnen zu helfen.«

»Als der Knoop plötzlich aussteigen wollte, wurde mir klar, dass er mit gezinkten Karten spielt.«

»Letztendlich hat er ja auch alle in Schurkenmanier getäuscht – nur, dass dieses Manöver für ihn und seine Frau tödlich endete. Aber noch mal: Was genau hatten Sie und Ihre Freundin vor und wieso haben Sie sich vor dem Raubüberfall abgesetzt?«

Axel Böhme zeigte ein Lächeln, das von Wehmut erfüllt war. »Ich hab Tatjana von meinem Plan erzählt und die konnte nicht schnell genug zu ihrem Chef rennen und kündigen – ohne mir davon zu erzählen.« Ein weiterer Schluck Kaffee war vonnöten. »Ich hatte geplant, dass wir uns mit der Tageskasse der Tankstelle nach Frankreich absetzen und dann weiter bis Spanien oder Portugal …«

»Was woran gescheitert ist?«

»An der Tanke, wo sie gearbeitet hat, landen alle größeren Scheine direkt in einem Tresor, der unter der Kasse im Boden eingelassen ist. Das war schon immer so, aber Tatjana hatte den Code fürs Zahlenschloss.« Ein Grinsen folgte. »Weil ihr Chef viel zu faul war, die Geldkassetten selbst zu packen und zur Bank zu bringen.«

Ole übernahm die Fortsetzung: »Hat der Chef den Code geändert, nachdem Ihre Freundin gekündigt hatte?«

»Ganz genau … und Tatjana wusste natürlich nichts davon. Also standen wir da … mit ein bisschen Wechselgeld in den Taschen und wussten nicht, wohin. Dann sind wir aufgebrochen und haben uns hier oben bei der alten Hansen versteckt. Wo hätten wir denn mit den paar Kröten sonst hinsollen?«

»Und weshalb das Treffen mit Markus Brandt?«, setzte Hannah nach.

»Der Blödmann dachte wohl, er könne mich übertölpeln. Vermutlich hat ihm meine Mutter eingeredet, Knoop und ich hätten heimlich unser eigenes Süppchen gekocht.«

»Demnach wollten Sie den Spieß umdrehen, Brandt die Beute abjagen und den Plan mit Spanien oder Portugal doch noch in die Tat umsetzen?«

»So in etwa, ja.«

Eine Weile herrschte Stille.

Ole sah zuerst seine Chefin und dann Axel Böhme an. Der kämpfte inzwischen mit Tränen und versuchte, die mit einem weiteren Schluck Kaffee herunterzuspülen. Das Resultat war eine Art Bankrotterklärung: »Mir ist im Prinzip egal, was jetzt mit mir passiert. Wahrscheinlich bin ich im Knast am besten aufgehoben.«

Hannah lächelte zum ersten Mal seit langer Zeit. »Aber Sie wollen sich doch bestimmt keine Zelle mit Ihrer Mutter teilen, oder?«

Axel Böhmes Gesicht bewies, dass er diesen Scherz entlarvt hatte. Trotzdem spielte er mit. »Niemals … bitte nicht!«

54

Niebüll, zwei Tage später

Eine halbstündige Filmvorführung lag hinter Hannah und Ole auf der einen und Vera Böhme auf der anderen Tischseite. Dutzende Aufnahmen, die Ralf auf das Wichtigste zusammengeschnitten hatte. Nachdem der Flachbildschirm nur noch die Benutzeroberfläche eines Notebooks zeigte, herrschte im Verhörraum eisiges Schweigen.

Irgendwann fasste sich Hannah ein Herz. »Sieht so aus, als wäre ein Geständnis Ihrerseits überflüssig.« Sie lächelte vielleicht eine Spur zu überheblich. »Haben Sie nichts bemerkt? Nie geahnt, dass Ihr Sohn alles aufnimmt, während Sie sich um Kopf und Kragen reden?«

Vera Böhme, die am heutigen Tag auf einen Anwalt verzichtete, sah auf und starrte Hannah eine Weile durchdringend an. »Was wissen Sie denn schon? Haben Sie dreißig Jahre alles getan, um ein Kind auf den richtigen Weg zu bringen und dann …« Ein leises Lachen erklang, das nichts mit Freude zu tun hatte. »Ich habe Axel mein ganzes Leben geopfert und Sie sehen ja, was aus ihm geworden ist.«

Da Hannah nicht reagierte, fühlte sich Ole berufen. »Ich würde sagen, er hatte in Ihnen ein beeindruckendes Vorbild.« Es folgte ein Fingerzeig auf den inzwischen schwarzen Bildschirm. »Ich habe bei einem Menschen selten so viel Hass und kriminelle Energie erlebt. Sie haben alles geplant, Ihre Truppen in Stellung gebracht und sind dabei bedenkenlos über Leichen gegangen. Am Ende wäre es Ihnen wahrscheinlich auch egal gewesen, wenn Ihr eigener Sohn hätte dran glauben müssen. Selbst was den betrifft, haben Sie bis zum Schluss nur gelogen!«

Auf der anderen Tischseite bahnten sich Tränen an, doch die vertrieb Vera Böhme durch aufkeimende Wut. Ihre Stimme bebte. »Es sollte niemals so weit kommen! Die Sache ist etwas aus dem Ruder gelaufen, aber …«

»›Etwas aus dem Ruder gelaufen‹?«, wiederholte Hannah angewidert. »Fünf Menschen sind tot und wir haben eindrucksvoll miterleben dürfen, dass Sie im Prinzip dafür verantwortlich sind. Sie haben Ihren Sohn mit hineingezogen, ihn gezwungen, Helfer zu rekrutieren, und das alles nur, weil die Knoops Sie in einem Testament mit keinem Cent berücksichtigen wollten. Wer kann es ihnen verübeln? Immerhin haben Sie Ihre großen Gönner mehrfach bestohlen.«

»Die haben jeden unterstützt, der um Hilfe gebeten hat«, kam es voller Verbitterung zurück. »Selbst den undankbaren Kindern haben sie es vorne und hinten reingeschoben.«

»Ah ja … und das gibt Ihnen natürlich das Recht zur Selbstbedienung. Klar!« Hannah lachte kurz auf. »Ich stelle mir gerade vor, das würde jeder Angestellte so sehen. Der Chef fährt mit seinem neuen Mercedes vor, freut sich noch darüber und dann schlägt ihm einer einfach den Schädel ein. Ich weiß nicht, was in Menschen wie Ihnen vorgeht.«

Vera Böhme zuckte mit den Schultern, vermutlich wusste sie es selbst nicht.

Oles Einsatz: »Was aus den Aufnahmen nicht deutlich hervorgeht, ist, ob die Morde an Gero Ullmann und Volker Asmussen von vornherein geplant waren.«

»Das ist doch alles auf Markus' Mist gewachsen«, fauchte Vera Böhme. »Glauben Sie etwa, ich wollte …?«

Hannah platzte dazwischen: »Sie hätten sogar Ihren Sohn geopfert, um an das Gold heranzukommen. Ich nehme Ihnen Ihre Skrupel nicht ab. Und es macht übrigens keinen Unterschied, ob Sie weitere Details einräumen oder nicht. Schließlich haben wir – dank einer Bodycam – fast alles auf Video. Die Staatsanwaltschaft wird sich vor Freude die Hände reiben, wenn man dort feststellt, wie eifrig Sie bei der Aufklärung geholfen haben.«

Eine Weile herrschte allgemeines Schweigen. Ole versuchte es mit einer Frage, denn nach seinem Dafürhalten gab es ein Rätsel, das noch nicht gelöst war. »Wie sind Sie in die Villa der Knoops gekommen?«

Vera Böhme war anzusehen, dass sie innerlich abwog, ob sie mit einer Lüge oder der Wahrheit reagieren sollte.

Diesbezüglich hatte Ole eine Empfehlung: »Kommen Sie jetzt bloß nicht auf die Idee und behaupten, Sie hätten dort nicht sämtliche Räume auf den Kopf gestellt!«

»Das Gold war ja doch sowieso nicht da«, flüsterte Vera Böhme.

Worauf Hannah voller Genugtuung erwiderte: »Es war da, Sie haben nur nicht richtig gesucht. Und jetzt sagen Sie schon! Wie sind Sie reingekommen?«

»Für die Kellertür braucht man einen anderen Schlüssel. Ich wusste eben, wo der für Notfälle liegt.«

»Und dann haben Sie sich vergeblich auf Schatzsuche gemacht. Ich frage mich, was Sie wohl im Erfolgsfall getan hätten.«

»Wo ist Axel?«, war die einzige Reaktion von gegenüber.

»In Neumünster, hinter Gittern. Und ich glaube, Ihr Sohn ist ganz froh, wieder ein Zuhause zu haben.«

»Gero hat diesen Markus angeschleppt«, ging es unvermittelt und mit leiser Stimme weiter. »Ich hab mir zuerst nichts dabei gedacht, aber irgendwie hat der den Plan … radikalisiert. Sagt man das so?«

Hannah überlegte einen Moment und winkte dann ab, denn es gab keine allgemeingültige Bezeichnung für diesen tödlichen Wahnsinn, mit dem sie es in aller Regelmäßigkeit zu tun bekam. »Reden wir noch mal über Ihren Sohn und ein weiteres Ihrer Lügenmärchen! Aus den letzten Aufnahmen geht hervor, dass Sie gar nicht wollten, dass er beim Raubüberfall mit von der Partie ist. Wieso eigentlich?« Was die Antwort betraf, hatte Hannah schon eine Vermutung.

Und die bestätigte sich zu hundert Prozent: »War doch logisch, dass Sie gleich auf Axel kommen, der gerade erst aus dem Gefängnis entlassen wurde. Selbst wenn er nichts damit zu tun gehabt hätte, dann …«

»Sie haben recht!« Hannah musste sich eingestehen, dass sie vor ein paar Tagen wie ein hungriger Fisch nach dem Wurm geschnappt hatte. Aber sie wollte nicht lockerlassen. »Ich überlege gerade, inwiefern Ihr Sohn von der Beute profitieren sollte, nachdem er sich zu seiner Freundin nach Stuttgart abgesetzt hatte.«

Schulterzucken.

Das Hannah zu übersetzen versuchte: »Dann sollte er also gar nicht beteiligt werden? Und nach dem Tod zweier

Komplizen hätten Sie nur mit Markus Brandt teilen müssen?«

»Ich weiß es nicht«, erklang es kaum hörbar.

»Und ich glaube Ihnen zum ersten Mal«, kommentierte Hannah traurig lächelnd. »Was allerdings nichts daran ändert, dass Sie sich für das Ganze zu verantworten haben. Und vielleicht noch ein Tipp: Wenn Sie es in Zukunft zur Abwechslung gleich mit Ehrlichkeit probieren, wird man Ihnen in der Haft über kurz oder lang einige Freiheiten gewähren.«

»Was glauben Sie denn, wie lange ich …?«

»Falls überhaupt, kommen Sie erst im Rentenalter wieder auf freien Fuß. Keine Ahnung, ob da noch etwas von Ihrem Leben übrig ist. Aber das haben Sie sich selbst eingebrockt.«

Vera Böhme hob den Kopf und erwiderte Hannahs Blick mit stoischer Ruhe. »Ich musste immer für alles geradestehen, was ich angerichtet habe.«

»Prima! Dann wissen Sie ja, was auf Sie zukommt …«

EPILOG

»Und … was macht Supermanns erster Nachwuchs?«, fragte Hannah, die an diesem herrlich sonnigen Morgen mit ihren Kollegen vor einem Stall in Trollebüll stand. Noch war man unter sich, denn Denise Knoop kümmerte sich um Kuh Martha und deren Kälbchen. Die Wahl eines Namens hatte sie Ole übertragen. Und genau darüber setzte man sich gerade konstruktiv auseinander.

»Wie wär's mit Fritz?«, schlug Ralf vor.

Energisches Kopfschütteln. Nicht mal zu einem Kommentar ließen sich Hannah und Ole hinreißen.

»Ist es denn ein – wie nennt man das eigentlich bei Kühen – Männchen?«

»Bulle, wie denn sonst?«, moserte Ole. Er zeigte zum Stall. »Denise wartet da drinnen auf ein Ergebnis, weil sie den Namen mit 'nem Lötkolben in ein Brett brennen will. Also …«

Hannah präsentierte grinsend ihren Vorschlag: »Ich bin für *Lucky Luke*. Was hab ich die Comics früher geliebt.«

Ole klang restlos ernüchtert. »Hast du schon mal 'ne Kuh namens *Lucky Luke* getroffen?«

»Ich treffe mich selten mit Kühen, aber …«

Ralf platzte mit einer Information dazwischen, die er von seinem Smartphone ablas: »Als Bullen bezeichnet man geschlechtsreife männliche Rinder. Man nennt sie auch Stiere, Farren oder …«

»Wir brauchen einen Namen, keinen Vortrag!«, brachte Ole grimmig in Erinnerung.

Den weiteren Findungsprozess unterband vorerst Hannahs Handy. Sie nahm das Gespräch an, nach nicht mal einer halben Minute war es wieder beendet.

Ihre Kollegen schauten sie fragend an.

»Vera Böhme hatte in Untersuchungshaft einen kompletten Nervenzusammenbruch und wurde heute Nacht in die geschlossene Psychiatrie eingewiesen. Ich wette, dort pumpt man sie so mit Psychopharmaka voll, dass nichts mehr von ihr übrigbleibt.«

»Geschieht Ihr ganz recht«, urteilte Ole spontan. »Die Frau ist immerhin für etliche Tote verantwortlich.«

Hannah sah ihn skeptisch an. »Und was ist mit Rudolf Knoop? Der ist doch auf die ursprüngliche Idee gekommen und wollte seinen eigenen Laden überfallen lassen.«

»Da hätte man als Mitarbeiterin auch *Nein* sagen oder ihn vielleicht sogar davon abbringen können. Wenn mir einer sagt, ich könnte gefahrlos eine Bank hopsnehmen und wäre hinterher ein stinkreicher Mann, leg ich ja auch nicht gleich los und …«

»Sicher?«, unterbrach Hannah grinsend.

»Frau Knoop winkt. Ich glaube, sie wartet auf die Entscheidung der Jury«, flüsterte Ralf und zeigte in den Stall.

»Dann machen Sie sich auf den Weg und lassen sich unterwegs was einfallen!«, forderte Hannah ihren jungen Kollegen auf. »Machen Sie aber schön langsam, Ole und ich haben nämlich noch was zu besprechen.«

»Und was?«, fragte Ole, nachdem Ralf entschwunden war.

Trotz vorheriger Ankündigung tat sich Hannah mit ihrer Antwort schwer. »Frank und ich haben gestern über unser Hochzeitsauto gesprochen. Ein Freund von ihm hat so 'nen alten Mercedes mit Heckflossen …«

»Ja?«

»Jemand muss das Teil fahren, weil ... Franks Freund hat seinen Führerschein für ein Jahr abgeben müssen. Wir haben überlegt, ob du vielleicht …«

»Was hat dein Zukünftiger eigentlich für Freunde?«, entrüstete sich Ole künstlich.

»Himmelherrgott! Wärst du so nett, unser Hochzeitsauto zu fahren, oder muss ich einen anderen fragen?«

»Na, wer so nett fragt.« Ole lachte. »Natürlich fahr ich euch. Aber wenn du dich nicht benehmen kannst, fliegst du während der Fahrt in hohem Bogen aus dem Wagen. Nur, dass das klar ist.«

»Du bist echt nicht mehr ganz dicht«, urteilte Hannah und wandte sich in Richtung Stall. »Haben die nun endlich einen Namen oder müssen wir nachhelfen?«

»Was Rudolf Knoop betrifft, stimme ich dir übrigens zu«, räumte Ole überraschend ein. »Es ist wie immer: Jemand liefert den Initialfunken und eine Horde gieriger Idioten springt drauf an. Am Ende sind fünf Menschen tot, die Mitverantwortliche hockt lebenslänglich in der Psychiatrie und wirklich geholfen ist niemandem.«

»Wenn wir den Goldschatz freigeben, dürfen sich die Kinder jeweils über fast 'ne Million freuen«, gab Hannah nach ausgedehntem Schweigen zu bedenken.

»Okay … dann eben abgesehen von den Kindern.« Jetzt sah Ole ebenfalls zum Stall hinüber. »Was dauert denn da so lange? Es kann doch nicht so schwer sein, einen vernünftigen Namen für ’ne Kuh zu finden.«

»Ich bleibe bei *Lucky Luke*«, knurrte Hannah trotzig.

Wie bestellt kam Ralf aus dem Stall gerast. Gerade so, als sei der Teufel hinter ihm her. »Das nächste Kalb ist im Anmarsch.« Sein Blick traf Ole. »Frau Knoop lässt fragen, ob sie einen Tierarzt rufen soll oder ob du wieder willst.«

»Tierarzt!«, entfuhr es Ole voller Inbrunst. »Ich bin doch nicht verrückt und mach das zur Gewohnheit, nur weil ich einmal als Retter eingesprungen bin.«

»Dann hoffen wir mal, dass wieder keiner erreichbar ist«, kommentierte Hannah lachend. »Haben wir endlich einen Namen fürs erste Kälbchen, Herr Jansen?«

»*Lucky Luke* ist okay, sagt Frau Knoop. Ich soll nur ein längeres Brett auftreiben, damit der Name draufpasst.«

Als sich Ralf wieder in Bewegung setzte, um den Auftrag auszuführen, drehte sich Ole kopfschüttelnd im Kreis.

»Suchst du was Bestimmtes?«, fragte Hannah.

»Ich brauch auch ein Brett! Daraus schnitz ich ihm ’nen schönen Arschkriecherorden.«

»Du kannst manchmal richtig garstig werden. Er meint es doch nur gut mit seiner Chefin. Nimm dir lieber ein Beispiel daran.«

»Und du kannst ihn ja fragen, ob er euer Hochzeitsauto fahren will.«

»Ist das dein Ernst?« Hannah war im Begriff, Ralf hinterherzulaufen. »Ich bin mir sicher, er würde liebend gerne …«

»Untersteh dich! Noch ein Wort und du darfst dir nicht nur einen neuen Trauzeugen, sondern auch einen neuen Kollegen suchen!«

Hannah tat, als würde sie sich diesen Vorschlag durch

den Kopf gehen lassen. »Nö … ich hab mich gerade einigermaßen an deine Marotten gewöhnt.«

»Und das ist alles?«

»Vorerst schon, aber vielleicht fällt mir ja später noch mehr ein.« Sie ließ ihre letzten Worte eine Zeit lang wirken und genoss es, mit anzusehen, wie es in Ole offensichtlich immer heftiger brodelte. Um das Schlimmste zu verhindern, nahm sie ihn in den Arm und drückte ihn kräftig. »Keine Angst, du kleiner Dummkopf. Du bist und bleibst mein Bester!«

»Ehrlich?«

»Aber sowas von ehrlich!«

Ende

DANKE

Zu guter Letzt möchte ich noch einigen Personen besonders danken:

- Bärbel (du bist immer wieder der Hammer!)
- Maureen, Antje, Frau Schmidt, Nicolas
- meinen Testleserinnen und Testlesern
- Chris Gilcher, für seine Arbeit am Cover
- meinen Freunden und meiner Familie
- dem Zeilenfluss-Team für einfach alles :)

Wem dieser Friesenkrimi Spaß gebracht hat, den möchte ich herzlich einladen, mal in meine Wegner-Reihe (aktuell 31 Bände) reinzuschnuppern …

Wer in Zukunft nichts versäumen möchte, der kann auf eine der folgenden Möglichkeiten zurückgreifen:

- Auf meiner Homepage ThomasHerzberg.de findet ihr einen Newsletter-Service

- Ihr könnt mir ansonsten auch gerne eine e-Mail an thomasherzberg@online.de schicken, dann füge ich euch manuell hinzu. Und keine Angst: Ihr bekommt nur eine Nachricht, wenn ich wirklich etwas zu erzählen habe (so … alle 4-5 Monate)

Das war's auch schon von mir. Ich bedanke mich ganz herzlich für eure Zeit und hoffe, dass ich euch ein bisschen unterhalten konnte. Vielleicht auf ein Wiederlesen …

Euer Thomas

Printed in Poland
by Amazon Fulfillment
Poland Sp. z o.o., Wrocław

29983011R00174